我们的爸

林海音极致温暖的散文小说合集

林海音 著

江苏人民出版社 凤凰含章

图书在版编目（CIP）数据

我们的爸 / 林海音著. -- 南京 : 江苏人民出版社，2014.9

（含章文库）

ISBN 978-7-214-13518-6

Ⅰ. ①我… Ⅱ. ①林… Ⅲ. ①短篇小说—小说集—中国—当代 Ⅳ. ①I247.7

中国版本图书馆 CIP 数据核字（2014）第 170285 号

书　　名	我们的爸
著　　者	林海音
责任编辑	刘　焱
装帧设计	凤凰含章
出版发行	凤凰出版传媒股份有限公司 江苏人民出版社
出版社地址	南京市湖南路 1 号 A 楼，邮编：210009
出版社网址	http://www.jspph.com http://jspph.taobao.com
经　　销	凤凰出版传媒股份有限公司
印　　刷	北京鑫海达印刷有限公司
开　　本	718 mm × 1000 mm　1/16
印　　张	18.5
字　　数	277 千字
版　　次	2014 年 9 月第 1 版　2014 年 9 月第 1 次印刷
标准书号	ISBN 978-7-214-13518-6
定　　价	29.80 元

（江苏人民出版社图书凡印装错误可向承印厂调换）

目 录

我们的爸

我们的爸

我们的爸

WOMEN DEBA

我们的爸

文英

“熊太太真是多礼，”文英一边打开熊太太刚才送来的小纸盒一边说：“哟，公翰，你看看，一支派克圆珠笔，一只花别针，惠惠一定高兴极了，我马上就给她寄去。”

文英把两样赠礼递到公翰的面前，公翰看了一眼，点点头，他一向是不注意孩子们这些细节的，他又埋首到报纸上去了。

文英又把紫红色的笔杆转转看了看，上面还电镀上“高惠惠”三个字，那只花别针呢，也一定是外来货，金属盘上镶满了各色的水钻，冬天如果别在呢外衣上，配上惠惠的细白皮肤，一定很美的。文英觉得熊太太礼送得真重，使她将来要还什么礼的时候，很难处理了。但是她继而又想，有什么关系呢，熊太太是富有的人，而且她的东西又是直接从外洋买来，合起台币并不算太多，更主要的是熊太太衷心地喜欢惠惠，因为她自己没有女儿的缘故。像刚才熊太太那样热情地拍着她的肩头说：

“我真羡慕你，袁太太，儿子去年保送台中农学院，女儿今年保送东海大学，你这老太太可乐啦！”

熊太太记错了，儿子天惠是前年保送的。熊太太又抖搂着胖身体，大笑着说：

“看，孩子们上了大学，咱们还不是老太太了吗？可是我这位老太太可不松心呀，去年老大考的系不合志愿，今年又回头考，这么大热天。”

文英有些难为情地说：“看，大弟弟去年毕业，我也没有……”

话没说完，熊太太就拦住说：“哪里，我这些都是不用花钱的，而且保送到底是可贺的事呀！”

文英当时确是满心欢喜，心里开了花似的，笑着回答熊太太：“惠惠走得匆忙，也没有来得及给熊妈妈辞行，等放假回来再去看你吧！”

想到这儿，文英也就心安理得了，她收拾起礼物盒，要送回抽屉里，不由得摇了摇头，熊太太居然给封起称号来了——老太太！真是，天惠念大三了，做母亲的还不该是老太太了吗？而且，自己确实是有点老态了，虽然才是四十多一点的人，这两年眼睛的视力首先就不灵，头又常常发晕，检查又查不出什么具体的毛病，医生就是会说，缺少维他命B！其实一句话，这就是上帝派了“老”来作祟。

但可喜的是孩子们都让人满意地乖巧，不但书读得好，又识大体，懂礼貌，使她和公翰结婚做了再嫁夫人后，并没有遭遇什么困难。只是孩子们长大了，一个个像长满羽毛的鸟雀，都要飞出去了，未免使她寂寞一些。可是这也不能怪孩子们呀！怪的只是怎么这样凑巧，天惠保送到台中，惠惠也是。只是因为分数差了些，所以没能得到志愿保送台北的台大，如果在台大多好，守着家，免得让她这么寂寞和惦念。

文英想起没完，索性坐在藤椅上发起呆来。礼物盒还没有送进抽屉里，她又不由得打开来，转动着那只紫红色的圆珠笔，眼前浮起了天惠和惠惠两张稚气的脸蛋儿。

天惠自从入了大学，在家时日更少了，两个暑假他都参加战斗训练，爬山涉水，凭空给她添了许多忧虑。但是孩子偏说机会是难得的，别人的体格还不能及格参加呢，这话也是真的，他那健壮的身骨，就和——唉！就和当年的宗新一样。但是宗新怎么就变得那么没出息！丈夫的责任，父亲的责任，都不能负起来，沉溺于酒与赌，终于使她不得不携着两个幼儿和他离婚。

想起那几年和宗新所受的罪，她还会不寒而栗，幸亏她敢于下决心离开他，如果混到现在的话，孩子们能顺利地念大学，而且是保送吗？即使是能保送，像东海大学是私立的，总要花一笔钱，怎么念得起？那时惠惠还不得乖乖地辍学在家帮忙烧饭洗衣！

不要说别的，记得和天惠一起保送到台南成功大学的一个同学，不就因为家境清贫无力独自离家在外升学而放弃保送，又报名投考台大吗？

但是——，文英也有一点疑惑，那天好几个同学到家里来，孩子们吵吵闹闹的，只听见他们说，哪个保送哪里不要去，哪个又哪个，都要放弃保送回头再考。他们也在劝天惠并且挖苦他，说他志愿念电机的，保送农学院也肯去，太丢同学人了，一定要天惠也放弃保送，和他们一样的再报名投考，但是天惠任怎么说也不答应，连她在隔壁中听到，都想过去鼓励天惠也干脆放弃保送算了。如果考取台大电机系，不但合了志愿，而且离家近，也好照顾，她到底舍不得孩子离开她——正是为了舍不得孩子受委屈，她才无论如何苦也要带着孩子和宗新离婚的呀！

可是孩子还是远去了，不只一个，而且是两个。

同样的情形，惠惠的几个女同学，也都放弃保送不合理想的科系，宁可回头重考。惠惠却不，她说得也有道理，在台中，离哥哥近，怕什么！

她有点莫名的伤感，眼睛湿润了。她劝慰自己，应当满意，孩子们虽然走远了，还有公翰这样的第二任好丈夫呢！

想当年离婚后本不打算再婚的，想独力地撑下去，可是撑不到两年，已经苦不堪言，却在这时遇见了公翰。他正直、公平、高尚、健康，最主要的是经济情形不用发愁，所以她在精疲力竭的时候，立刻就投入公翰的怀抱。

公翰对两个孩子是没话可讲的，他虽然从来不会跟孩子谈笑风生，或自动地想到给孩子买点儿什么，但是大权都在她手里，她用他的钱买，还不是和他买的一样吗？就像天惠进大学两年，她就为他做了一套西装，因为他已经是个大男人，而不再是男孩子了，也许有时要到教授家去谈谈话，喝喝茶，说不定教授有个漂亮的女儿呢。不要让孩子太寒酸了，他们还不至于混不上一身西装给孩子。惠惠呢，这次替她买了一双高跟鞋，她是活泼的女孩，东海是洋派学校，交际的事情也许会有吧？买这些东西的时候，她都扯谎向孩子说：

“你爹爹提议的，快去谢谢他罢！”

于是孩子们都很知礼地过去谢谢爹爹，天惠每次来信都是左一句父亲大人，右一句父亲大人的，非常尊敬公翰。

这一切还不够她满意的吗？她还要求什么？

她又一次心安理得地盖上了礼物盒，这回真的送回抽屉里去了。

她顺便向着桌上的镜子里望望自己，摸摸头发，擦擦嘴角，做个凝视的姿态，看看自己到底有多老？如果真的老的话，也是和宗新生活的那几年种下的根。他使她受了那么大的苦，她怎么知道他竟酗酒到那种程度，豪赌到那个地步！是的，他的确比公翰喜欢逗孩子，给孩子买东西，但要等到他难得赢钱的那一天，否则，她跟他吵，他就把气出在孩子身上，天惠挨了不少打，他应当记得，他已经不小了。

文英把凝视的眼光从镜中收回，她不要再想这些恼人的过去，但是她的脑子里又蓦地掠过一个问题，宗新的现状如何了？这几年都没有他的消息了，还在高雄吗？离婚书上的条件，孩子是姓他们生父的姓，而且父亲对于子女有探望权。离婚后的前两三年，天惠他们还每年和宗新见一次面，但是后来和公翰结婚到台北来，这一年一次的父子会就无形中取消了。宗新既不要求来看他们，他们的关系就像断绝了一样，所以这两年她连他是否还生存在这个世界上都很怀疑。

孩子们可也好，这几年难得提到他们的生父，简直就没有提到过嘛！“有奶便是娘”这句话的意义真不错，那样的父亲怎值得孩子们记忆呢！不过，——文英继而又想，毕竟孩子是高家的人，是高宗新的孩子，不是袁公翰的孩子，如果宗新有个三长两短，孩子们不也应当知道？可是，让她上哪儿去打听他的下落呢？唉！她轻轻地吁了口气。今天为什么总想到这上面去，真神经！她责备起自己来了。

为了要打断自己在这上面不停的念头，她站起身来，走出去，换换空气。

院子里的阳光很强烈，她想不出这个时候做什么好，如果像往常，两个孩子在家，她一定会替他们弄水果啦，拿出鞋子来替他们擦啦，把阿娇熨过的制服再熨一遍领子、口袋什么的啦。但是现在，这些都随着孩子的远行而失去了，没有孩子的生活真是空虚！空虚的空虚，她嘴里不油然地念出《圣经》上的这句名言，像她这样年纪，孩子也许比丈夫更重要吧？她向坐在屋里专注在看书报上的公翰瞥了一眼，摇摇头，他没有孩子，当然不知道没有着落的心情，是什么滋味，尽管他现在名义上是个好父亲。

——这样好的太阳！她忽然想起来了，把惠惠的衣服都拿出来晒晒吧，秋天马上就来了，那是台北雨季的开始，趁它还没有来临。

她这么想着，就到惠惠的卧室去，整理她的衣物，因为中部气候好，所以把准备好的毛衣、外套之类的又留下了，说是等下次回来再带去。

她先从大箱子里拿出天惠的短大衣、呢长裤，一件件用衣架撑好送到院子的太阳底下去。每晾开一件，她都要观量一下大小，惊奇于孩子们的茁壮，也联想到自己的老，真是又高兴又难过。

还有就是这只小箱子了，里面是惠惠的几件毛衣和杂物，临时留下没带去的。

其实这箱子里的毛衣不必晒也可以的，她虽这么想着，却已经随手把箱子打开了。

拿出了毛衣，她发现箱底压着一束信，用橡皮圈套着，她好奇地拿起来看，疑心是惠惠有了男朋友，仔细地看，才认出那是她哥哥天惠的字体。怎么？没有写到家里，而是寄到惠惠学校？她不由得好奇起来，她想，是哥哥的来信，母亲就不必考虑，一定可以看的，就是真的男朋友的来信，在母亲的责任上，也还可以检查一下呢！

想着，她就不客气地把橡皮圈拉开，抽出一封来看：

惠妹：

一个星期了，还没有接到你的回信，真是急人，真怕你放弃保送，又参加联考。你还没有决定吗？怎么这样没有决断力？！

你说你怕妈妈寂寞，如果我们两人都离开她的话，那实在是你的杞人之忧，妈妈有“父亲大人”陪伴着，是不会寂寞的，他们的情感一向都很好，也用不着我们操心。寂寞的反而是爸爸，你不以为吗？前信我不是告诉了你一些情形了吗？……

文英看到这里一怔，嗯？爸爸？公翰吗？但是语气似乎不太对，她再看下去：

……他听说你保送东大，不知有多高兴，你放心，爸已经不打牌了，只是还爱喝两杯，浅斟而已，我有时也陪他来两杯生啤酒，无伤大雅。他还说，想象到看见亭亭玉立的你，就如同看见当年的妈妈一样，一定会给他一些美丽的回忆，他如今真老了！

文英把信按在胸口上，有点支持不住，坐在床沿上。她这回才明白这“爸”是谁了，“父亲大人”和“爸”，是不同的两个人，而语气之间，是多么的……唉，她第一次发现自己的儿子的心灵深处埋藏的情感，是怎么个情形，而且，这真是一件神秘的事情，但——宗新，是什么时候、怎样情形下出现在孩子面前的呢？她的心卜卜地跳着，但仍要继续地看下去：

……你千万不要鲁莽从事放弃保送，等我回家后，咱们再详细地谈。我后天回家住三天，就去参加暑期战训的海洋大队，浮游于万顷碧波上，远比在家和“父亲大人”礼貌周旋来得有兴趣些！

再见！

天惠　七月十六日

文英收进这封信，又急忙抽出下面的一封，看看日期，是更早的一封，密密麻麻地写了三张，她急需了解一些事物，便迫不及待地看下去：

惠妹：

今天同时接到妈和你的来信，多么高兴你保送到东大！妈妈也很高兴，你怎么还说不满意，还要和同学一起放弃呢？可别这么做。

谈起保送，我愿意告诉你一件我一直没跟你提起的心情。当年被保送到台中农学院时，许多同学都劝我放弃保送，再参加联考，一定可以考到我志愿的科系，但是我立定主意地放弃了，为什么？为着借此离家！你看到这里，不要骂哥哥是个不孝的儿子，我深爱妈，也了解她自离开爸爸后为我们兄妹的艰辛。我更自信有一天若能出人头地，妈是第一个应当受到崇敬的；我若赚了钱，也会首先想到孝敬她。但是，当我发现有一个可以摆脱“父亲大人”的机会，我就不愿放弃了。我总觉得我们之间是隔膜的，虽然他一直对待我们毫无恶意，我希望我能离开家，让妈妈和他生活得更自然些。

最主要的当然还是我曾在无意中知道爸在台中，我的心不知怎么就倾向到台中了，对于我，父子之情是一件最自然的事情，我相信你也一样。

一年多来，我和爸相处的情形，你也知道些。对于家庭，他是有亏职责的，但他是爸爸，我们不能原谅他吗？我们的身体里都流着他的血！

妈妈和他离婚并没有错误，他不是个好丈夫，起码对于当时的情形来讲。但也正因为妈的离开他，才促使他重新做人，如果妈仍和他在一起，容忍着他，将更不堪设想，这岂非奇异的婚姻！

当爸在许多次来来回回地讲这些时，他都表示愧对妈，也感激妈。他看来比实际年龄大，由于酗酒，手总是有些发抖，但他是一个多么富于风趣的人！

他应当是一个艺术家的，家困住了他，所以他就变得那样了，他就是这么个性格，这么个人，但他是我们的爸。

我有机会照应他，也得到许多课本上、农场里得不到的东西，但是妈妈提起来会恨的，所以我从来不提他，你也不会多嘴的吧……

文英看到这里，眼睛模糊了，她把信叠起来，不忍看下去，却在想，孩子们需要的是亲情的爱，在她这里得到的感到不够了，那么，她能怨孩子们去接近他们的“爸”吗？那是最自然的事，天惠说的。如果孩子们能从两片破碎的爱去把它们拼合起来而享有它，不正是孩子们聪明吗？她这么想着，竟产生了一种安宁感觉，心渐渐地平复下去，两颗泪珠掉下来，就没有再接着流。

外面的脚步声响了，她才惊醒过来，急忙用手抹一下眼睛，把信塞进箱底。

“你在做什么呢，阿娇喊你吃饭也听不见？”

是公翰来催她吃饭了，她连忙答应着，把箱子锁起来放回原处。

到饭厅里坐下来，她心想，今天是星期日，那父子女三个又不知道在台中哪家小馆子了吧？她想象得出他们的样子来，想象得出来的。但她却捡了一块卤鸭肝送到公翰的碗里，说：

“喏，你尝尝，阿娇的手艺也不错了。”

/ 宗新 /

他今天并没有按照习惯坐到角落的座位，他径直地往里多走了几步，进到一间雅座里。茶房刘头儿笑眯眯地跟了进来，一边摆着碗筷，一边问：

“高秘书，今天还是跟大少爷爷儿俩吗？先点菜吧？喝什么酒？”

高宗新连忙伸出三个指头来给刘头儿看，表示是三个人的意思，但是他却一时不知道应当怎么说出那另外的一个人是谁，刘头儿已经拿出打火机，替他把烟卷点燃了。

吸了两口烟，他很高兴地随便点了两个菜，便停住了，刘头儿又问：

“喝什么酒哪？就点两个菜？今天有螃蟹。”

高宗新想了想，说：

“等下再说吧，人来了再点好了。”

刘头儿又倒了一杯热茶便出去了。宗新看看表，又拿打火机在桌上轻打着，好像在愣愣地想什么，却又向墙壁上东张西望的，有点手足无措，停一下，他又站起来，掀起布帘向外面的茶房说：

“要是我的大孩子来了，我在这里。”

茶房含笑地答应了，他又退到雅座里。坐下来，腿就轻摇着，吸着烟，桌面上有今天的报也不看，专心在等待。

他在等女儿。

随着他吐出的一口烟，小小的惠惠的笑容，朦胧地来到烟雾里。他也跟着展开了笑容，可是他又摇晃一下头，惠惠的脸庞消失了，他也清醒过来，心说，那不是现在的惠惠呀，那还是个小学生呢，现在的惠惠，是大学女学生咧！是堂堂东海大学的女学生咧！而且又是保送的！真了不起！和哥哥天惠一样，都是保送进大学的。他骄傲起来了，烟也不吸了，侧起头，嘴抿成一个怪样子，也不自觉。

他想象不出现在的惠惠是个什么样子，他简直想象不出。他倒是看过惠惠给哥哥写的信，一笔娟秀的字，每个字都带着怪淘气的小勾勾，完全是一个没练过字帖的自由体，因为他没教过她，有亏父职！虽然他是写得好一笔瘦金体的爸爸。

他一斜头，从门帘望出去，外面正走进来一个少女，他蓦地一下紧张了，但随即松下心来，陪那少女一起的是一个中年妇人，那不会是惠惠的，惠惠是跟哥哥一起来的。

他看看手表，离他们约定的时间过了十几分钟了。他有一点犹豫，但是继而又想，那算不得什么，虽然每次光是天惠一个人时从没误过时间，正午十二点一定到达这里，但是今天不同呀，今天天惠是陪着妹妹来呀！陪着大学女学生了，总会有些耽搁的，比如惠惠去找哥哥，误了几分钟，两人再谈几句话，又误了几分钟什么的。他们就会到了，他的头又斜着望出去。

他记得第一次和天惠见面就是这样的，也是焦急地盼望着儿子的来临，也是想象不出做了大学生的儿子是个什么样子。当他最后一次见到他们兄妹俩的时候，天惠刚进中学，小小的个子，就仿佛长不大的样子，可是等到那样一个汉子站在他的面前时，他几乎傻了，他只有点着头，不住地说：

"好！好！——"

天惠当初是先给他写了信来的，那信写得是多么诚恳和天真，那种"万里寻父"的亲情，使他这游荡流浪的父亲受了多么大的感动！自从文英带着两个孩子弃他而去以后，他对自己已经毫无信心了，这才清醒过来，才知道自己一向是做了些什么事，而落得这样的下场。他仿佛是因为不喜欢家庭才加深地做出那些事来，等到没有家庭了，他才感觉到人生是多么地空虚，可是一切已经晚了，他更加地沉沦，酒与赌变本加厉下去。以前是为了寻求生活的刺激，因为家庭是累赘；后来是为了麻醉，因为家庭太空洞。这是多么地矛盾！矛盾的生活，矛盾的生命。最近这几年，他厌倦了赌，喝酒的能力也减低了——看，拿着香烟的手都微微地颤抖，喝酒的成绩！拿起笔，瘦金体成了春蛇秋蚓，他字也不写了。像老僧入定一样的安静下来，独自在台中的贸易公司里做着秘书的工作，过的是没有以前、也没有以后的只有目前的日子，就是所谓"混"。而就在这时，天惠的信来了，他记得那封信，他可以背下来：

爸：

还记得您有个儿子吗？我是在一本职员录上，偶尔发现完全符合您的履历的名字，才忍不住写信给您的。您的儿子虽然在充分的母爱下长大成人了——他已经是台中农学院的Freshman。但是生活的缺欠，使他暗暗在人海中寻找。终于在和我就读的大学的同一城中找到了您。您愿意见我吗？……

当这个五尺五寸高的汉子坐在他的对面时，他好一会儿才镇定下来，才完全相信这是他的儿子。他们曾做了这样的对话：

“爸，您还是我记忆中的样子。”

“我老喽，倒是你长大了。好，好。”

“您一直在台中吗？爸。”

“我嘛——到处走，来台中有三年了。”

“那年看见您，还是在高雄鼓山那边的房子里。”

“是的，六——六年了。”

他们曾经沉默了一会儿没说话，说到六年，不由得两个人都要计算一下，六年是怎么过来的。天惠这六年，是整整地读了六年中学。就是在六年前，那时是他和文英离婚后两年，文英终于做了再嫁夫人，带着两个孩子到台北去了，从此断绝了来往。他又在高雄游荡了三年。三年前来到台中，想一切从头做起，但懒散多过振作，终于变成了消极地混日子。但是儿子却说：

“我们六年一直在台北。”

我们？是的，“我们”是他们母子女三个再加上另一个，唉！他这才想起，说了半天话，还没问起文英呢！他总该问问的：

“你妈好吧？天惠。”

“好。她很好。”

又沉默了一下。她好，而且很好，这该是可以放心的。但是他几时又关心过她呢？她现在有人关心了。他又不由得问：

“大家住在一起很和气吧？”

他说出来立刻就后悔了，他凭什么要问这样的话？他的关心的范围未免太广了，但是话说出去又收不回来。天惠却又说：

“还好。嗯——爸，您不怪妈妈吧？她为了我们兄妹很艰苦的。”

“不不不，天惠，只有我愧对你妈，是我造罪。知道你妈过得很好，我就安心了。”

“您放心，爸。妈妈是一个坚强而有毅力的女性。”

“是的，有福气的男人才娶她，我一时错误，放弃幸福的生活，后悔也来不及了。”

他还没对什么人吐露过这样悔过的话，这是在儿子的面前，不由衷的，潜藏于内心的，忽然在不知不觉间流露出来了。

很奇怪，自此以后，他们父子俩很少很少再谈到天惠的母亲。但他曾问：

“惠惠呢？”

“她已经读高二了，总是考第一，您一定高兴。”

他当然高兴喽！但那是谁的功劳呢？还不是文英的教导有方。当然，那个人也许有关系吧？听说他是一位能干而有地位的技术人员，是一个清廉颇得好评的官员。他怎么能和人家比呢？自觉尴尬，也就不愿触及谈到了。他是独子，年轻时过惯了少爷的生活，不肯受家的束缚，他不喜欢每天回家文英的考查和抱怨，于是他发出了少爷的脾气，以无赖的心情和举动，反抗文英的约束和灌满两耳的善言。赌得更凶，喝得更醉。他曾经以最难听的话投掷文英，伤害了她的自尊心，撕破了容忍的最后一层皮，她离开他了，那不怪她，只怪他。

但是在六年之后，她把这样一个完美无缺的大儿子送到他的面前来了。他被称为“爸”，但他从来没尽过爸的责任，或许，另一个男性倒替他尽了不少义务，他反而是做了现成的爸爸。是不是文英有意让儿子回到他面前来呢？他只问过一次：

“你妈妈知道你找到我吗？”

“啊——我还没跟她提起。”

儿子支吾的语调，使他怀疑了，从此他不再问这句话，所以至今他也不明白到底文英知不知道他们父子的会面。

他自觉对儿子缺欠太多，不是物质可以补偿的，他要以——以什么来补偿呢？以他的为父的爱吧，这种爱，也许孩子在他的情敌（他也配说人家是情敌吗？）那边得不到。他曾爱过孩子，他记得他把大把赌赢来的钱给了愣愣望着他的儿子，文英在一旁绷着脸，紧闭着嘴唇，好像拳头都捏紧了，心里不知燃烧着多么愤恨他的火。他凭什么在赢了钱、在疼爱自己的儿子的情形下，受到这样的眼光呢！于是他一赌气，大拍了一下桌子，又出去了。这种怒目无言相对的情景，天惠还记得吗？他能原谅这样的爸爸而来寻找他，为了这，也使他觉得人生还有得留恋，还有些什么可作为的了。于是他每星期都和天惠约会在这家小馆子见面，他们喝一点酒，他叫儿子也喝。如果文英在面前，又不知该怎么对他怒目而视了。真是的。文英拿这一对宝贝儿女守得紧紧的，一丝儿也不让他这没出息的父亲去碰他们，好像他是一粒可怕的传染菌，一经接触，就有无穷悲惨的后果。

说真的，如果文英换成另一个女性，容忍下去，没有家教，天惠，还能是今天的天惠吗？文英走，是对的，她没有对不起他的地方。他们平日仇恨到那样凶的地步，但是那一次谈判离开，却是多么地平和呢。

那一天，他从三天连接不归中回来了。是一个惨败的黄昏。他准备再面临一次照例的冷战或热战，但是没想到家里很平静。文英在厨房里。他一点儿都不疲倦，为保持他的尊严，所以还故意到纱橱里去找酒，就在这时，他听见菜一样样摆上来了，他听见文英平和的声音对天惠说：“叫你爸爸吃饭吧！”他们吃饭没有声音，这是冷战。他怀疑下一步是不是接着酝酿后的热战？他要准备，但是一顿饭吃完，始终没有出现。冷战到底啦！他喝着酒，心中还冷笑呢！

吃完饭，文英先对小兄妹俩说：

“你们到大街上老裁缝那里去取你们的衣服吧！”

“妈，您忘了，是明天才做好。”

“是今天，我又叫老裁缝提前一天的。”

兄妹俩高高兴兴地出去了。立刻，文英就在他面前坐下来，他最后的一杯黄汤还没灌下肚呢！

“宗新，我们两人做一次和平的谈判，都不要动气。”文英和祥地微笑着，话音虽然微颤，但那是经过几番熟虑之后说出来的。

“嗯。”

“我想——我们分开也许好一些，这样下去，双方都痛苦。”

“好。”他竟没有犹豫，更没有反抗，但是当他看着那边桌上的两个书包时，文英补充了一句：

“孩子我带走，我负责。”

“好。”除了这以外，他没有什么可说的，无论如何，来得仓促些。文英不像别的女人，她平常是从不把“离婚”挂在嘴边的，但是她一经说出，那就是一件已经决定的事。

就这样，太意外，——意外和平地决定了他们的离婚，连朋友要说合都来不及了。

他知道他对她缺欠，让那个男人代他补偿吧。听说他们过得很好，孩子也安全，那就随它去吧。他不想他们了，把他们忘得干干净净的，他一个人混下去好了！

可是现在不但天惠来了，惠惠也要来。他想到这儿，不由得又看看手表，过了半小时了，怎么？不会是惠惠变卦了吧？是天惠在焦急地等着妹妹吗？是惠惠闹脾气不肯来，哥哥在说服她吗？不会的，他们就会来了。他心里这样一下确定着，一下又恐惧着。自从天惠来到他的身边，他的情感倒变得脆弱了。他知道，他说要向天惠补偿，毋宁说他要依赖天惠，感情的依赖。

和天惠交往的一年多里，他的生活充满了希望和安全。天惠爱吃这家馆子的辣子鸡、生啤酒。天惠是个喜欢一点点刺激的热情的男子，很有点像他；但天惠是坚决的——得自文英那儿的性格。他没有，他可以说完全没有。他的本质中充满了懦弱的虫！

事实上，这一年多来，天惠很少提到文英和惠惠，以及那个人。他也不敢问起她们母女，尤其是惠惠。他疑心女孩子会倾向于母亲那面的，惠惠会因为文英的遭遇而同情母亲，看不起父亲，文英说不定对女儿常常数落没出息的爸爸呢！他想起来就有点儿伤心，但是随着天惠的笑容，他也就忘了。他凭什么要贪图那么多呢？他几时又疼过惠惠？说实话，他是比较疼儿子的，也许天惠还记得这些，所以才难忘于他？只要有一个天惠不至于失去的话，他也就够了。如果惠惠也真的来了，那是给他意外的惊喜，是他所不敢奢求的。

他遇见文英，文英就是像惠惠现在的年纪，正读到大一的时候，文英的鼻尖有些翘，但很俏丽，充满了自信与坚决。他追求她，够无赖的，她刚进大学读一年，就和他结婚了，放弃了学业。只有嫁给他这一点，她失去了自信和坚决，恋爱是盲目的，一点也不错。

惠惠长成了，是文英的样子吗？有那样俏丽而自信的鼻尖吗？有多高？有现在前面进来的少女那么高吗？前面的少女？是的，前面的少女。她是多么娇媚，微红的两颊，俏丽的鼻尖，陪同她进来的是一个青年，唉！他的眼睛昏花了，那青年就是——就是天惠嘛，那少女是——也就是惠惠！

他有点手足无措，拿起桌上的烟，又放下，他站起身来，走到门边去迎接他们。他希望刘头儿让开路，唉，用不着那么屈躬卑下地带领着他们。他们会看见这里的，惠惠会看见这里的，会看见爸爸的。

惠惠

哥哥真是个坏东西，他跟爸爸竟是平起平坐的，我今天才知道。他怎么跟爸爸混得这么熟的？那样子简直要称兄道弟了！

刚一见到爸爸，哥哥还有点拘束，爸爸也是，那也许是因为我的关系。但随后哥哥就放肆起来了，他和爸爸，生啤酒一大杯一大杯地灌下去，然后，哥哥的眼睛红了，一直红到脖子根，胸口，手背，都是红的。爸爸就指点着哥哥，十分亲爱地说：

“这小子，酒量是越来越大了。”

没有一点点责备的意思。

哥哥呢，做出瞪眼瘪嘴傻笑状，大概他也许真有些醉意了。我说：

“别喝了，哥。”

爸爸安慰我说：

“没关系，惠惠，啤酒是发散的，所以，喝了脸会红得特别快，喝酒发散才好哪！”

但是爸爸的脸为什么不红呢？难道他的酒量大？他要喝多少才会脸红？他是喝了多少酒才跟妈妈离婚的？

这一顿饭从正午十二点吃到两点多才结束，大家要走了，站起来时，我又看着哥哥，我没有别的意思，我的眼神只是在询求哥的意见，我们是不是就向爸爸告别了？或者还有什么节目？比如走走公园，看看电影，甚至于到爸爸的住处去看看什么的。但是哥哥误会了我的意思，他斜头傻笑说：

“怎么样，写信报告妈说我跟谁学会喝酒了？”

“那可没准儿！”我也不甘示弱。

真的，我如果真的告诉妈说，哥哥在台中念了两年森林系，没学会种树，可学会喝酒了，喝得浑身像烹大虾，通红通红的。妈知道准要急死了，当然我是不会告诉她的。但是我确实该给妈写信了。一到台中是哥哥先写了封信，报告我平安抵达正在办理注册住宿的事情。

是星期四来的，星期五，星期六，今天是星期日，四天了，该写一封长长的、详细的信给妈妈，好让她在临睡前慢慢地一遍遍地看，像每次看哥哥的信一样的享受着。

拿出这本薄翼般的航空信纸来。

妈：

怎么接下去写呢？

我没有离开过妈，哥在没来台中入学以前，也没离开过她。记得当哥哥初来台中时，妈担心得什么似的，临走时嘱咐他不要骑车，不许他打太多的球，让他到八卦山去实习时，要留心树林里的蛇，哥哥不像是在听妈妈讲话，倒像是听一个小孩子说话，他笑着说：

“死不了，您放心吧！哪儿就轮到该上八卦山实习啦！您给排的课呀！”

现在轮到我了，又是到台中来进大学，这也是再巧不过的事。妈虽然习惯了哥哥两年来在外面独自的生活，但是当她知道我也将在大度山上度过四年大学生活时，确实是很舍不得的，她在言语中也很希望我放弃保送再报名联考。我不是也很想放弃的吗？也是为了舍不得妈妈的呀！但是哥哥力劝和自己懒得再准备功课，就一狠心决定到台中来了。

这时却想念妈妈了。真想念。她在做什么呢？和爹爹在院里乘凉聊天吗？爹爹是不怎么讲话的，每天晚上我和妈妈在絮絮叨叨地谈，爹爹就在屋里看他的工程书，——一个严肃而负责的人，热心公务，与人无争，在工作上、为人上，是得到褒奖和赞扬的人，但是却不能赢得他继子的亲近。

哥哥说过不止一次了，"总觉得他缺欠点什么，你说是吗？惠惠。"

也许我们不应该太苛求一个并不是亲生我们的父亲，哥哥的这种感觉如果无节制地流露出来，那对于妈妈总不是一件顶好的事情，我不愿这样，所以我说：

"哥，不要这么说好不好？他并不缺欠什么，而是我们缺欠了什么，……"

"我们缺欠什么？"哥哥急了。

"哥，我们不过是身体缺欠了他的血，所以哥你才……哥，有些事要客观地想一想……"我虽然这么说，但是哽住了。

我知道，我们都敬爱母亲，但是心情在某些时候是很寂寞的、彷徨的，尤其是哥哥。他是一个男孩子，在家里却没有给他鼓励、给他快乐和跟他亲热的男性。看他今天和爸爸的情形是多么地不同，那样放任、那样豁达、那样快乐。在台北我们家里，我从没见他这么开心过！

哥哥现在是快乐的、健康的、安全的，我应当写信告诉妈妈，我的见证，可以使妈妈得到安心，知道她的儿子两年来在外面的生活是不必担忧的。但是我应当怎么告诉妈呢？

我先这样写：

哥哥在我到台中那天，已经写信报告您了，我很好，您别惦记。一切入校手续都办好了，也搬进了女生宿舍。林姨介绍的牧师办公室的吕小姐，也见到了，她像林姨一样，说着清脆悦耳的北平话，和蔼地照顾我，问我需要什么。其实妈您知道，我不需要什么，只是想您。我希望我的思家病，很快地好起来，能像哥哥一样的过着快乐的日子。快乐时日子会缩短的，四年就不至于有煎熬的感觉了。妈您说是不是？

大度山的风大，我刚来三天，还不大觉得，也因为还没上课，整天都和哥哥在台中玩的关系。今天中午和哥哥到一家小馆子吃螃蟹，哥哥学会了喝酒，他好开心，您猜我们在小馆子里和谁在一起吃饭？……

真的要这样写下去吗？再想想，妥当吗？哥哥中午曾说“怎么样，写信告诉妈妈我跟谁学会了喝酒吧”是什么意思？或许他真有意要由我来透露给妈妈，我们和爸爸会见的事。哥哥已经找到爸爸一年多了，到了今天还没有告诉过妈妈，大概哥哥也很想向妈妈表露出来吧？这件事，总归要妈妈知道的。那么是由我来说吗？我应当从何说起呢？如果我说：

我们是和我们的爸在一起吃午饭的呀！

“我们的爸”，这样的口气是会刺伤母亲的心啊！她会想：孩子们怎么亲热得和“他们的爸”在一起了？噢，原来他们还是倾向于他们的亲爸爸，对于他们的继父是一点情感也没有，说“我们的爸”，不就等于否认公翰是他们的父亲了吗？公翰白疼他们了！……然后她会背着爹爹暗暗地流泪了。真是的，我不要刺伤她，不要为了我们有两个父亲而刺伤她，使她难堪。唉！难堪的到底是谁呢？应该是我们兄妹俩，有两个父亲的孩子！一个叫做“爸”，另一个叫做“爹”，真是的！

爹和爸是不同的两个男人。是妈妈所恨的和所爱的男人。但是有一点无可否认，无论是恨或爱，都是为了我们兄妹俩。为了“爸爸”不能善待我们，她更恨他；为了“爹爹”能够收容我们，她更爱他。我们怎么能使妈妈灰心呢！或许我可以这么写：

我们是和一个曾经是您的丈夫的男人吃午饭的呀！

这未免又有点玩笑性质了，似乎良知上有点儿对不起爸，仿佛撇开了我们和他的关系，只把他列入妈妈的关系上去了。我真奇怪，一个女人怎么能够下决心离开和她生过两个孩子的丈夫呢？——我不是怪罪妈，我知道，爸爸严重地伤害了妈，妈才下了最后的决心，我们都知道，一切妈的亲友也都知道，没有人会不原谅妈妈的再嫁。只是我自己想不出而已，大概这不是没有婚姻经验的人所能了解的。

妈妈很少提起爸爸，她只向我们提起过两次。

第一次是在妈妈再嫁的前夕，那年我十岁，对了，整十岁，还在高雄念小学呢。妈妈在收拾小箱子，她第二天要去台北，把我和哥叫到身边来：

“妈明天要到台北一趟。”

她向我们说，我们没搭腔，因为关于妈要和一位袁先生结婚的事情，表姨已经向我们说过了。现在她说要去台北，我们已经可以感觉到她是去做什么。妈又问：

“知道我到台北做什么去吗？”

我们又没搭腔，既不说知道，也不说不知道。当时只觉得滋味儿不对，说不出的滋味儿，喉咙窒息住了，有东西塞住了。

她见我们不说话，向我们微微笑一下，又说：

“妈妈是去和那位袁伯伯结婚，嗯——天惠、惠惠，要说你们小，可也懂事了，跟爸爸过的日子，你们还记得吧？他那么没出息，喝酒、抽烟、赌钱，说一句都不可以，惠惠，记得你爸爸揪住我的头发的一天吧？”

我点点头。我当然记得，我为那凶暴的场面吓哭了，怎么不记得。妈又说：

“谁愿意离婚呢？谁又愿意再结婚呢？可是妈不得不这么做，你们俩多多少少也明白吧？明白吗？明白妈的意思吗？”

妈这样紧逼着问我们，眼里含着泪，我们不能再不搭腔了，但是我和哥哥确实仍是没有说话。喉咙堵住了，还是那原因。但是哥哥呆呆地点了点头，表示知道了，承认了，同意了。

然后哥哥终于讲出了一句话：

“您还回来不？”

“怎么不回来？”妈笑了，“我在台北安顿好了，就来接你们。”

“到台北上中学？”这是哥最开心的自身之事。

“是的，台北的中学难考，可是好。”妈说。也许是台北的中学诱引了哥哥的梦想，对于妈妈再嫁的重要，就被台北的中学之梦给冲淡了，哥是用功的学生。

第二次提起爸，是在哥念高三的时候。为了哥要买一副钓鱼竿，而“爹”买回来的却是一本韦氏大字典，他认为哥读高三了，不宜去钓鱼浪费时间，好好地念书，英文尤其要努力进修。妈妈要哥去谢谢“爹”，哥却不知哪儿来的脾气，把大字典向桌上一推，就向外走，妈把哥叫住了，含着泪苦笑着说：

“天惠！你不是孩子了，要明白，我离婚、结婚都是为了你们兄妹俩，记得你那没出息爸爸吧？我可不愿意你学他。爹爹对你是恶意吗？为什么……”

爸和爹，分别是这么清楚，但是哥不要听，他虽然停住了一下，但还是掉头而去。

屋里留下了妈和我。妈妈轻轻地叹了口气，对我说：

“也许你哥哥是男孩子，他不容易了解母性和女性，你或者能比他明白。”

我没有说什么，除了心疼妈，我有什么可说的呢！可是等到黄昏哥哥回来，却满脸堆了笑地走到“爹”的屋子里，我听他跟“爹”说：

“这本韦氏大字典正合我用，太好了，您多少钱买的？”

过了一会儿他出来了，若无其事地又对妈说：

“妈，碰见刘阿姨了，她请您晚上没事到她家聊天儿去呢！”

妈很高兴，“爹”也开心，晚饭桌上气氛融洽。但是我偷眼望哥哥，我觉得他老了十年，他只出去两小时，回过头来怎么就老了十年呢？他这两小时到哪儿去了？是到淡水河边那个钓鱼的老地方发呆去了吗？望着河水寻思了两小时，找到了答案？终于回来向爹爹致谢，向妈妈赔笑脸？他老了，哥老了，妈说得对，你不是孩子了。

但是我躺在床上的时候，却哭了，我哭哥哥老了，我哭我们都不是孩子了，应当孝顺爹爹，体贴妈妈。

果然自此以后，哥哥变得更乖巧了，他那样和颜悦色地招呼“爹”，赢得了妈妈更开朗的笑容。但是谁知道哥却在台中上大学时，在茫茫人海中，找寻到六年不见的爸爸呢！

哥这回可有鱼钓了，中午爸不是还约他到什么地方去钓鱼吗？钓鱼竿子也买到手了吧？这个哥哥，真的是！他学了森林，可不上山种树，却跑到河边上去钓鱼。和一个白发苍苍、声音沙哑的老头儿。真的，爸为什么这么老？他不是才比妈大四岁、五岁吗？

十岁的记忆中的爸爸，是一个西装笔挺的中年男人，他那时留了一撮胡须，是为了漂亮；现在他也有胡子，麻麻碴碴的，是一种生活缺乏了家人照料的不整洁的胡髭。爸的头发也白了八成，而且，我不记得他是个沙哑嗓门的人，他和妈妈吵架的声音不是还把我吓醒了吗？

我们今天没有讲分别后的日子，我们完全讲的是快乐这方面的，关于他和我们分别后的情形，他已经和哥哥讲过很多了。

哥哥说，爸在和妈离婚后的一两年，仍沉湎于酒和赌博，直到他有一次得了急性盲肠炎开刀住医院，体力感到未曾有过的衰弱，生活感到未曾有过的贫乏。从那时，肚子上的一刀，不但割去了他的盲肠，也割去了他的盲目。他这才清醒过来，抚着创伤的身体和心情，投向新的生活。但是那时妈已经又结婚两年了。就这么，爸一个人默默地生活着，直到哥哥找到他。

妈是恨爸的，她从来都不提他，一心一意守着“爹”过日子，就仿佛她从没有过过去的那一段。妈妈的坚强和毅力，绝不是我所能做到的。也许一个女人，有过婚姻经验的，和没有经验的，不同的地方就在这里？男人可以使女人坚强起来，也可以使女人软弱下去，婚姻真是一件奇妙的事情啊！

但是，妈妈如果知道他们父子的重逢，也使两个人都重新找到生活，将做何感想？

看哥哥是多么倾心我们的爸！还记得哥的信上说：

……对于家庭，他是有亏职责的，但他是爸爸，我们不能原谅他吗？

我们的身体里都流着他的血！……妈妈和他离婚并没有错误，他不是个好丈夫，起码对于当时的情形来讲。但也因为妈离开了他，才促使他重新做人……当爸在许多次来来回回讲着这些时，他都表示愧对妈，也感激妈。他看来比实际的年龄大，手由于酗酒，总是有些发抖，但他是一个多么富于风趣的人！他应当是一个艺术家的，“家”困住了他，所以他就变得那样了。他就是这么个性格，这么个人，但他是我们的爸。……

“我们的爸”，对于哥哥是这样一件重要的事。但是，真糟糕！哥哥的几封信我都没有带来，留在台北家里的小箱子里，钥匙也交给妈了，她一打开来就会看见那些信的。妈会打开吗？

唉！真是，这个坏哥哥，他想由我来向妈妈透露这些事吗？我到底应当怎么写呢？

我也不要写。如果妈妈真的看见了哥给我的那几封信，就由它去好了，既不是我告诉妈，也不算哥告诉妈的，都没有责任，也好。

那么我来把这些信纸撕掉，重新写。我岂不是可以这么接着写：

……您猜我们在小馆子里是和谁在一起吃饭？原来哥哥在台中交了一位老朋友，他头发都白了，声音是沙哑的，但却是一个很有风趣的老人，是一位不事生产的艺术家，和哥哥做了钓鱼的朋友。他请我们吃螃蟹，有点儿酒量，哥哥也和他抿两口。他端起杯子来，手发抖，他说是酒害了他，但是浅斟却滋味无穷，当他知道这个道理时，为时已晚。但看样子，哥哥却能使这个伤心的老人得到些许安慰，他们很谈得来。……

啊，这样够了，够了！不能再写下去了，文字总是要含蓄的，也像酒一样，浅斟最好。

绿藻与咸蛋

曼秋给她的丈夫萧定谟开开门，接过来他的公事皮包后，便轻轻而又很兴奋地说：

“定谟，他真的来啦！”

“谁？”

“傅家驹，我前天跟你说过的呀！”

“哦——”定谟没再说什么，一直往卧室里走，曼秋小鸟依人地跟在后面进来，把公事皮包放在桌上，又对他说：

“人在客厅里，你换了衣服马上来吧！”

“我还要洗澡呢！”定谟低头换拖鞋，头也没有抬地说。

曼秋听丈夫说话的语气，稍微一愣，但是因为没有看见他的脸，不知他真正的表情如何，她只当是自己敏感，便若无其事地预备回到客厅去陪客人。但是她的脚刚迈出了卧室门，听见定谟又发话了：

“水呢？”

她不得不回转身来。看丈夫全身光着，只穿了一件内裤，拿着一条洗澡毛巾，直站在卧室的中央，像个任性的孩子。她觉得好笑，也有点生气，不禁皱起了眉头：“咦！叫阿兰给你倒嘛！”关于洗澡水的事情，本来用不着曼秋亲自动手的，每次只要喊一声“洗澡”，阿兰就会全预备好，今天怎么啦！是嫌早晨的荷包蛋煎老了？还是因为看她的老同学来了故意的？处处犯别扭劲儿！曼秋想着，不由得绷紧了脸往客厅里走，可是一进客厅门，她立刻把脸松下来，笑脸迎着客人说：

“他洗个澡就来。”

“好的好的，不忙！”傅家驹虽然嘴里这么说，眼睛却又看了看腕上的表。这时忽然一声粗暴的声音喊阿兰，“等一下”，阿兰咚咚地跑到客厅来：

“太太，先生叫你去一下。”

曼秋不得不又向老同学告罪一下。到了洗澡间，定谟只是很简单地说了两个字：“衣服！”曼秋到卧室的壁橱找衣服时，不知怎么忽然想起了弟弟的幼年，他是一个很能折磨人而又被宠惯了的孩子，他能把母亲折磨得掉下眼泪来，可是也舍不得打骂他一下。她记得有一次弟弟洗完澡还坐在木盆里不肯起来，他要母亲拿衣服，这一件不对，那一件不对，直到母亲含泪把五斗柜的一大抽屉衣服整个端到弟弟的面前。……曼秋拿好衣服又去洗澡间，一进门，看见热气腾腾的朦胧中，丈夫光着身子坐在小竹凳上，在那里倔强地等着衣服，曼秋又想到了弟弟，不觉扑哧笑了出来。

“笑什么？”定谟很不高兴，从平板的面部表情可以看出来。

“背后还有肥皂沫呢！”其实并没有这么一回事，她只是借此掩饰罢了。她拿起毛巾在他光滑的背上故意地擦了两下，又低声说：“快点来吧，客人刚才就要走了，他六点还有人请吃饭呢！”

洗澡间的热气把曼秋的脸熏得通红，鼻尖还冒着汗珠，两手也是湿漉漉的。一走进客厅就做着无可奈何的神气，挑起眉尖微笑着说：“男人总是这么麻烦，是不是？”

傅家驹没有说什么，却微笑着对她注视。其实他是在欣赏一个女性的变化，她原是大学里的一个活泼的女郎，嫁后光阴却使她变得如此依顺她的丈夫。他也许还有一些别的感触，但是他的注视却使她更难为情了，她生怕这位洞察人生的作家会看透她自从丈夫进门后的这一段心情。

这时定谟进来了，曼秋为他们介绍，定谟真不够大方，虽然和傅家驹作礼貌上的握手，但是并不热烈，也舍不得说一些敬仰的话，像什么“久仰大名”呀！“大作时常拜读”呀！他虽然对文学是门外汉，但是她曾跟他提过的，说她的老同学傅家驹现在以笔名“罗嘉”而享名文坛了，他难道忘了吗？他冷淡的态度，好像在接见一个不相干的人，而且也不关心对方是干什么的那种样子，他只对客人伸手做让坐的姿势说：“请坐请坐！”客人还在谦让呢，他自己倒先不客气地坐下了，那神气就像告诉人，“这是我的家，我的太太。”

两个男人之间似乎找不出什么话题来开始交谈，作为丈夫的这个，随手举起了晚报。曼秋心想，纸幕一隔，这屋子空气将更趋冷酷，于是她在丈夫的眼睛还没接触到铅印字时赶紧说：

“定谟，我请家驹明天晚上来家吃便饭。”

“哦？好极了！”这话是冲谁说呢？他不像是主人，倒像是个旁观赞助者。

家驹这时也起身告辞了，定谟立刻站起来：“不坐坐了么？”

送走了客人，回到屋里来，阿兰已把晚饭摆上了桌。两个人吃着饭，只听见汤匙碰着汤碗，银筷子轻点着饭碗，是银器打着磁器的声音，却听不见人的说话声，这实在打破以往的惯例。平常饭桌是他们夫妇俩交换情报的地方，各人一天的所闻所见，都是在饭桌上报告给对方的。就像傅家驹要来的这回事，不也是前天在饭桌上提到的吗？据曼秋说，原来小说家罗嘉就是她的大学同学傅家驹，他的长篇小说《花环之爱》已经出到第四版，并且得了一笔文艺奖金。他最近才知道曼秋也在台湾，便寄了一本短篇小说集来，并且说他不久要来台北，会来拜访她。这些话定谟听了并不在意，曼秋是喜爱文学的，虽然她在大学读的是教育。他对文学这一门却可以说是一窍不通，他装的是一脑子化学公式，而且他最近更对绿藻的研究发生兴趣，他虽然和朋友合资开了一家香皂公司，但是他的本旨还是在微生物化学上。

他们的家庭生活非常融洽，世俗所称“模范夫妇”“夫唱妇随”，他们都够资格。他并不需要太太懂得化学什么的，但他做出来的香皂、香水、香粉，太太都是第一个品定和捧场者；他不懂文学也无大碍，著名的小说一出笼，他总是先买回来给太太，虽然他自己并不要看。

也许事情就糟在女人的沉不住气。在前天的饭桌上，他们谈到傅家驹是作家是老同学的话，谁知曼秋最后又忍不住多说出一个名堂来："真可笑！傅家驹还追求过我呢！那时给我写了许多诗。"

"哦？怎么没听你提起过？"定谟不由得问。曼秋是个漂亮的女孩子，追求的人当然很多，当年追求的都是些什么人，曼秋差不多都向定谟提过，可是怎么就没听说过这位大作家呢？

其实曼秋并不是故意隐瞒的，实在是对于当年傅家驹的追求并没有放在心里，所以连提都忘记提了，她几乎忘得干干净净了。可是现在傅家驹成名了，那追求的回忆，便仿佛对她有些说不出的意义，或者可以说是女性的一点虚荣心在作祟吧，她竟无意中把这段过去又翻出来向丈夫——可以说是炫耀了一下就是啦！

如果不是曼秋的自白，也倒没什么，就是坏在这么一说，当天晚上，定谟竟好奇地拿起《罗嘉短篇小说集》来，这在他确不是一件寻常的事。他随便翻开了一篇题名《孤独者》的看看。这篇小说是说一个孤独的诗人隐居在观音山下，有一天一位女游客受伤昏倒了，村人把她送到离出事地点最近的诗人的小屋里休息。诗人正采菊东篱下，当时没在家，等他回来时见床上躺着一个昏睡的女人，桌上压着一张纸条。是女客的同游伴侣们所写的，是说请主人原谅冒昧，并请招呼这位女客，她吃过药睡一会儿就会好，醒来可以告诉她，她的游伴们在距此南去约十分钟路程的大树下野餐。诗人看看床上的睡美人，竟发现正是他多年梦寐追寻的爱人，他把野菊插在瓶里，供在床前小桌上，又从箱底取出当年的诗稿来，然后他静坐着，读着旧诗稿，回忆着当年写诗的经过……虽是一篇传奇性的故事，便是笔触之美，可也捉住了这位化学家，他一口气看完，合上了书在想，他不得不承认这是一篇杰作，好在哪里？就是曼秋常说的——"气氛"太好了！可是，如果那孤独的诗人是作者的化身的话，那多年不见的女游客又是谁？定谟的心也起了一种说不出的"气氛"，那股"气氛"从鼻孔直冒出来，是 Acid，酸性的！

他看后不声不响地把书放回原处——曼秋的枕头底下，只当他自己没看见，实在他也真后悔他曾看见。

曼秋洗完澡回到床上来睡时，高兴地哼着歌，他听出那是她读的大学的校歌调子，他下意识地觉得她是在回忆学校生活，和那个同校的诗人的生活！

这是前天的事了，而就在今天，这位观音山下的孤独者终于追寻到他多年不见的人儿了。这时在只听见磁碰磁的饭桌上，终于定谟先忍不住了：

“你这位同学是干什么的？”他明明知道，可是故意这么问，当做是一个来历不明的客人。

“咦！我不是跟你说过，他就是当代名作家罗嘉呀！他那本《花环之爱》，还是你给我买回来的呐！”

“哦！我倒忘了！敢情是个耍笔杆儿的！”他不屑地说，然后又想起来加一句：“你说他住在哪儿？”他问这话是无意中的有意。

“成子寮。”

“观音山的那个成子寮？”

“不错。”

那就真的“不错”了，——他考证那篇《孤独者》的真实性，结果证实了。那篇小说虽然是假的，但作者的心情却是真的，这孤独者，他一直在追寻他的旧梦，这下子可真叫他追到了，没在观音山下的小木屋里，却在鸿昌香皂公司经理的公馆里！

他本来买了两张电影票，预备今天饭后请太太看《野宴》去，但是“孤独者”的来临，把他们的局给扰了，两张电影票乖乖地贴在定谟的上衣口袋里，他摸也没摸一下。

“关于他的生活，这本短篇小说集里，有几篇很有趣的描写，你可以看看。”

晚上临睡前，曼秋从枕头底下把罗嘉短篇小说集抽出来，扔给定谟，但是定谟假装困得要死，努力地打着哈欠，看也不看一眼就把书放回小桌上的台灯旁。

一个人无论到了多么大的年纪，只要和老同学在一起，立刻不受年龄的限制。

不管已经离开学校多么久，严肃的教授也会淘气，五个孩子的胖太太也成了小姑娘，开百货公司的大腹贾也恢复“干猴”的外号。在曼秋所安排下的欢迎傅家驹的宴会，简直可以说是同学会，全部是曼秋的同学，定谟例外。

他们在饭桌上毫无顾忌地互相开玩笑、揭疮疤，一派天真，把当年认为不可道破的事情，全部公开出来，就连曼秋如何偷偷地每星期到上海去和定谟会面的事，也揭发出来了。曼秋看来很开心，眼溜着定谟害羞地笑。定谟这时也以优胜者的姿态被人灌下了三杯酒。

这时不知什么人想起了一件陈年老事：

“小傅，你还写诗不？”

这话刚一说出口，惹起了哄堂大笑，傅家驹也多喝了两杯酒，两颊绯红，很难为情地阻止说：“今天不许说这个！”

这里面似乎有一段在座人都晓得的“尽在不言中”的故事，只有定谟莫名其妙，但他也可以猜得出那故事的意义。他不由得侧头向曼秋溜了一眼，曼秋这时正摆弄刚端上桌的一盘菜，她企图用活泼的尖嗓门转移谈话的目标，所以不断地喊着：

“吃菜吃菜，大家尝尝我自已腌的咸蛋！”

大家吃着蛋，交口赞誉，曼秋却自谦不善烹术，腌出来的蛋从来没有膏油。这时大家的谈话兴趣转移到烹饪术上，女客们的话也多了。

“也许有一天太太们不再为烹饪术所苦。”是定谟开口了，曼秋知道定谟预备说什么，她抢嘴先作一番介绍：

“别以为定谟就只会做肥皂，我们的微生物化学家现在潜心研究的实在是绿藻。”

“绿藻？”人们想不到绿藻和化学的关系。

“隔行如隔山，定谟，把关于绿藻的起码常识讲给他们听听！”不用说，曼秋是有意捧丈夫的场，她实在也一直敬他爱他，否则当年也不会老远的一星期跑一趟上海，去找那个埋头在化学实验室里的男人了。在这个丈夫陷于“孤独者”的场合里，要把丈夫不同凡响的地方，高高地举出来，太太的用心良苦可以想见。

提起绿藻，那比鸿昌香皂公司的年红更能使定谟来得兴味浓，他说：

“我的太太嫌她腌的蛋膏油不够，这使我想起有一天我们人类的饮食将以绿藻代替，太太们就可以不必再为腌蛋伤脑筋了。因为绿藻这东西，现在科学家已经分析出，除内含百分之五十的蛋白质外，还有脂肪及维他命等，如果经过特殊的培养，脂肪的含量可以达到百分之八十五。它除了可以吃以外，还可以做燃料，代替人类不久的将来即将用光的石油和煤炭。还可以制药，制染料、肥料等等。”

听的人果然啧啧称奇，听得津津有味，忘记吃咸蛋了。定谟并强调说：“研究绿藻比研究氢弹对人类更有价值和意义。”

“为什么？”有人急着问。

“有了绿藻，战争将无从发生，因为人人都有饭吃了，战争还有何意义？所以——绿藻是战争的敌人。”

“了不起！可是我们上哪儿找这许多绿藻吃呀？”

“绿藻的繁殖很快，一天可以分裂两次半，它只需日光、空气、水和少量廉价的药品。拿一英亩的地盘来说吧，普通农作物平均生产不过两吨左右，但是绿藻却可以得到二百吨！将来有一天，每家的屋顶开辟一块可以晒到太阳的绿藻培养池，这一家人就可以取之不尽，食之不竭了。我们将和绿藻共同生存，繁殖在这世界上，一代代地下去……”

“我们将像养在玻璃缸里的金鱼和绿藻一样，共存共荣！”有人插嘴，引得满屋笑声。这时五个孩子的胖太太更开心，她说：

“对！我最赞成。别看我是学家政的，我家先生总嫌我菜烧不好，有时我真赌气想炒一盘石头子儿给他尝尝！好了，现在可好了，我们大家都要吃绿藻了。但是，萧先生，在我们人类的饭桌上，几时才可以看见成盘的红烧绿藻端上来呢？”

“那只是时间的问题，我想起码在我们子孙的饭桌上，总有一天会实现的。”定谟幽默地回答。

“唉！”胖太太摇摇头，她嫌太晚，很失望。

晚宴就在这样快乐的谈笑中结束了。可是定谟并不完全轻松，当他回到卧室就寝时，又看见床前小台灯旁的那本短篇小说集了，他想起了饭桌上客人开那位诗人的玩笑，那玩笑对于他和曼秋不是完全不相干的，他知道。他把书的封面翻转来扣在桌面上。他不要看。

宴会的第二天下午，定谟下班回来，却不见曼秋，他问阿兰："太太呢？"

"太太和那位傅先生出去了。"

"哦——"定谟的那种气氛又来了，他坐在客厅里吸烟，闷声不响，阿兰把洗澡水早就预备好了，也任它凉去。

他们此刻在哪儿？幽暗的咖啡室角落里？黑暗的电影院里？他觉得他的想法未免太糟了，可是又禁不住要往这方面想。他甚至有了这种念头：文人无行，尤其写小说的，感情随时可以泛滥，……一直到院子里响起了清脆的高跟鞋声，他才从胡思乱想中醒转来。曼秋满面春风地进来了，定谟假装完全不知道的样子，毫不在意的，话从叼着烟的嘴缝里抖搂出来："到哪儿去啦？"

"傅家驹要我上街陪他买买东西，物价直在涨呀！"曼秋很痛快地回答。她这时已脱了旗袍，只穿着露背的衬裙，走过来，从椅子后面把手弯过来，搂着定谟的脖子，俯下头来，亲昵地悄声说："吃完饭去看《野宴》好吗？"

在往常，他一定会顺势把她搂在怀里了，可是今天他没这么做，他的心中忽然起了一阵嫌恶，他想她和傅家驹在外面玩够了，回来只轻描淡写地带两句，还把快乐的余味来送他分享，他才不要呢！这念头很快地从他心头一掠过，不知怎么，嘴里就迸出了这么一句话："你倒还有这种余兴！"说完他也觉得自己语出不明，可是捉不回来了。曼秋听了直起身子来，侧着头疑惑地也跟着念："嗯？余兴？"

"我今天太累了，现在要去洗个热水澡，早点休息。"

他岔开自己的出言不妥，同时起身往卧室去，换衣服的时候，他把两张万国的电影票，塞进皮夹的小夹层里。

过了两天的下午，定谟回家来，一进房门就看见曼秋在微笑着展读一封信，桌上放着一个篮子，定谟过去打开来看，是满满一篮黄泥裹着的鸡蛋。定谟问：

“哪儿来的？”

曼秋没有回答，却含笑把手中的信递给定谟，那上面写着：

曼秋同学：台北小聚蒙贤伉俪招待，甚为愉快。又承你陪我上街为我妻及小儿女们挑选衣料，妻非常满意，要我谢谢你。这次能见到许多老同学，尤其是认识定谟兄，真是人生一乐事。我回来把“绿藻”的故事向太太翻版了一下，她在静聆之余，向我提议一件事，她说在绿藻尚未爬上人类的饭桌以前，请你们先尝尝她手制腌蛋，并嘱我转告，蛋未腌前先置日光下暴晒，腌后自然会有膏油矣！兹趁村人入城之便，带上一篮请笑纳。此祝俪安。

罗嘉上

“啊——他原来有太太呀？你你你怎么没说？”定谟看完信后，惊异地怪声喊着说，那声音是从多日郁闷中解放出来的。

“怎么？人家孩子都好几个了。咦？难道你没看，我告诉你有几篇描写他的家庭生活的文章？”

“看了，”定谟走到曼秋的背后，两手紧紧地握着她的两肩，低下头来轻声在她耳旁说：“我只看了那篇《孤独者》。”

曼秋回转头来奇怪地直望着定谟的脸，然后抿着嘴笑了：“怪不得！”这句话似乎有两种意义。

“对了，”曼秋刚要到厨房去，定谟把她叫住了，从口袋的皮夹层里拿出两张票子，举起来晃了晃：“吃过饭去看《野宴》吧，今天是最后一天了。”

曼秋没有接过票子，却伸手把他嘴里的香烟取下来，把身子凑上去，在他唇上轻俏地一吻，然后调侃地笑说：

“你倒还有这种余兴！”

烛芯 /

/ 一 /

外面的风渐渐大起来了，吹得竹篱笆喀喀地响，好像要倒下来的样子。但是过一会儿，风又停下来，天也暗了，四外倒因为风乍停而显得格外地寂静。元芳从厨房后窗看出去，稀落的篱笆外，总仿佛闪着影子，怪怕人！她后悔没有把凯利从刘家带过来。就算凯利还小，可是有几声狗叫，就管事得多。因为以后俊杰出差的事，总是难免的。

元芳把菜都热好了，她懒得把饭菜端到饭厅去，也懒得把菜盛在盘子里，两样剩菜就连着锅子，摆在厨房的切菜小桌上。就着桌旁的小米柜坐下来，一个人吃着晚饭。

多年来俭省的生活习惯，已经使她变得没有理由地苛待自己了。她又接着吃剩鱼头。鱼头熬豆腐汤加上几粒花椒，这么一个早年跟嫂子学来的菜，想不到竟合了俊杰的胃口，结婚以来烧了五次，不，六七次喽！每次俊杰都把鱼汤喝光了，一边喝，一边夸赞鱼汤的鲜美。

外面的风又大起来了，总是在休息一阵以后，就比前一回更大一些，台风真的来了。这个台风叫什么名字来着？噢，叫露西，一个女人的名字，和风西，那个女人的名字差不多，而且也一样地厉害！忽然一下子，黑了，电灯灭了，闪亮了一下，又灭了！台风的劲头儿开始了！

借着煤油炉的火光，她摸到了火柴盒和半段蜡烛。她把蜡烛点着以后，可没心再接着吃饭了，便把碗筷收拾收拾，拿到水槽去洗。

她倒很佩服气象台，这回大概预测得很准确。白天收音机里不是预报说，今天晚上露西会在台湾岛扫个边儿吗？啧啧！扫个边儿就这么凶，要登岸可怎么办呢！她倒想起来了，俊杰的毛衣还在外屋的椅子上扔着，说是到南部去不会冷，就不肯带去，唉！总是有把年纪的人了，冷啦热啦的，就是不能跟年轻小伙子比呀！早该硬给他塞进手提袋的，可是他偏不，就在火车上，他非把毛衣交给她不可，还附在她耳边悄悄地说："看人家都穿香港衫，我穿整套西装就够瞧的了，别让人家笑话我老了，不行了！"听他这么说，她这才抿着要笑的嘴，把毛衣拿开了。随后俊杰又对她说："我要去一个礼拜呢，闷了就锁上门找小仓、小珊他们小哥儿俩玩玩去，或者把他们接来陪你两天，听见没有？元芳！我一完事，会紧赶着回来。"

有关心、有期待的小别，使她觉得这里有无限的夫妇间的情意。他们虽是新婚，可都不是年轻人了，但这滋味儿总是甜甜的，一种甘苦共尝的偎依，未形诸于外，可是都含蓄在两人的心田中了。

她真应当听俊杰的话，把小仓和小珊——甚至于凯利，都接来住几天，让刘先生跟刘太太寂寞两天，算得了什么呢！说不定刘太太会说："去吧，去吧，全部都去吧，我们倒乐得清静几天！"

她想到这儿，笑了，蜡烛又流下了泪，她用手去捏捏，就像小仓淘气，玩他那枝烧软了的蜡笔一样。想起小仓和小珊兄妹俩，她望着蜡烛的一朵黄光，心就不由得悠悠地到了刘家——那三间木板房，一对粗壮的山东大妇，一双小儿女，合起来就是一个姓刘的家。这个家普普通通，但是平平安安。

元芳从头上取下一个发夹来，用它剔剔牙，又去挑挑烛芯，这样亮些了。

火车凄厉的尖叫声，自远而来，直穿进人的胸膛。是南下的？还是北上的？载了多少离人？她在乱想，想着想着，车厢里的面孔换了一个，车站也不是满植着凤仙花的台湾小镇的车站了。那地方，那人物，仿佛都是昨天的，眼前的，可是算一算，也有二十四五年了，呀！二十五年了，一个世纪的四分之一。整整二十五年，一个女人把她生命的多一半时间，放在等待上。

二十五年，元芳想着有点不甘心，她用发夹用力去戳那烧软的烛芯。这一来，光小了，烛油直向外流。那也是一次新婚的离别，但和这次比，却是两般心情。当时十八岁的她，是多么地趾高气扬！是她鼓励那个人走的，她说："志雄，你尽管走，我天津总算还有个好娘家，让我生下了孩子，再打算怎么找你吧！"

/二/

十一月初冬的北平，是一片肃杀的气象，这时是七七事变刚过四个月。表面上这个古城的生活，仿佛安静下来了，其实安静下来的只是善良保守的老百姓，在沉默地观看日本人的所作所为。但是对于另一些人是更紧张了。

元芳和志雄刚结婚半年多。元芳的身体一向就是孱弱的，现在又怀了五个月的身孕，就更加处处小心了。她看志雄表面上很镇定，其实她知道他内心是多么地焦虑。许多次他从外面回来时都带来不幸的消息说，哪个同学、哪个同事失踪了，当然就是被日本人捉去了。志雄是记者，而且是活跃的青年记者，无疑是会被注意的。说不定日本人早就布下了天罗地网，不定哪天就动手呢！他虽然不是一个跑政治新闻的记者，笔下所写的东西，也都是较轻松的一类，但是他曾写过不少特写，都是关于青年学生的活动，什么演话剧捐款种种的，全是宣扬青年学生爱国的热情。靠了他的有力的特写，那些活动会强烈地灌入了人心，给人更高昂的爱国心。现在，连平日无声闻的同事同学都有很多被捉进去的了，何况他这个活跃分子呢！

他们也知道，有很多朋友陆续偷偷地离开北平南下了，前些天还有同学来，说了这么一句话："你们还待在这儿等什么哪？"真的，还待在这儿等什么哪？虽然志雄当时苦笑说："我想我还没有什么关系吧。"其实元芳知道，他是为了她才留下的。所以当那同学走后，元芳就正式地提出了要走的话。可是志雄说：

"你别把走看得太容易，你和普通人不同，是有身孕的。我想，好在还有四个月你就生了，那时正好是明年春天，我们再做打算不晚。"

话是这样说了，可是大家的心情并不轻松，天天都听见有朋友被捕的消息。有一天，本段上有警察来查户口了，随同着的是日本宪兵。警察是熟悉的刘巡官，当了几十年的警察了，他进来了，却绷着脸说：

"查户口，你们这户是几个人？"

元芳回答说："只有两个人。"心里可是怦怦地跳。她想刘巡官是熟人，怎么今天不打招呼，倒反问起这样陌生的话来了？难道有严重的事情将要发生吗？这时志雄也从书房到客厅来了，他沉静地等待着来人发问。在日本宪兵的旁边，还有一个翻译，她看看，很眼熟，想不起是谁了，心里在想，怎么这么快就当了汉奸替日本人做事了？

陆续问的是在哪里工作。志雄撒了谎，说是原来在天津小白楼一家布店管账，结了婚想到北平来找事。元芳心又跳了，他撒的谎固然有点来历——因为她的娘家在天津，她的舅舅在小白楼开布店。万一戳穿了怎么办呢？可是日本宪兵听了那翻译叽里咕噜地翻了一阵以后，倒没有说什么，仿佛不在意的样子，就草草记下走了。

到了晚上，刘巡官却穿着便装来了。这回看见刘巡官来，他们都想着也许有什么不对劲的事了。刘巡官没有怎么多话，只是轻描淡写地说："日本人查您这儿的户口，可不止一次了。"说了他就走了。

这一晚，志雄和元芳做了长夜的商量。元芳说：

"志雄，你走吧。"

“你呢？”志雄抚着元芳常年汗湿的手。

“我嘛，你不用担心，我是有身孕的人，他们不会对我怎么样的。”

“可是我怎么能丢下你一个人走呢？”

“你怎么这么傻！志雄，”她这时勇气百倍，不是装出来的，是出于她的真心，“你尽管走你的，我天津总算有个好娘家，让我生下了孩子，再打算怎么去找你吧！”

于是，在事不宜迟的情形下，他们就连夜地打点，该烧的书信、照片，都烧了，该送人的衣服扎成了几个小包。他决定乘第二天早晨的火车走。

她一点都不知道疲倦，虽然白天受了惊吓，又收拾了大半夜，却还有一股力量鼓勇着她。她也不惧怕什么了，反而觉得解决了一件事一样的轻松。

躺在床上，实在也睡不着，志雄搂着元芳瘦弱的身子，轻抚着她的肚子说：“我会想你们俩。”

元芳也把手臂抱着志雄的腰，偎在他的怀里，只是偎依着，什么也没有说。当前情势的紧张，使他们没有太多的儿女离别之情了。他们只是商量着，他走了以后的事情：怎么回天津，怎么待产，怎么通信。他们不以为这别离会太久的，别离比不别离更安全，不是吗？志雄还告诉元芳，白天那个眼熟的翻译，是他同学的弟弟，因为随在日本做外交官的父亲，所以读了几年日本书，现在他的父亲在南京，他的哥哥也走了，他今天看见他，装做不认识，却了解他给日本宪兵当翻译的意义了。他说，这些都是可感激的人——伪装的汉奸翻译，和不动声色的老巡官，还有，就是他的勇敢的元芳了。

这些虽不是什么海誓山盟的话，可也是夫妻间的一番情意啊！她才十八岁，十八岁的勇气是可惊的。她确是这么一个人，娇小文弱的外形，事事都能迁就别人，但是临到要面对现实的时候，她却有无比的勇气！就拿她演话剧的天才来说吧，——她和志雄不就是因为演戏才认识而结合的吗？她不轻易答允做什么事的，可是学校为了要演话剧捐款，请她演一角，她就答应了。排演的时候，没人看出她的才华和特点来，但是到了台上，她的发挥竟使同学大惊，她是次女主角，风头却几乎要压过女主角了。志雄是记者，给她照相，从此认识了她。他们头一年订婚，这一年，她高中还没毕业，就提前结婚了。

小小的新娘，未来的母亲，就要和丈夫离别了。看看，她居然能怀着五个月的身孕，独自把丈夫送走，也不曾和任何人商量。她的母亲和娘家人都在天津，只有她和志雄住在北平，所以她是一个人送志雄到车站去的。

志雄穿着短装，戴着鸭舌帽。她穿着肥大的蓝布大褂罩在棉袍上。演话剧时跟秦妈借来的一件肥粗蓝布褂，忘记还给她，现在竟派上用场。蓝布大褂虽然是北平人的不分等级的衣裳，但是在剪裁的样式上，总还是有些不同的，要不然她为什么要跟秦妈借呢！秦妈的那件，是肥袖口、矮领、下摆肥大，可是没有开叉。现在她穿上，就成了个四不像，不像学生，不像太太，不像乡下人，不像……志雄看来也是有不明身份的感觉。

他们心里很紧张，表面上却装着没事，安详地踱进了东车站。志雄手上什么行李都没有，就仿佛他是个买卖人，上天津提货去了。他们俩都没有多说话，没有珍重道别，没等车开，她就匆匆离开车站了。

志雄嘱咐她说，等他一离开北平，她就立刻回天津娘家去，免得剩她一个人，他走了都不放心。可是时间拨弄命运，真是不可预料的事。她当初为什么不听志雄的话呢？她太大意了吗？她实在不是大意，而是有些事还没有料理好，所以她才又多留了两天。

两天，只是多留了两天，命运安排出另一个场面了。

她从火车站出来，心情还不是轻松的，因为她不知道在火车开出以前，志雄是不是有被发现的可能。她回到空洞的小小爱窝里来——志雄给起的名——，摸摸索索地又做了些事，心情虽然兴奋，可身体很疲倦，要她当夜赶回天津，实在也没有这个必要，她要好好休息两天，把几个小包袱去寄存的寄存，送人的送人。而且，也不要让邻居看到这夫妇俩突然失踪的谜，所以她要尽量装着没事人似的，还在闲荡呢！

但是第三天的晚上，日本宪兵就又来搜查了。她不记得是不是头两天来的那个，总之，搜查不到志雄后，几只高统大皮靴对她一阵踢打，她抱着肚子在地上打滚，下意识地要保护她自己的肚子。那是多么惊险的一幕！这一幕没让志雄赶上，却让她赶上了。

没有人告诉日本宪兵，她是一个孕妇，即使告诉了他们，她就可以避免这一场伤害吗？不要怪任何人，即使让她今天再遇见这些当年的日本宪兵，也不会怀着恨意的。经过这许多事情以后，什么都不值得她去恨了。

她没有被踢昏过去，身上、腿上的青伤也不多，仿佛肚子上挨了一脚，可是当时感觉好好的，她也就不在意了。邻居们在日本宪兵走了以后，跑过来了，好心的老太太把她扶到床上去，她还笑笑说："没关系，姥姥，没关系，您瞧，我也没受什么伤。"她这么说，眼睛里可有了泪，但她必须说明，那泪不是疼痛的、受了凌辱的泪，或者恐惧的泪。那只是挨踢时，过度地紧张，不知不觉流下来的。只要志雄走成了，这些事，她都承受得起。

邻居姥姥给她倒了一杯白糖水，要她喝下去压压惊，并且劝她在床上躺下来，恐怕动了胎气。可是她不听，她一再地说，没受什么伤，就又满屋地收拾残局，被翻乱的书籍，扔了一地的纸片，敞开的壁橱门。但是等到夜半，她感觉到浑身在酸痛，痛在肩胛，痛在后背，痛在腰际，终于痛得她不可忍耐时，流产了。

当她被送进医院时，第一件事就是嘱咐她的朋友，不要写信到天津告诉她的母亲。母亲这么老了，哥哥也在不久以前离开天津到南方去，她怎能使母亲再惦记她呢！

流产下来的未长成的胎儿，是一个男孩子。如果她当时送走了志雄，立刻就回天津娘家，可能她今天是一个大学毕业生的母亲了！刘家的小仓多大？才十岁不是？十岁就那么大个子了，要是二十好几的大小子得多高？唉！她简直想不出自己如果做了一个大学毕业生的母亲，是个什么样儿？该接受预备军官训练了，穿着整齐的军装，雄赳赳的，见了人就淘气地敬个军礼。也许已经受完了军训，准备要出国了，做爹妈的在忙着张罗那要命的保证金，那是多么不同的情形呢！但是，当年就是因为她略一散懒，便失去了儿子，失去了——唉！失去了那么一大段年月。只是因为她迟两天回天津去，日本兵就来搜查了，找不到志雄，拿她出气，她受了足踢拳打的委屈。还好，不太厉害，只是把她今生唯一的儿子踢掉了。

当她由医院出来，就独自回天津娘家了。她虚弱不堪，除了疗养以外，什么也顾不得了。

向老母亲说了自己流产的事，一半真实，一半隐瞒。所以她的老母亲只知道女婿到“咱们那边儿”去了，女儿一个人不小心，扭了身子，所以流产了。她一向孱弱，母亲相信一扭腰就会流产的，却不知道她的小小的、不到二十岁的女儿，是被日本人踢打得流产的。

蜡烛不知是哪家的出品，简直不行，受到热，就弯弯地垂下来，而且熔化得这么快。元芳把蜡烛捏直，心中又不由得想，自己的一生就像这根烛似的，禁不住别人的一点点感情，就把自己牺牲了。

她记得母亲的哭声，那是在她天津养伤后的一年。她总算勉强好了，面孔胖了起来，于是她就想到和志雄的约言，已经是超过了他们原来所订的，她该动身了。母亲原是知道她身体复元后，就要去找志雄的。但是等到这个时日真的到来，向母亲提出时，母亲却哭了，她说她舍不得元芳带着病后的孱弱，远远跋涉千里寻夫。于是拖下来了。拖吧，拖吧，一年年的，为了母亲，拖下来了。

眼看着自己的一些同学、朋友，都陆续到抗战的后方去了，有从商丘走的，甚至于有人从安南走进去，各种办法都可以走，都能达到目的。只有她，就在天津一个小学里教教书，打发日子。

/ 三 /

到台湾来，可是大姐逼的。不，她不能这么说，大姐是为她好，爱护她。大姐真厉害，她连大姐的一半都比不上。她也很勇敢，她的勇敢是牺牲，不是占有。怎么她会是这样的性格呢？是什么使得她这样的呢？

抗战胜利以后，所有的亲友都回家乡了，大哥回来了，姐夫回来了，只有志雄，迟迟不归。

长时间的别离，似乎习惯了，所以，她并没有急着催促他回来。他也有好多理由：机关的事情料理不完、又小病了一场、交通工具还没有合适的、老长官约他一道走……一直到有一天，大姐证实了志雄在四川又成了一个家，事情才变得不简单了。其实，这在抗战那几年，算不得是什么稀罕事，可是轮到谁是那被弃的女人，谁也受不了。

志雄终于回来了，歉疚地站在她的面前。他还是那样英俊，显得更成熟了，但是对于她却陌生起来。她本想保持着一份可怕的冷静，来对她的爱和恨报复，但是当大姐不顾一切地，几乎是破口大骂时，才把她原想矜持的冷静打破了。大姐指着志雄的鼻尖，把他好一顿骂，他除了静聆以外，还能怎么样呢？

大姐尖锐的骂声，最初是连她都觉得过意不去了，并不是因为骂的是她的丈夫，他本来是对不起她的，她只是觉得，他刚才回来，又带着歉疚，而且面对着这么一个庞大的娘家势力。可是当大姐忍不住在母亲的面前，揭发了一件八年的秘密时，她才也忍不住地号啕大哭了。大姐最后流着眼泪说：

“志雄，你知道元芳为你受的什么罪吗？”

“大姐，我知道在沦陷区的人过的是什么日子，艰苦的煎熬。”志雄歉疚地回答说。

“艰苦的煎熬？那算得了什么？要讲起衣食住来，我倒可以说，我们都没受什么苦，物质的供应，可能比抗战的后方还好些。可是，你要知道，元芳在你离开北平的第三天，就受了一次大伤害，这可不是人人都受过的，可是元芳受了，就是为了你……”

元芳想拦住大姐不要说，可是大姐的话像洪水般地冲了下来：

“是日本宪兵把她的孩子踢掉的，你以为她真是自己扭了腰流产的吗？日本宪兵踢她打她，为的是找不到你，你知道吗？那时只有她一个人在北平，为了你！都是为了你！她不但没跟你说，也不敢告诉母亲，一个人在医院里养伤，伤养好了，才不哼一声地回天津来。志雄，那年元芳才多大？才十八岁啊！你对得起她吗？你死一百次都对不起她！”

大姐哭了，母亲哭了，志雄也哭了。元芳在八年前这件事发生的当时，都没有哭过一声，现在她也哭了。她哭倒在母亲的怀里。母亲颤抖着干枯的两手，不住地摸抚着她的面颊、她的肩胛、她的后背。只有这种爱永无变更，其余的爱，都是靠不住的。

他回来了只有十天，忍受着大姐的严厉的指责，毫无怨言。他曾不止一次向她哀求说：

“那女人，总算是生了三个孩子了。容我慢慢来，我总会想个妥当的办法就是了。”

弯了，弯了，这根蜡烛又弯了。大姐也骂她，骂她的话很对：

“元芳，你就是那么窝囊，那么直不起身子来！”

这是当她把志雄放回四川去解决事情时，被大姐骂过的话。大姐怪她不跟志雄到四川去，因为大姐恐怕志雄会一去不回，可是她就禁不住志雄的哀求和诺言，她就是直不起身子来，她是变得太懦弱、太不够积极了。

大姐的预料一点也不错，志雄没有回来。他来信说，应朋友之约到台湾看看，所以他一个人匆匆赴台，一时就不能回天津了。解决婚姻的事，也没有再提起，就仿佛他真是一个大忙人，事业重于一切似的！想到这儿，她有点儿恨，重重地把那根弯腰的蜡烛直起来，唉！用过了力，它竟又倒向另一边。

大姐鼓励她到台湾去。实在说，大姐的主意并不错，她说：

“小妹，拿出点勇气来！追到台湾去，两个太太也没关系，总有个先来后到，你的名分大！”

她自己并没有勇气，可以说，完全是怀了大姐的勇气坐上美信轮的。如今和大姐关山远隔，音信全无。如果大姐知道她在台湾这十几年的经过、最近的变化，大姐会怎么说？

想起大姐，她满心怀念故乡天津。早晨的煎饼果子，冬天的辣萝卜。日租界，英租界，回力球场，不同的情调。母校耀华中学的师友们。大姐的尖锐的眼光，母亲最后的慈容。……可是她一个人来到台湾已经十几年了，这一切也只有留在记忆中了。

她只写过两封信给大姐，报告在台湾的生活。她说他来了，那个女人还没有来，请母亲和大姐放心。她说志雄带她玩了几处地方，风景不错，第一次洗温泉澡。她说这里样样都好，就是言语不通。跟着，音信不通了。天津家里的人，如果都还活着，她们一定以为她和志雄一直住在一起，或者会猜想说她不定生了几个孩子了呢！唉！就让她们那么想也好，不然母亲会愁死。

其实不到一个月，四川的那个女人就来了。她真懒得再费心思去想那个女人和几个猴崽子的事！真奇怪，无论怎么算，她都是先来的，可是怎么就老有后到之感？就是因为那个女人多生了几个孩子的缘故吗？那四川女人真能生，下猫似的，一年一窝！她带三个来，又生五个，八个孩子！啧啧！志雄被压得喘不过气来，顾了那头，就顾不了这头。其实他连那头也顾不过来了，为什么还要不断地生？是爱情吗？嗤！

/ 四 /

她重新执起了教鞭。在台湾教小学，对于她不是一件困难的事，注音符号是她的拿手，发音又正确得一丝也不差，所以朋友们常跟她开玩笑说："元芳，你可是ㄅㄆㄇㄈ，得吃得喝了！"

她一直是和那女人分住的。其实那女人何必担心，她不曾用志雄一分一毫，她的生活简单，租两间小屋，就有很大的空间，同事们也都喜欢来她家里玩玩。志雄的那女人凤西，管他管得很凶，她可以在抚养八个孩子之余，还时时追到她的住处来。粗鲁的态度，生多了孩子的憔悴，他真那么爱她吗？

凤西来了，她用淡漠的眼光看她。她来了，没有别的事，就是吵着要钱，或是小孩子生病了。志雄原来是一边住一个礼拜的，但是在这一个礼拜中，凤西总是要把他拖回去几次。后来她知道凤西的处境也很困难。一个公务员，要负担八个小孩子的十口之家的日子，会把人过成什么样子。她看志雄可怜，凤西也可怜。怜悯之心，油然而起——怜悯自己的情敌，这话真不知道该怎么讲。她常在凤西来过之后，半挖苦他说：

“回去吧，那边儿热闹。”或者说：

“快走吧，把你留在这儿，小心让狼吃了！”

无论她说什么，他都默默不做声。她也知道他并不是最负情负义的男人，可是到时候她就不由得要甩两句闲话，他沉默，是无可奈何。而且她当然也知道，他何尝不痛苦呢！

他听够了她的闲话，有时她也不忍心了，会拿出一块花布，几个罐头什么的，对他说：

“拿去给孩子们吧！”

她知道，他回到那边去，少不得也还要听凤西的一顿数叨。

几年来，志雄变得消沉多了，当年的活泼，一点也没有了。她为了怜悯他，也就不跟他计较，随他自由来去，闲话也没有了。夫妻间的情义，日渐淡薄。当五年前她租了刘家的一间四席半小屋住下以后，志雄就很少来了。十天来个三四趟，来了也难得住下。刘太太跟他开玩笑说：

“你们这是三七分账呀！”

“他就是十天里来个两三趟，我也不留他住下。”

的确，夫妻间的情义，到了这个地步，可以说完全没有了，只是个空名而已。

元芳到刘家来，小珊生下来刚五六个月，白胖的娃娃，一下子就使她生了爱心。反正一个人闲着也没事，小珊就有一半的时间是在她身边长大的，不用说，认她做了干妈。

想想小珊，真使她想念，明天一定要去一趟刘家了。早两天听说小珊不舒服，不知道好了没有？她的妈妈是不太注意孩子们的饮食和冷热的。自己住了五年的那间小屋，不知道又租出去了没有？刘太太说是孩子大了，屋子不够住的，不预备出租了。可是她知道，奉公守法的公务员，一下子少收入几百租金，是不简单的哪！唉！五年！一个人躲在那间小屋里，煮一顿，吃三顿，那叫什么日子呀？就像今天似的，剩菜总是炉上炉下地端来端去。

去年她发高烧，发着呓语，刘太太急得把志雄找了来。他来了，就像探望一个远房的妹子，没有爱情，没有关心，那么，她期待的又是什么呢？

她病后软弱，全靠刘太太的帮忙和小珊的安慰。身世凄凉的感觉，忽然因为这一次的病而加浓了。

有一天，当她一个人又把一碟剩菜从厨房端进饭桌上时，忽然兴起了一个从未有过的念头：跟志雄离婚。

那天她的头原有点发昏，懒得去厨房弄吃的，可是她总得打发她的胃呀！她真希望这时有谁在她的身旁，自动地为她服务，可是刘太太在忙孩子的午饭，她也不能老麻烦人家啊！只好自己从床上起来，把床头上的虎标万金油打开，搽了一些在头上，才到厨房去的。头上凉飕飕的，倒仿佛清醒了。当那盘剩菜扔在饭桌上，她顿一下把自己甩到椅子上时，忽然想：为什么我要把自己的名字上加一个别人的姓，而过着这样的日子呢？

这个念头是来得这么突然，决定得又是这么快速！她忽然想到那尖锐性格的大姐。要是大姐知道她这次这么勇于下决心，会对这一向懦弱的妹妹，有什么样的感觉？因为连她自己想起来，都意料不到呢！她没有跟任何人商量，就在下一次志雄来的时候，摊开了牌：

“志雄，我十八岁跟你结婚，我们总算是二十多年的夫妻了！如果我在今天这样的处境之下，跟你提出离婚的要求，你总会觉得这对你、对我、对她，都很合适吧？”

这突如其来的提议，怎不使志雄惊奇呢？他当时没有立刻回答。他对她的谈话，原已经习惯以沉默来应付了。可是这回不同于往回，元芳说完了以后，是在等着他回答的，她眼睛注视着他，没有放松的意思，不是在开玩笑啊。

志雄不能不开口了，是经过了痛苦的思虑，他才结结巴巴地说：

“元芳！你这样会使我良心受到谴责的！我一直在想，怎样赚到更多的钱，使双方的生活过得更好些。”

谁知志雄说完这些话，倒哭了。是流的二十五年来的良心的眼泪吗？

哼！元芳想到这儿，不由得冷笑了一声。烛光更亮了，是怎么回事？原来是烛芯快烧完了，所以火苗伸得老长老长的。哼！她那天也像这根快烧完的烛芯吧，居然对志雄那男子汉的软弱的哭泣，完全不放在眼下，她也把脖子伸得老长老长地，冷笑着说：

“这不是物质生活的问题，而是精神的。唯有离婚才可以减轻，——甚至可以说，解除双方这种精神的负载。”

“拖”这个字眼儿，现在想起来，才知道是这样的可怕。她在抗战时候，拖延了八年，胜利后，他们又共同拖延了十六年，加起来，一个世纪的四分之一过去了。她知道志雄还想拖的，他绝对不愿意离婚，他不是那样没有良心的男人。但是这回却是她下了决心。

离婚签字的那天，她没有惊动许多人，在台湾，她有什么亲人呢？如果连志雄都算不得是亲人，她就连半个亲人也没有了。

刘太太是她的见证人，他们一起到法院去公证离婚。刘太太一上车就哭了，稀里哗啦，哭得像个泪人儿似的。到了公证处，刘太太还不停地哭，她却在好笑地想：刘太太，你是怎么回事儿？你不是还劝过我离婚的吗？唉！软弱的女人，嘴硬心软的女人啊！

更可笑的是公证处的法官，大概看见她反而给刘太太擦眼泪吧，闹不清谁是这离婚剧中的女主角，竟问刘太太是不是一切都决定了？她这时不得不挺身而出，表示愿意立刻签字离婚的是她。

她的心情，在当时竟能达到静如止水的程度，是经过二十几年的磨炼吗？

五

小珊，她要感谢这个小女孩，是小珊促成她的第二次婚姻的成功。成功？她敢说这是一次成功的婚姻吗？

遇见俊杰，是一件很普通的事。他有五十岁了，北方农家读书子弟出身，离乡背井也有二十多年了。抗战时足迹走遍西南，有的是年轻人的壮志。后来来台湾。不知道是年纪大了，还是一个人离家太久了，单身宿舍的伙食，吃得他倒了胃口，有时就不免到老同事刘先生家来坐坐，喝喝酒，讲讲北方的老日子。逗着小仓、小珊玩笑，也不免会摇头唏嘘，原来他在北方的乡下，还有着三十年不见的老婆儿女呢！所以他也认了小珊做他的干女儿。

他们的认识，便是如此地自然，他没有和志雄离婚前，他们就认识了，但是决无情愫，也没想到有一天会跟他结婚。

俊杰是一个朴实坦爽的北方人，他知道元芳的身世，只有同情她，尊敬她。元芳在离婚以后，并没有想到再婚的事，只是她恢复自由身以后，也有些朋友向她开玩笑，说要给她介绍男朋友。俊杰也有这样的诚意，他认为他的老朋友一位立法委员要续弦，是最合适元芳不过的，但是在俊杰陪着他们一起玩过两次以后，元芳说什么也不肯再去将就那第三次了。

元芳觉得她和那位立法委员，有说不出的距离。她听不惯他的江浙口音；她俭省惯了，并不以为他的几栋租给外国人的高房租，对她有什么重要；她一生无子女，却要她过去管理一个瞪着十只眼睛的五个孩子的家庭。这种种，都是像另一个枷锁套在她的身上，不自在得很。她想，就没有人能了解她的心情吗？连俊杰，也在劝解开导她，他像长兄般的，两手握住她瘦弱的肩胛，温和地说：

“元芳，你受了这么多年的委屈，应该有个归宿了。我的这位老朋友，脾气好，资历好，家境好……”

“别说了！别说了！”不知道是不是俊杰有力的手掌握住了她的肩头，使她触到男性的力量，还是那兄长般的语气，有一种保护的力量。她竟像一个任性的女孩子发了脾气，接着是哭倒在他的怀抱里。

咦？亮了！好了，灯来了，风停了，邻居的狗也在叫了。把蜡烛吹熄吧！不，不要，反正已经剩了一小截，随它亮着，随它灭。

她站起来，伸了个懒腰，愣愣的，不知道现在该去做什么。思潮在那个东车站、日本宪兵、四川女人、立法委员里浮沉，还没回到台风过后的现实来。她一眼看见一封信摆在碗橱里，是曼丽从花莲给她来的信，她在晚饭前刚收到，幸亏是在俊杰走了以后，否则的话，让俊杰看见，多不好意思呀！曼丽是她在台湾唯一耀华同班的同学。她深深地责备元芳，为什么离婚？因为丈夫另有一个女人，所以才离婚，但为什么又跟一个大陆上有了太太的男人结婚呢？为什么甘受这种欺蒙呢？曼丽问了一连串的“为什么”，非要她写信答复不可。

总得答复曼丽的，总得使曼丽懂得她今天的心情。她是要对曼丽这样说：

曼丽，我一生最好的年龄，牺牲在一个无望的等待上，二十五载芳华虚度，我是多么地委屈！现在我终于拾起完美的家庭生活了。曼丽，我要你庆贺我，却不要你责备我。我是被欺蒙了吗？不，并不像你信中所说的。俊杰在婚前很坦白对我说：“家有老妻，生死未卜。”他已经五十岁了，还住在单身宿舍里，吃着伙食团的又冷又硬的包饭。我呢？二十几年来，始终没有个定局。我和俊杰的结合，是基于一个同样的感觉：我们如何渴望过着“家”的生活。

两次婚姻的际遇，会被人怎样地批评，我也顾不得了。《圣经》上说得对，“日光之下，并无新事。”在婚姻的戏剧中，我两次扮演了同出戏中的不同角色而已。

我不怨谁，我珍惜的是每个早晨，每个黄昏，这充满了家的温馨的生活。煮鱼汤别忘记放两粒他爱吃的花椒，六点半听见门铃响，第一个菜刚好下锅，无论风雨寒暖，等待，总不会落空的。

别担心我这出戏还没有演完，以后可能再会遭遇到什么不幸，也别说我不够理智。那一年在北平东车站的送别我才十八岁，今年我四十多了！无论如何，我是等待过二十多年了。……

烛芯烧完了，闪着闪着，挣扎地闪着最后的火光。但在电灯的光明下，它也算不得什么了。

金鲤鱼的百裥裙

金鲤鱼有一条百裥裙

金鲤鱼有一条百裥裙，大红洋缎的，前幅绣着“喜鹊登梅”。金鲤鱼就喜欢个梅花，那上面可不是绣满了一朵朵的梅花。算一算，足足有九十九朵。两只喜鹊双双一对地停在梅枝上，姿式、颜色，配得再好没有，长长的尾巴，高高地翘着，头是黑褐色的，背上青中带紫，肚子是一块白。梅花朵朵，真像是谁把鲜花撒上去的。旁边两幅是绣的蝴蝶穿花，周边全是如意花纹的绣花边。

裙子是刚从老樟木箱子里拿出来的，红光闪闪地平铺在大沙发上。珊珊不知怎么欣赏才好，她双手抚着胸口，兴奋地叹着气说：

“唉！不得了，不得了，我从来没有见过这么美丽的百裥裙！”

她弯下腰伸手去摸摸那些梅花，那些平整的裥子，那些细致的花边。她轻轻地摸，仿佛一用力就会把那些娇嫩的花瓣儿摸散了似的。然后她又斜起头来，娇憨地问妈妈：

“妈咪！这条百裥裙是你结婚穿的礼服吗？”

妈妈微笑着摇摇头。这时爸爸刚好进来了，妈妈看了爸爸一眼，对珊珊说：

“妈咪结婚已经穿新式礼服喽！”

“那么这是谁的呢？”珊珊又一边轻抚着裙子一边问。

“问你爸爸吧！”妈妈说。

爸爸并没有注意她们母女在说什么，他是进来拿晚报看的，这时他回过头来，才注意到沙发上的东西。他扶了扶眼镜，仔细地看了看，并没有看出什么来。

“爸，这是谁的百裥裙呀？不是妈咪跟你结婚穿的吗？”珊珊还是问。

爸爸只是轻轻摇摇头，并没有回答，仿佛他也闹不清当年结婚妈咪穿的什么衣服了。但是停一下，他像又想起了什么，扭过头来，看了那裙子一眼，问妈说：

“这是哪里来的？”

“哪里来的？”妈咪谜语般地笑了，却对珊珊说：

“是你祖母的呀！”

“祖母的？是祖母结婚穿的呀！”珊珊更加惊奇，更加地发生兴趣了。

听说是祖母的，爸又伸了一下脖子，把报纸放下来，对妈咪说：

“拿出来做什么呢？”

“问你的女儿。”妈妈对女儿讲“问爸爸”，对爸爸却又讲“问女儿”了，总是在打谜语。

珊珊又耸肩又挤眼的，满脸洋表情，她笑嘻嘻地说：

“我们学校欢送毕业同学晚会，有一个节目是服装表演，她们要我穿民初的新娘服装呢！”

“民初的新娘子是穿这个吗？”爸爸不懂，问妈妈。

“谁知道！反正我没穿过！”妈咪有点生气爸爸的糊涂，他好像什么事都忘记了。

“爸，你忘了吗？”珊珊老实不客气地说：“你是民国十年才结婚的呀！结了婚，你就一个人跑到日本去读书，一去十年才回来，害得我和哥哥们都小了十岁（她撅了一下嘴）。你如果早十年生大哥，大哥今年不就四十岁了？连我也有二十八岁了呀！”

爸爸听了小女儿的话，哈哈地笑了，没表示意见。妈妈也笑了，也没表示意见。然后妈妈要叠起那条百裥裙，珊珊可急了，说：

“不要收呀，明天我就要拿到学校去，穿了好练习走路呢！”

妈妈说：“我看你还是另想办法吧！我是舍不得你拿去乱穿，这是存了四十多年的老古董咧！”

珊珊还是不依，她扭着腰肢，撒娇地说：

“我要拿去给同学们看。我要告诉她们，这是我祖母结婚穿的百裥裙！”

“谁告诉你这是你祖母结婚穿的啦？你祖母根本没穿过！”妈妈不在意地随口就讲了这么一句话，珊珊略显惊奇地瞪着眼睛看妈咪，爸爸却有些不耐烦地责备妈妈说：

“你跟小孩子讲这些没有意思的事情干什么呢？”

但是妈妈不会忘记祖母的，她常说，因为祖母的关系，爸爸终于去国十年回来了，不然的话，也许没有珊珊的三个哥哥，更不要说珊珊了。

爸爸当然更不会忘记祖母，因为祖母的关系，他才决心到日本去读书的。

在这里，很少——可以说简直没有人认识当年的祖母，当然更不知道金鲤鱼有一条百裥裙的故事了。

六岁来到许家

许大太太常常喜欢指着金鲤鱼对人这么说：

“她呀，六岁来到许家，会什么呀？我还得天天给她梳辫子，伺候她哪！”

许大太太给金鲤鱼的辫子梳得很紧，她对金鲤鱼也管得很紧。没有人知道金鲤鱼的娘家在哪儿，就知道是许大太太随许大老爷在崇明县的任上，把金鲤鱼买来的。可是金鲤鱼并不是崇明县的人，听说是有人从镇江把她带去的。六岁的小姑娘，就流离转徙地卖到了许家。她聪明伶俐，人见人爱。虽然是个丫头的身份，可是许大太太收在房里当女儿看待。许家的丫头多的是，谁有金鲤鱼这么吃香？她原来是叫鲤鱼的，因为受宠，就有那多事的人，给加上个“金”字，从此就金鲤鱼金鲤鱼地叫顺了口。

许大太太生了许多女儿，大小姐，二小姐，三小姐，四小姐，五还是小姐。到了五小姐，索性停止不生了。许家的人都很着急，许大老爷的官做得那么大，她如果没个儿子，很遗憾吧。因此老太太要考虑给儿子纳妾了。许大太太什么都行，就是生儿子不行，她看着自己的一窝女儿，一个赛一个地标致，如果其中有一个是儿子，也这么粉团儿似的，该是多么的不同！

那天许大太太带着五个女儿，还有金鲤鱼，在花厅里做女红。她请了龚嫂子来教女儿们绣花。龚嫂子是湖南人，来到北京，专给宫里绣花的，也在外面兼教闺中妇女刺绣。许大太太懂得一点刺绣，她说苏绣虽然翎毛花卉山水人物无不逼肖，可是湘绣也有它的特长，因为湘绣参考了外国绣法，显得新鲜活泼，所以她请了龚嫂子来教刺绣。

龚嫂子来了，闺中就不寂寞，她常常带来宫中逸事，都不是外面能知道的。所以她的来临，除了教习以外，也还多了一个谈天的朋友。

那天许大太太和龚嫂子又谈起了老爷要纳妾的事。龚嫂子忽然瞟了一眼金鲤鱼，努努嘴，没说什么。金鲤鱼正低头在白缎子上描花样。她这时十六岁了，个子可不大，小精豆子似的。许大太太明白了龚嫂子的意思，她寻思，龚嫂子的脑筋怎么转得那么快，眼前摆个十六岁的大丫头，她以前怎么就没想到呢！

金鲤鱼是她自己的人，百依百顺，逃不出她的手掌心。把金鲤鱼收房给老爷做姨太太，才是办法。她想得好，心里就畅快了许多，这些时候，为了老太太要给丈夫娶姨太太，她都快闷死了！

六岁来到许家，十六岁收房做了许老爷的姨太太，金鲤鱼的个子还抵不上老爷书房里的小书架子高呢！那不要紧，她才十六岁，还在长哪！可是，年头儿收的房，年底她就做了母亲了。金鲤鱼真的生了一个粉团儿似的大儿子，举家欢天喜地，却都来向许大太太道喜，许大太太高兴得嘴都合不拢了。

许大太太不要金鲤鱼受累，奶妈早就给雇好了。一生下，就抱到自己的房里来抚养。许大太太没有什么可操心的了。许大老爷，就让他归了金鲤鱼吧！她有了振丰——是外公给起的名字——就够了。

有许大太太这样一位大太太，怪不得人家会说：

“金鲤鱼，你算是有福气的，遇上了这位大太太。”

金鲤鱼也觉得自己确是有福气的。可是当人家这么对她说的时候，她只笑笑。人家以为那笑意便是表示她的同意和满意，其实不，她不是那意思。她认为她有福气，并不是因为遇到了许大太太，而是因为她有一个争气的肚子，会生儿子。所以她笑笑，不否认，也不承认。

无论许大太太待她怎么好，她仍然是金鲤鱼。除了振丰叫她一声“妈”以外，许家一家人都还叫她金鲤鱼。老太太叫她金鲤鱼，大太太叫她金鲤鱼，小姐们也叫她金鲤鱼，她是一家三辈子人的金鲤鱼！金鲤鱼，金鲤鱼，她一直在想，怎么让这条金鲤鱼跳过龙门！

到了振丰十八岁，这个家庭都还没有什么大改变，只是这时已经民国了，许家的大老爷早已退隐在家做遗老了。

这一年的年底，就要为振丰完婚。振丰自己嫌早，但是父母之命难违，谁让他是这一家的独子，又是最小的呢！对方是江宁端木家的四小姐，也才不过十六岁。

从春天两家就开始准备了。儿子是金鲤鱼生的，如今要娶媳妇了，金鲤鱼是什么滋味？有什么打算？

有一天，她独自来到龚嫂子家。

绣个喜鹊登梅吧

龚嫂子不是当年在宫里走动的龚嫂子了，可是皇室的余荫，也还给她带来了许多幸运。她在哈德门里居家，虽然年纪大了，眼睛不行了，不能自己穿针引线地绣花，可是她收了一些女徒弟，一边教，一边也接一些定制的绣活，生意很好，远近皆知。东交民巷里的洋人，也常到她家里来买绣货。

龚嫂子看见金鲤鱼来了，虽然惊奇，但很高兴。她总算是亲眼看着金鲤鱼从小丫头变成大丫头，又从大丫头收房作了姨奶奶，何况——多多少少，金鲤鱼能收房，总还是她给提的头儿呢。金鲤鱼命中带了儿子，活该要享后福呢！她也听说金鲤鱼年底要娶儿媳妇了，所以她见了面就先向金鲤鱼道喜。金鲤鱼谢了她，两个人感叹着日子过得快。然后，金鲤鱼就说到正题上了，她说：

“龚嫂子，我今天是来找龚嫂子给绣点东西。”

于是她解开包袱，摊开了一块大红洋缎，说是要做一条百裥裙，绣花的。

“绣什么呢？”龚嫂子问。

“就绣个喜鹊登梅吧！”金鲤鱼这么说了，然后指点着花样的排列，她要一幅绣满了梅花的“喜鹊登梅”，她说她就爱个梅花，自小爱梅花，爱得要命。她问龚嫂子对于她的设计，有什么意见？

龚嫂子一边听金鲤鱼说，一边在寻思，这条百裥裙是给谁穿的？给新媳妇穿的吗？不对。新媳妇不穿“喜鹊登梅”这种花样，也用不着许家给做，端木家在南边，到时候会从南边带来不知道多多少少绣活呢！她不由得问了：

“这条裙子是谁穿呀？”

“我。”金鲤鱼回答得很自然，很简单，很坚定。只是一个“我”字，分量可不轻。

“噢——”龚嫂子一时愣住了，答不上话，脑子在想，金鲤鱼要穿大红百裥裙了吗？她配吗？许家的规矩那么大，丫头收房的姨奶奶，哪就轮上穿红百裥裙了呢？就算是她生了儿子，可是在许家，她知道得很清楚，儿子归儿子，金鲤鱼归金鲤鱼呀！她很纳闷。可是她仍然笑脸迎人地依照了金鲤鱼所设计的花样——绣个满幅“喜鹊登梅”。她答应赶工半个月做好。

喜鹊登梅的绣花大红百裥裙做好了，是龚嫂子亲自送来的。谁有龚嫂子懂事？她知道该怎么做，因此她直截了当地就送到金鲤鱼的房里。

打开了包袱，金鲤鱼看了看，表示很满意，就随手叠好又给包上了，她那稳定而不在乎的神气，真让龚嫂子吃惊。龚嫂子暗地里在算，金鲤鱼有多大了？十六岁收房，加上十八岁的儿子，今年三十四喽！到许家也快有三十年喽，她要穿红百裥裙啦！她不知道应当怎么说，金鲤鱼到底该不该穿？

金鲤鱼自己觉得她该穿。如果没有人出来主张她穿，那么，她自己来主张好了。送走了龚嫂子回到房里，她就知道“金鲤鱼有条百裥裙”这句话，一定已经被龚嫂子从前头的门房传到太太的后上房了，甚至于跨院堆煤的小屋里，西院的丁香树底下，到处都悄声悄语在传这句话。可是，她不在乎，金鲤鱼不在乎。她正希望大家知道，她有一条大红西洋缎的绣花百裥裙了。

很早以来，她就在想这样一条裙子，像家中一切喜庆日子时，老奶奶、少奶奶、姑奶奶们所穿的一样。她要把金鲤鱼和大红百裥裙，有一天连在一起——就是在她亲生儿子振丰娶亲的那天。谁说她不能穿？这是民国了，她知道民国的意义是什么——“我也能穿大红百裥裙”，这就是民国。

百裥裙收在樟木箱子时，她并没有拿出来给任何人看，也没有任何人来问过她，大家就心照不宣吧。她也没有试穿过，用不着那么猴儿急。她非常沉着，她知道该怎么样的沉着去应付那日子——她真正把大红绣花百裥裙穿上身的日子。

可是到了冬月底，许大太太发布了一个命令，大少爷振丰娶亲的那天，家里妇女一律穿旗袍，因为这是民国了，外面已经兴穿旗袍了，而且两个新人都是念洋学堂的，大家都穿旗袍，才显得一番新气象。许大太太又说，她已经叫了亿丰祥的掌柜的来，做旗袍的绫罗绸缎会送来一车，每人一件，大家选吧。许大太太向大家说这些话的时候，曾向金鲤鱼扫了一眼。金鲤鱼坐在人堆里，眼睛可望着没有人的地方，身子扳得纹风不动，她真沉得住气。她也知道这时有多少只眼睛向她射过来，仿佛改穿旗袍是冲着她一个人发的。空气不对，她像被人打了一闷棍子。她真没想到这一招儿，心像被虫啃般的痛苦。她被铁链链住了，想挣脱出来一下，都不可能。

到了大喜的日子，果然没有任何一条大红白裥裙出现。不穿大红百裥裙，固然没有身份的区别了，但是，穿了呢？不就有区别了吗？她就是要这一点点的区别呀！一条绣花大红百裥裙的分量，可比旗袍重多了，旗袍人人可以穿，大红百裥裙可不是的呀！她多少年就梦想着，有一天穿上一条绣着满是梅花的大红西洋缎的百裥裙，在上房里、在花厅上、在喜棚下，走动着窸窸窣窣的声音，是从熨得平整坚实的裙裥子里发出来的。那个声音，曾令她羡妒，令她渴望，令她伤心。

一去十年

当振丰赶到家，站在他的亲生母亲的病榻前时，金鲤鱼已经在弥留的状态中了。她仿佛睁开了眼，也仿佛哼哼地答应了儿子的呼声，可是她什么都不知道了。

这是振丰离国到日本读书十年后第一次回家——是一个急电给叫回来的。不然他会待多久才回来呢？

当振丰十八岁刚结婚时，就感觉到家中的空气，对他的亲生母亲特别地不利，他也陷入痛苦中。他有抚养着他的母亲，宠惯着他的姐姐，关心着他的父亲，敬爱着他的亲友和仆从，但是他也有一个那样身份的亲生母亲。他知道亲生母亲有什么样的痛苦，因为传遍全家的“金鲤鱼有一条百裥裙”的笑话，已经说明了一切。在这个新旧思想交替和冲突的时代和家庭里，他也无能为力。还是远远地走开吧，离开这个沉闷的家庭，到日本去念书吧！也许这个家庭没有了他这个目标人物，亲生母亲的强烈的身份观念，可以减轻下来，那么她的痛苦也说不定会随着消失了。他是怀着为人子的痛苦去国的，那时的心情只有自己知道，让他去告诉谁呢！

他在日本书念得很好，就一年年地待下去了。他吸收了更多更新的学识，一心想钻研更高深的学问，便自私得顾不得国里的那个大家庭了。虽然也时时会兴起对新婚妻子的歉疚，但是结果总是安慰自己说，反正成婚太早，以后的日子长远得很呢。

现在他回来了，像去国是为了亲生母亲一样，回来仍是为了她，但母亲却死了！死，一了百了。可是他知道母亲是含恨而死的，恨自己一生连想穿一次大红百裥裙的机会都被剥夺了，对她是一件多么残酷的事。她是郁郁不欢地度过了这十年的岁月吗？她也恨儿子吗？恨儿子远行不归，使她在家庭的地位，更不得伸张而永停在金鲤鱼的阶段上。生了儿子应当使母亲充满了骄傲的，她却没有得到，人们是一次次地压制了她应得的骄傲。

振丰也没有想到母亲这样早就去世了，他一直有个信念，总有一天让这个叫“妈”的母亲，和那个叫“娘”的母亲，处于同等的地位，享受到同样的快乐。这是他的孝心，悔恨在母亲的有生之年，并没有向她表示过，竟让她含恨而死。

这一家人虽然都悲伤于金鲤鱼的死，但是该行的规矩，还是要照行。出殡的那一天，为了门的问题，不能解决。说是因为门窄了些，棺材抬不过去。振丰觉得很奇怪，他问到底是哪个门嫌窄了？家人告诉他，是说的“旁门”，因为金鲤鱼是妾的身份，棺材是不能由大门抬出去的，所以他们正在计划着，要把旁边的门框临时拆下一条来，以便通过。

振丰听了，胸中有一把火，像要燃烧起来。他的脸涨红了，抑制着激动的心情，故意问：

“我是姨太太生的，那么我也不能走大门了？”

老姑母苦笑着责备说：

“傻孩子，怎么说这样的话！你当然是可以走大门……”

振丰还没等老姑母讲完，便冲动地，一下子跑到母亲的灵堂，趴伏在棺木上，捶打痛喊着说：

“我可以走大门，那么就让我妈连着我走一回大门吧！就这么一回！就这么一回！”

所有的家人亲戚都被这景象吓住了。振丰一直伏在母亲的棺木上痛哭，别人也不知道该怎么劝解，因为太意外了。结局还是振丰扶着母亲的棺柩，堂堂正正地由大门抬了出去。

他觉得他在母亲的生前，从没有能在行为上表示一点孝顺，使她开心，他那时是那么小，那么一事无知，更缺乏对母亲的身份观念的了解。现在他这样做了，不知道母亲在冥冥中可体会到他的心意？但无论如何，他沉重的心情，总算是因此减轻了许多。

现在算不得什么了

看见妈妈舍不得把百裥裙给珊珊带到学校去，爸爸倒替珊珊说情了，他对妈妈说：

“你就借她拿去吧，小孩子喜欢，就让她高兴高兴。其实，现在看起来，这些都算不得什么了！那时，一条百裥裙对于一个女人的身份，是那样地重要吗？现在想来，真是不可思议的。看女学生只要高兴，就可以随便穿上它在台上露一露。唉！时代……”

话好像没说完，就在一声感喟下戛然而止了。而珊珊只听了头一句，就高兴得把百裥裙抱了起来，其余，爸爸说的什么，就完全不理会了。

妈妈也想起了什么，她对爸爸说：

“振丰，你知道，我当初很有心要把这条百裥裙给放进棺材里，给妈一起陪葬算了，我知道妈是多么喜欢它，可是……”

妈也没再说下去了，她和爸一时都不再说话，沉入了缅想中。

珊珊却只顾拿了裙子朝身上比来比去，等到裙子扯开来是散开的两幅，珊珊才急得喊妈妈：

“妈咪，快来，看这条裙子是怎么穿法嘛！”

妈拿起裙子来看看，笑了，她翻开那裙腰，指给爸爸和珊珊看，说：

“我说没有人穿过，一点儿不错吧？看，带子都还没缝上去哪！”

迟开的杜鹃

亚芳一走进房里，就把手提包扔在桌上，又把自己摔进那张一躺上去就吱吱乱叫的竹床上，长长地舒了口气。身子仰躺着，一条腿架在床上，另一条腿顺着床沿垂下来，两手交叉压在头底下，眼睛直勾勾地望着屋顶的甘蔗板。疲惫的身体得到安息，可是思潮又开始袭击她，在表妹家的一场谈话又浮了上来。

表妹约她去吃午饭，本是常有的事，可是表妹说是妹夫出差了，闷得慌，是假话。她知道，四个萝卜头大的孩子，再加上一个娶了太太手脚就变成了废物的依赖者的妹夫，表妹便一天忙得跟钟摆似的，一刻休息都得不到。妹夫出差了，表妹巴不得松一口气，哪还能说闷得慌？她知道表妹是有心人，想得周到，同情独身在外的表姐，所以隔些日子总要邀她去吃个便饭，或者差人送几样小菜来。对于表妹这种盛情，她有说不出的感激，每次去也不免要提上几个大小包包，给迎在门前喊“表姨”的矮小者一阵欢乐。

吃过饭，表妹哄小的睡了，大的每人手里塞了几块糖果被赶出去，屋里立刻像客散后的戏院一样寂静。表妹似乎有什么事要对她说，亚芳觉得出，因为她已看出表妹出出进进局促不安欲言又止的样子。她喜欢表妹，就因为她的世故比岁数更年轻，还没说话先涨红了脸，吞吞吐吐地：

“表姐，我跟你提一件事儿，不知道你生气不生气？”

生气？从表妹这里她能碰到什么生气的事儿呢？亚芳不禁斜着头笑问：

“有什么事值得叫我生气的，你说说看。”

表妹更难为情，急忙摇着头笑说：

“不是的，不是的，实在是一件很好的事，力行临走时还再三嘱咐我，务必跟表姐谈谈。”

“能有叫人生气而又很好的事吗？”亚芳又逗她。

“哎呀，表姐，别笑我不会说话的人，行不行？是这样，力行的一个老师，是南部的厂长，他姓张，他的太太死了四五年，孩子都在大陆。力行很想给表姐介绍，又怕表姐生气，就是这么回事儿。”

“啊！”亚芳愣住了。关于婚姻的一切，例如她为何贴四十边儿上了还没有结婚，她曾否有过恋爱的过去等，从来没有跟表妹谈起过。因为跟表妹差了一段年龄，又是来台湾后才认的这门表亲，加之表妹夫妇一直都是很礼貌的，以敬重老大姐的态度对待她。所以这样突如其来的问题，倒叫亚芳难以置答了，她只好半玩笑地说：

“宗瑜，你们贤夫妇什么时候又念头转到我身上来了？”

表妹分明是怕亚芳生气，急得又红了脸：“表姐，不是跟你开玩笑的哟！力行早就想给张先生介绍一个女朋友，因为张先生人好得很，可是在台湾找合适的外省小姐真不容易，力行就想到表姐了，年纪也合适，张先生今年四十六岁，地位也不错。”

不知是否表妹的话里有语病，还是亚芳因了年龄的关系，在婚姻上未免有些自卑感，她觉得表妹夫妇所以要把她介绍给张先生，原来是“在台湾找合适的外省小姐真不容易”，刹那间这念头流星样地掠过她的心头，但她随即做出满不在乎的神气说：

“这么大岁数了还结什么婚！”

大概是表妹又拙于辞令了，暂时跌入沉默中。亚芳觉得不合适，想找话来缓和这僵持的空气，便指着桌上那瓶杜鹃花问：

“咦，怎么这时候了，还有杜鹃花，草山的早就一败涂地了！”

“是的，这是从院里一株迟开的杜鹃上摘下来的，喏，看。”表妹指指窗外。

可不是，有一株盛开的杜鹃，倚在墙角孤孤单单，可是那簇簇粉红的花朵也颇有点傲然的神气，它是这小庭院里唯一迟开的杜鹃。

“表姐。”

“嗯。”

“如果把你比作一株迟开的杜鹃不可以吗？开得虽晚，又有什么关系。”

亚芳鼻尖贴在玻璃窗上，望着那株杜鹃，心中若有所思，没有答话，表妹又接着说：

“力行这次出差到南部去，那位张先生也要出差到北部，可能一道回来。如果表姐同意的话，大家何妨见见，先交交朋友也没有关系。”

亚芳回过头来淡然地一笑，回答了一句未置可否的话：

“你们贤夫妇是要给我介绍定了！”

但是回到宿舍的亚芳却思潮起伏，她念念不忘表妹家里那株迟开的杜鹃和表妹聪明的比喻。

来台湾三年了，搬进这间宿舍也有两年多，对面床上的小姐换了四五个，眼看她们一个个结婚搬走了，现在床上又是空空的，不知道明天又要搬进哪一位单身小姐来。想到这里，她的视线不由得从甘蔗板上掉下来，落到对面空床上。空床好像一张平板的脸向她冷笑，她一赌气又把视线收回来，转向窗外望去。眼力所及只有一枝被微风吹动的榕树和一块正在轻移的浮云。当一个人的思想来临的时候，即使一云一叶都能引起无边的思潮，回忆的网也撒开来了：

和婚姻发生不着边际的关系，该是从女师毕业那年开始的，从 P 城夹着文凭回家，白发苍苍的寡母乐得满脸皱纹绽开了花。她也觉得熬了一张文凭，从此可以贴在母亲的身边奉养她。守寡后的母亲守着唯一的女儿挣扎了这许多年，如今总可以稍息肩仔了。可是母亲偏偏闲不下，回家的第三天，就向亚芳提出了婚姻大事，对方是姨表弟，那个比她小了两岁的小镇上的公子哥儿。

姨夫在镇上有两个米庄，北方多荒年，可是最能产生富米商。姨母一辈子就生了这么一个宝贝儿子，她常得意地说，要不是姨夫给表弟喷了两口鸦片，今天也许成绝户了，因此对于表弟无微不至，真是顶在头上怕掉了，含在嘴里怕化了，不知怎么娇养才合适。表弟从城里的中学毕业后，就回到镇上当大少爷，病病怏怏的，有气无力。亚芳读书在外难得遇见他，可是每逢看见他那副可怜兮兮的样子，就不由得纳闷，这样的男人对于他自己的生活，会有什么感想？

和表弟谈不来，没话说，不过是点头之交，谁想这会子母亲竟提出这门亲事来了，原来是怜悯的心情，不知怎么变得极端厌恶了，她不由得气恼地对母亲说：

"娘怎么这样糊涂！"

斩钉截铁地给拒绝了，母亲是懦弱的女人，抹着眼泪叹气，吓得以后再也不敢提了。

回到这小镇来，就像给小镇添了一只凤凰，来说媒提亲的婆婆妈妈踏穿了门槛，做娘的头回就给吓回去了，来了说媒的，便望着板着面孔的女儿向来人努嘴，摆手，怕招惹女儿。亚芳也讨厌这些三姑六婆，见来了人便把嘴唇闭得死紧，一丝儿笑容都没有。乡下的婆娘哪里见过这么大学问的女人，便都吓得不敢登门了。

如果说亚芳有什么对于母亲感到歉然的，在她多年以后偶然想到时，便是她在母亲的生前终于没有结婚这一回事，该是最使母亲死不瞑目的了。三年的教书生活过得很平静。没想到突然失去可怜的母亲，母亲死后从此人海漂流，便一直过着没有家的日子，以及职业不断地转战，从这个单身宿舍搬到另一个，有时朋友家借住，有时亲戚家贴伙食，日子就这么零零碎碎地打发了。可是这些年来为什么就没有走上婚姻之路，她可就答不出来了。

并非为抱独身主义，而且曾是许多追求者的对象，没有一个具体的原因，可以解释出她和婚姻的绝缘。说是归罪于开头的不利，对表弟的印象太坏了，因此对婚姻有了恶感？说是自己的理想太高，可是她心目中从没有过理想丈夫的标准。也许是自己太寡情了，缺乏青春的热情？或者是事业心重于家庭吗？那才怪，江湖混迹这么些年了，也不过是从教小学爬到中学教员，好像从事职业的目的一直是为了解决生活，从没有过伟大事业的心胸。总而言之，这都不是绝对的理由足以使她拒绝婚姻的。

对世事似乎有一种难以解释的淡然的态度，日子便在淡淡中打发过去。可是眼看自己的年龄已经给世人带来某种观点时，她也不免怀疑，自己的生存是否毫无意义？而且对于过去所厌恶的事事物物，竟也有了温情的回味，过去样样情形似乎都比现在好。有些人被她拒绝得那么坚决，现在想起来未免傻气了一点。

在P城女中教书的时候，该是她的全盛时代，因为常常代表学校去参加各种集会，或者领导学生到外面参加活动。和外界接触的机会多了，认识的人也多了，倾慕的男人便接踵而至，有些她连名字都想不起来。

在隔壁男中教书的李，是对亚芳苦缠不已的一个，头发中分一辈子不换样的，矮个子，藏青的小西服，玳瑁边的眼镜，“一辈子也不嫁这样的男人”，见了李她恶心，心里就这么起誓。后来亚芳把李介绍给一个中学的同学，谁知两个人一拍即合，亚芳心里冷笑，男人的爱情就是这样的吗？后来那位同学居然害怕男的不忘情于亚芳，竟露出不愿意亚芳参加到他们中间来的意思，亚芳气坏了，曾在宿舍挑着眉毛讽刺着：“男人就这么稀奇？”

带学生去参加话剧团演戏，还惹来了一个刚从艺专毕业出来，没有正式职业的鬼导演。那时学生演话剧的风气盛，这位客串的业余导演，便有的是时间泡女学生。住在西城的公寓里，吃了上顿没下顿的穷艺术家居然也在亚芳身上打主意。亚芳看不得那种长头发、黑领花的打扮，见了他就转过头去，冷得像冰一样。

她还想起那个到美国麻省理工学院留学的张来了，是姓张吗？她有点儿闹不清了。那么可笑的竟在出国前要人介绍认识她，认识她不要紧，到了美国就写起热烈的情书来了。她心里有数，念完硕士念博士，来日方长，刚认识就要慢慢地等，多渺茫，多遥远的爱情。她没有回信，那边也冷下来了，从此没了消息。

应该是充满了火般热情的青春，亚芳却是又冷又傲，对于追求者没有一点施与和怜悯。一个浪漫派的小说家曾经因为追求不得而形容她说：“那是一个高高的，冷冷的，带着姜汁味的女人呀！”

这些可能与她发生婚姻关系的追求者，后来都到哪儿去了呢？像银幕上的人，在黑暗中活灵活现，可是灯亮了，他们却无影无踪！

有一阵子她对婚姻的本身起了怀疑，而且厌恶。抗战时住在离重庆不远的半山上，偶然下山到同学家去走动走动。总是乘兴而去，败兴而返。几个同学都结了婚，拖着三个四个孩子，愁眉苦脸的，除了孩子，就是日子。不知是为同情她未婚的境遇，还是真正实话，同学们见了她总异口同声地说："多玩几年再结婚，可别受这罪！"那话对她诚然是忠告，不管说话的人本意如何。她简直不要结婚，如果每个结婚的女人都不外如此的话。她觉得近代的女性高唱妇女解放，却明明是给自己再加上一道箍，她们既离不开家庭，又舍不得放弃那点新女性的自尊，生活在矛盾的思想里，憋得透不过气来。她对婚姻怀疑，对现实不解，因此她连同学家也少走动了，和她们的生活好像脱了节，索性蹲在半山上守住办公桌不下来了。

就是这样，她走的路和婚姻的路，竟是背道而行，渐行渐远。她回头看看，不信那不知不觉所走过的，竟是那么长远的一段了！是从什么时候，人家又把她列入女人所最恐怖最忌讳的名堂里了呢？

"该结婚了！"她不是没这么想过，每次参加友人的婚礼时，她都可以听见这样的玩笑："几时吃你的喜酒呀？"但并不是对她而是对那些年轻女孩，好像她已无福享受这句含着无限憧憬的话。时间多残酷，人家已经把她当成了什么，她知道。

她也知道，在许多谈到妇女与婚姻的场合里，人们多么会避重就轻地顾虑到在场的她，就好像客厅里有了麻脸和狐臭的人，说话总要有三分戒心。可是她也知道人们在背后会怎样谈论她："她怎么还不结婚？"归根总是"高不成，低不就"，这话并不错，她虽无太高的目标，但也不能"人尽可夫"呀！但因此婚姻对于她竟成了困难的问题了。

续弦是像她这样女人的归宿？在台湾的几年中，偶然有人向她提到婚姻，总也出不了这圈子，她甚至于怀疑那些人是真的死了太太，还是存心要弄个"反攻夫人"呢！但就是这样的机会，对于她也是难得的了。

因此对于表妹的美意，她倒觉得值得考虑一下，正像表妹所说，她何妨试试看，试试看。

也许终于有一天，离开这单人宿舍，离开这张单人床吧！

亚芳从床上蓦地站起来，那竹床经不住她这一动，又吱吱乱叫了。

坐在镜前梳妆的亚芳，望着床上几件旗袍发了愁，她不知道今天的宴会应该穿哪一件对她更合适些。她随便拿起一件绿旗袍比在身上，对着镜子下意识地一笑，希望这一表情能给她一个圆满的答复，但是当她看见镜中人的眼梢弯起鱼尾样的三条细纹时，突然一股莫名的悲哀涌上心头，究竟自己还剩几分姿色？青春真是一瞥即逝吗？

为了使自己的装扮不要被人看作那是“显然下过工夫的”，亚芳着实下了一番工夫。她不知道对方是怎样一个男人，表示自己对于这件事的淡然之态，她什么都没向表妹打听。唉，只要那人不是猪八戒，她也愿意把握住这个对于她已日渐难得的归宿。“归宿”，她以往多么恨人把这两个字加到女人的身上，可是她不得不承认，对于单人宿舍的生活，已经有了终非长久之计的感觉。

坐在三轮车上，思潮还没有打断，她劝自己不要太矛盾，太顾虑，把心情放松些，可是简直不能够。她从没有像今天这么激动过，因此车子过了表妹的家门，她两眼还直直地向前望着，心里没头没脑地不知盘算些什么，若不是等在门口的小外甥们喊“表姨，表姨”，车子就要出巷口了。

表妹夫妇迎了出来，比往日更有礼貌，嘘寒问暖，善意的微笑，她怕那种笑，笑里含着“尽在不言中”的同情，她不要人同情！

走进小小的客厅，里面已经乌压压地围满了客人。赵、钱、孙、李……妹夫一一为她介绍，她嘴里笑，心里烦，虽然顺着妹夫的介绍点头，可是一个也没记住。她只怪妹夫为何请了这许多人，为来看热闹？还是为冲淡介绍朋友的拘束空气？接着妹夫好像加重了语气：

“这位是张荫祥张厂长，这是我们的表姐韩亚芳小姐……”

张荫祥？好耳熟的名字！她希望自己的耳朵没有听错，啊！对面站起来的正是那个张荫祥，一点儿也不错！多么奇妙的巧合，前天这个人还在她的回忆之海中打了一个滚，那么轻轻的一滚！两对惊奇的眼光相碰，亚芳连忙低下头来，拉过站在身边的小外甥的手坐下来，揉握着。

客厅中的空气，突然因为进来一位陌生的女客而跌入刹那的寂静，妹夫为打破这闷人的空气，扯高了嗓子喊：

“宗瑜，可以吃了吗？”

客人们也借着主人这一声哈哈笑起来，其实这句话有什么可笑，可是亚芳也不得不跟着大家抿着嘴笑了一笑，因为大家都是善意地要把这拘束的空气缓和下来。

一阵让座又一场热闹，把亚芳正好安排到张荫祥的对面，团团地围住一圆桌。看桌上令人滴涎的美餐，大家又异口同声地赞扬女主人的能干。表妹客气地推让着，妹夫得意地傻笑着；身后三个萝卜头，每人手中一个小碗在敲敲打打，嚷着要菜菜；另一个坐在小车里的最幼小者，急得也要蹿出来，表妹鼻尖挂着汗珠，连忙跑去扶抱，屋里有些乱哄哄的。

“家，这就是家！”亚芳望着表妹的背影，那因生多了孩子的粗蠢的腰肢，像一根肉柱。“这便是女人所向往的归宿吗？世人所追求的，所厌恶的，可是又不断地劝人入伙的，便是这样的家吗？”亚芳有些迷惘。

她不由得把视线又落到桌对面，对面的人正低着头啃一块鸡肉，稀落的头发已遮不住头顶的一块光秃。“科学家的头顶总要秃得早些，”她心想，“不知他到美国可曾得了博士回来吗？可能是，因为已经做到厂长的地位。”当初怎么就那么轻轻地丢弃了这个人呢？……也是一个宴会席上，主人给她介绍认识了在工学院担任讲师的张荫祥，听说他即将出国深造。第二天张荫祥就来女中拜访她，根据经验，她已领会出张荫祥一定对她有了好感，但是她却对他谈不上特殊的感情，既不坏，也不好。临出国前，他又再次访问，并且倾慕地要求以后时常通信，她虽答应了，也只是普通友谊上的礼貌。她记得那天张荫祥还要求她一道去吃晚饭，她推辞了。“没必要，”当时她心想，“泛泛之交，用不着做出依依惜别的姿态。”

果然出国后热烈的情书寄来了，一封、两封，那些情感句子并没有挑动她，而且她心目中还存一个念头：可笑这人的无聊。他以为她会把他当作情人似的等待，等他念完硕士、博士，回来跟他结婚吗？那是不可能的事。那么对于回复这样的信，她也无法措辞，便搁置在一旁。以后，他在她印象中便很快地消失了，因为他们究竟还谈不到友谊……

“韩小姐还在教书吗？”

她停着愣愣地回忆，没有听见对面人的问话，还是坐在身旁的表妹撞了她两下，才从回忆中醒过来。

“啊啊！是的，在女中教史地。”

对面的人含笑点点头，她忽然疑惑到那笑意中不含有讥诮的成分吗？笑她若干年来还没有离开教书的岗位，从北国教到海岛，还在中学里和一群黄毛丫头打交道？想想当年的追求者，在学业、事业、婚姻上都有了成果，相形之下，她多羞惭！像一个健康人的体温表，一点儿升降都没有，太平凡了，健康的人有时也会有小热度呀！

她偷眼望望他，他是比多年前胖了，笔挺的西装，衬着一颗大而微秃的头颅，但是这秃顶看上去并不太讨厌，似乎更增加了对于他身份的尊严，她对他要重新估价了！在他身上仿佛她已触及淡淡的温情，她连他死去的太太都有点儿嫉妒了，这男人本来是应当属于她的！如果她今天重新把握这机会，会嫌太晚吗？

亚芳相信张荫祥不会忘怀她，可是在这个装作初识的尴尬场合中，她却无法知道他对于今日重逢的印象如何，他仍记忆多年前曾对她的“一往情深”吗？他会很不原谅当年她的冷漠吗？如果以后他真对她再度追求，她应当怎么表示？可是他能够吗？她已经不是当年的亚芳了，时间在她身上也许留下不少烙痕。她也知道，她虽然仍是那“高高的，冷冷的”，可是那点“姜汁”味却散发了。

这一顿饭，亚芳吃得不知肉味，表妹不断地让菜，夹这夹那，菜碟堆得尖尖的，最后表妹似乎也觉出不对来了，问说：“表姐今天怎么啦？吃得这么少？”

亚芳用手按住心口，眉头一皱：“这两天胃不舒服。”

其实她的胃何尝不舒服，倒是心真的不舒服了。她恨不得立刻飞回宿舍，躲在冰冷无情的单人床上痛哭一场，她赌气自己为何有这许多杂乱的念头，矛盾又疑惧。

客人陆续地散了，亚芳也起身告辞。回身拿皮包的当儿，好像表妹又安排好了，示意叫张荫祥顺路送一送，亚芳和张荫祥便一同走出了表妹的家。

街灯的微光，把一对行路人的影子从扁扁宽宽拉到斜斜长长，两个人起初没有说话，只听见两双皮鞋走在平坦的柏油路上，一个咯达咯达，一个吱咯吱咯，越走越有节奏。总是男的应该先开口吧，张荫祥说：

“我们有多少年没见了，韩小姐！”这不是句问话，而是一句对时光流逝的感慨。

“是呀，有十几年了吧！”

“真想不到特意到台北来见的却是你。”说话的人笑着。

“可不是，表妹请我来吃饭，我也不知道请的是你。”

“如果知道呢，来不来？”

亚芳笑了，张荫祥也笑了，把两人间见面就存在着的尴尬空气冲淡了。

谈谈目前的工作和生活，两个人和表妹夫妇的关系，以及十几年前别后各人的情况，张荫祥忽然转了话锋：

“韩小姐，为什么当年不肯回信给我，对我印象太坏了，是吗？”

“当年的情绪不记得了，”亚芳撒了谎，她明明记得清清楚楚。但随即觉得不合适，又微笑地说：“也许当时有一种感觉……”不知怎么修辞，她又停住口。

“哪种感觉？”对方迫切地追问着。

“是感觉到和你刚认识，彼此还没有什么了解，你就出国了，好像不容易建立起长久的友谊，所以就没……”

张荫祥斜着头倾听，“原来是这样的。”他说。

前面就到了，那是很容易认清的地方，宿舍的门灯总是通夜地亮着，随时都在迎接晚归的人。只这一点对独身者还能感觉到一些“家”的亲切。

“到了。”亚芳说。

“到了？”张荫祥说。好像有点嫌太快了。

亚芳停在虚掩的门前，准备说两句免不了的道别的客套，但她是多么期待他们的关系还有新的进展，不要就此完结。

“那么，再见了！”他伸出手来和她握着，她感觉那大而热的手掌又加重地握着她，“现在你肯答应和我通信了吗？这一回我可没有出国啊！”

亚芳轻轻缩回被紧握的手，对面的人向她凝望着，眼睛里充满了祈求和渴望，她被这温情溶化了，像浸在暖水里，轻飘而微热，她垂下眼帘并且微微一笑，女人默许的记号！同时一个意念掠过她的心头，表妹说的：“把你比作一株迟开的杜鹃，不可以吗？”啊！为什么不可以呢！

初恋

那一年我流浪到南部的时候，袋中已经一文不名了，还好幼年的同学吴君是本地人，他问我可耐得了寂寞到不远的乡下去做猢狲王？我那时只要有个寄身之地，并不计较更多。不过当吴君对我讲校长是位老处女时，我倒有些踌躇不定了，我对吴君说：

“老同学，你是最清楚我的脾气的，像我这样的人去跟老处女打交道，不怕要坏了你介绍人的面子吗？”

吴君却一再请我放心，他说：“这是一位不平凡的老处女，她不但会使你宾至如归，而且你的坏脾气还应当受她的感化呢！”

果然如吴君所说，我不必为校长是老处女而怀什么戒心，因为她对我的态度除了宽仁的上司外，还兼有慈爱的母亲，善导的师长，使我像游子归来似的感觉到家的温暖。虽然这里并不是一个完整的家，而且这位女主人也不过像我一样是个独身者。我和她所不同的是，我还年轻，也没打算终身不婚，而她似乎是大慈大悲的观音菩萨化身，是为献身教育而来到人间的。我没听说她以前有过恋爱，以后总也不会走上婚姻之路吧，因为她已经五十二岁了。这里的乡人也常常说起，校长是孝女，她的父亲教了一辈子书，她因为孝心承继父志而终身不嫁，拿自己应得的财产创办这所乡间学校，是多么令人钦佩！

她对我关护备至，常为生活毫无规律的我整理凌乱的衣物，或者坐在灯下为我缝补衣纽。我常常想，她不但是好校长，更是好主妇，如果她结了婚，而且儿女环膝地做了母亲——甚至祖母，生活又该如何不同。我不由对她起了疑问，是什么使得她摒弃了正常的婚姻生活，而在这寂寞的山村做一辈子村童的老师呢？我几次想问她，但终因尊重她，怕冒犯了圣洁的她而住口了。

暑假来了，我竟因安于这安静的山村生活，连吴君邀我和他的妹妹们一同到省城旅行都婉谢了。我常常和老校长对坐着，泡一壶好茶，各人一书在手，或谈或读，消磨这炎热的时光，却也不难。校长有时也很风趣的，她对我的称呼常常不同，在学童的面前当然是严肃地叫我“老师”，但背后她总是“小妹妹”“小淘气”“小女儿”地随便叫。

有一天晚上，我坐在对面房里望着她孤坐灯下的神态，不免又勾起我对她的遐想，看她头上已经长出了白发，想到一个人独身一生是什么滋味，她那么安详，那么正常，要探索她的内心，可也不容易呢！我刚洗完头发，一边梳发，一边在琢磨她。她猛一回头，见我这副呆样子，便走过来笑着说：“又想家了吗？”她常常以为我会想家的，便坐下来哄我说笑，我知道她满心是想安慰我旅居的寂寞。

她把我披散在额前的长发拢到耳后去，望着我的脸突然问我：“为什么你一个女孩到处乱跑，还不打算结婚呢？”

我不知道应当怎样回答她才好，但我随即感觉在这样一个慈爱关心我的老校长面前，没有什么可隐瞒的，便直率地告诉她说：

“第一次的恋爱没有成功，以后再也不会轻易去尝试了！”

她听了先是一愣，随后便笑说：“那么你到这乡下来是为治疗爱的创伤喽！”

我乘她打趣我，便也向她开玩笑说：

“那你又为什么不结婚呢？”

“我吗？我这样不是很好吗？”她斜头微笑地回答我。

“我听过许多不结婚的人总是这么说‘我这样不是很好吗？’”我学她的口气，又接着说：“其实，你如果结婚，一定更好。”

“为什么呢？”她对我的话似乎很感兴趣。

“因为你实在是一位好母亲的典型，”我跟着又逼了一句，“说不定你曾有一个故事。”

“一个故事？一个什么故事？小淘气！”她把我的头发一下子又弄乱了。

“一个——恋爱的故事，有没有？”我简直是大胆地在诈取她，虽然以前我从没有这么想过，这只是脱口而出的一句话。

她听了我的话，并没有气愤，反而很神秘地点点头说：“还没有人这样猜测过我呢！”

今晚她似乎很兴奋，照例我们临睡前的一段消遣时间是在庭院中央的。她拿来了一壶好茶，同时还带来了一张发黄的照片。她拿给我看，并且说这是二十年前和她的父亲、妹妹合拍的。但是我看照片上面还有一位青年，忽有所感，便问她：

“那么，他是谁呢？”

她没有立刻回答我所问，却坐在藤躺椅上，端起一杯茶品着，眼睛看着那杯茶的热气，慢慢地说：“你不是疑心我有个故事吗？二十年来，我第一次把这个故事讲出来，我希望你是唯一听这故事的人。”她说着拍拍我的手背。就在这满天星辰的月光下，我全神贯注地听着下面的故事。

我的双亲情爱逾恒，自从母亲去世后，父亲为了避免睹物伤情，便带了他唯有的两个女儿——我和小妹，迁居到傍燕儿山的这乡下来。

父亲看中了这块地方，是因为有一年和学生旅行，偶然发现的，不知怎么，他便一心一意要实现在这里买一块地盖房的愿望。他亲自设计建造这所红砖的小洋房，原是要和母亲终养天年的，谁知母亲还未及看到它的完成，便撒手先去了。但是父亲仍照原来的意志，辞去半生教授的职务，决心乡居著书。

我虽然正为失母而悲痛，又突然离开城市，离开熟稔的亲友，到一个陌生的乡下过活，但当我走进这所新居时，不禁给眼前新鲜的景色迷住，蓝天、绿竹、红砖、白墙，配合得这样醒目清心。虽然后来在妹妹出嫁和父亲死后，我孤单地面对粉刷一新的白墙，曾度过一段今生最寂寞的时日，但当初进新屋之时，却是以重整起愉快的心情，领受母亲死后的新生活。

母亲一死，主妇的责任很快地落到我身上。在她刚死后的一段时间，曾由姑母来同住主持家务。我们决定乡居后，姑母便把一串钥匙交到我的手里，她嘱我应如何勤俭持家，因为我的母亲在父亲一生微薄的收入下，积蓄起两所房屋，并非易事。她又说母亲为我们姊妹用心良苦，因为没有儿子，这两处房屋是要留给我们姊妹俩做嫁妆的，红砖洋房属于我，城里的那栋给妹妹。我当时对于姑母所说的并不留心，我虽已在女子师范毕业，但是家庭亲爱的气氛浓厚，使我很少想家庭以外的事情。

操持家务，我该胜任愉快，因为母亲早已给我留下了好榜样。我记得幼小时候看见母亲腋下的一串钥匙，走起路来嚓嚓作响，是如何的羡慕！有时她遗落在桌上，我便要拿过来玩弄一番，学着母亲的样子，挂在腋下跑来跑去，害得母亲到处找不到。那一串钥匙因为在母亲的腋下摩擦多年，已经光亮圆滑。我从母亲的手中接过来，便很自然地挂在我的腋下了。

乡居的日子简单多了，父亲在日落以前便完成他的书房工作，用不着像在城里似的，非在夜间才能静心写作读书，也没有那样多的学生来问这问那地扰乱他的清思。他的健康因为来到乡下也明显地有了进步。偶然有人从城里来看望父亲，都为他能在丧了爱妻后反而红润的面色感到惊异。

刚搬来的那年，妹妹只有十二岁，我比她大了一轮。我要照应这样小的妹妹和老父，俨然是个小主妇了：缝补一家人的衣袜，教妹妹读书，处理一切琐碎的家务。不久以后妹妹考入城里的女子中学，住在宿舍里，一星期回来一次，这期间只有我和父亲，还有老仆张同。但是逢到寒暑假期，妹妹回来，有了这个活泼的小姑娘待在家里，我们就热闹多了。

溽暑的午后，寂静如睡，父亲在书房里一手扇着芭蕉叶，一手握笔疾书。天气闷热，大家挥汗如雨。可是他因为专心在书案的工作，从不觉得身外的事务与他有何关系，他对写作的兴趣这样浓厚。

我则常在这个时候带着小妹在竹林为墙的幽径中乘凉，听她的小嘴讲出来那些学校的生活，我们大笑着。好像唯有小妹在家，才能打破一段过去的沉寂生活。

当炊烟袅袅而上，会合着暮霭，云烟不分的时候，父亲放下了笔，从书房出来，领着妹妹到田间散步，我则收拾起活计或书本，到厨房去督促老张预备晚饭。他们散步回来，大家便坐在院中晚饭，我们在饭桌上看着乌鸦归巢，呱呱呱呱地乱噪一阵，在乡间，这是夜幕垂下前的先声。乌鸦过去了，天暗下来，四籁堕入寂静。虽然也有远处传来几下汽笛呜呜声，划破长空的寂寞。掌灯不久便该休息了。我为父亲的卧室驱蚊，落帐，整理床铺。父亲虽然没有了母亲，并没有改变他生活上的一切习惯。

早晨如果有空闲，我也常随着父亲领着妹妹出去走走，踏着露水未干的野草，闻着清晨湿土的气味，很是舒服。

冬日像虫一样地蜷伏在屋子里，和外面接触的生活更少。春天来了，翻开隔年的干叶和杂草，我也喜欢做种植的工作。日子就是天天如此，年年如此，迎春送冬地也不知不觉在乡下四易寒暑了。最初的一两年，不但父亲常带我们到城里去购买书籍物品，城里的亲友和学生们，也时常结伴到乡下来小住盘桓。可是后来父亲渐渐安于乡居懒得进城去，亲友们来看望父亲的也比不了前两年，我们渐渐被人们淡忘了。

姑妈却照例在每年的清明节前到乡下来。这一年她见了我便惊讶地说：“芳儿，你瘦了！”我没有觉得，摸摸自己的下巴，然后笑笑说：“是吗？我并没有生病呀！”

姑妈的神情仿佛也不同于往年，她常常注视着我，又有时和父亲谈些什么不愿让我们听见的事情。有一天我走到后院的厨房，听姑妈在和老张说话：“老太爷糊涂，总得张罗张罗，不能让大小姐伺候他一辈子呀！……”窃听的滋味很不好受，我赶紧绕过前院去。心里可打了一个结，是姑妈要给父亲续弦吗？她看我瘦了，以为我操持家事累的吧？但是我绝没有这种意思，自己的父亲，自己的家，责无旁贷，怎么能谈到累不累呢！我觉得姑妈有点误会我了。但是，真要为父亲续弦的话，当然没什么不好，不知道姑妈看中了什么人，怪不得常跟父亲嘀嘀咕咕地谈话。

又有一天，我们闲谈着，那天妹妹也从学校返家。姑母看着我，却回过头去问小妹：“兰儿，你今年十几啦？”“十六了，姑妈！”我顺口接过回答，但是说出来我又后悔了，我忽然意识到姑妈实在不是要知道小妹的年龄，而是想借此算算我的年龄吧！我也知道姑妈所以不愿直接问我的缘故，是因为我已经不小了——二十八岁了。

姑母回城里去，小妹又回学校，这里更无聊了，我大半天坐在自己房里看书，慢慢打发光阴。小妹倒是不知寂寞的滋味，她虽然十六岁，依然孩子气十足，回家总约了邻家的女孩上山爬树，各处乱跳。

快到暑假时，父亲突然告诉我们一个令人兴奋的消息，说是他的一个已经在大学做了助教的学生，预备来此度假，因为父亲有些著作需要他帮忙整理。他要我把客房收拾清洁，扫榻待客。我们这里自从姑母走后，好久没有客人来了，这怎么能不令人兴奋呢！

终于这位仪表堂堂的青年来了，父亲为我们介绍后，便对他说：“云生，你要像在家里一样，不要客气，要什么尽管对芳儿讲好了。”他很礼貌地向我鞠着深躬，我手足无措，还礼不迭。

家里有了客人，生活紧张起来了。对于和青年男子的交际，虽然已二十八岁的我，仍然不太习惯。他很客气地随着小妹叫我芳姐，随着我管兰儿也叫小妹。可是小妹叫他云哥，我不敢；小妹随便出入他的居室，我也不敢。虽然他的居室差不多每天都是我去亲自为他打扫整理的，我只乘他在父亲书房或同父亲妹妹出外散步时才进去，把蚊帐落下，蚊香点起，小心仔细地把零乱的书桌整理好。如果他一天待在自己房间没出去的话，我便难为情不进去了。其实，以往来这里的客人，都是由我来招呼的，但是没有一次使我像这次的不自然。我有时想，这个青年来得蹊跷，父亲并不需要人帮助工作；同时姑妈今年春天对我的神情……或许……我脸发热，心通通地跳着。

小妹和云哥已经很熟了，但是我仍然和他保持一段礼貌上的距离。这段距离我宁愿保持着，因为我相信在这中间有一种难以形容的游丝在交织颤动着；因了它，使我享受到在默默中回味、心跳、脸红，以及心灵被这些情感牵制得难以成眠的快乐。

有一天，当我又在他和父亲出去散步的时候，走进他的居室。香烟和汗垢的气味，从我为他整理的枕褥中散发出来。我心想，和爸爸一样，独身男子的房间总有一股怪味道，闻着这股怪味，我亲切地微笑着。正在这时，他气喘喘地跑回来了，他一进来看见我正为他整理床铺，便急忙过来按住我的手，夺去我手中的被，红着脸说："怎么好麻烦你，芳姐，我自己来……"无意中接触着一个青年男子巨大而温热的手掌，我的脸又因了血液的冲击而发热了。他也好像怪自己的莽撞，难为情地笑着说："我来给老师找一张地图……"我帮着他找，才把两人间局促的神情掩饰过去了。

第二天小妹跑来对我说："云哥说，他怪不好意思的，不知道原来每天是你替他打扫房屋，他一直以为是老张。"我怕要被淘气的小妹取笑，便一本正经地说："你告诉云哥不要客气，咱们家来了客人，不都是我招呼吗？"其实我这次的心情，显然是跟往日不同的。

小妹成了我们的传话筒，他要什么东西，总是叫妹妹带了话来："云哥问你借一支毛笔。""云哥问你可有信纸？""云哥说你的字真漂亮。""云哥说你是好姐姐。"他好像在妹妹那里探听了更多关于我的琐事。

有一次我看见小妹和他立在院中花圃前谈话，见我来便不说了，小妹对我局促地笑着，我想她不定又和他在说我什么。回到房里，我便问小妹："坏丫头，你又在和云哥说什么来着？"她脸一红跑了。她这张淘气的小嘴，不要在云哥面前把我说得太多呀，那是很难为情的事。

我从小妹嘴里，也知道他许多事。知道了他喜欢吃什么菜，我便每天亲自到离家很远的市上去买来。夏天的早晨，路旁闪耀着露珠的青草，甜蜜而清香，每一条小路我都想走过，我不嫌路远！我要告诉每一棵草，我是什么心情。太阳晒得我出汗，并且告诉我初恋是这样温暖。

父亲忽然有一天对我们说："为什么不带云生到燕儿山去看看呢？芳儿也去吧！明天正好我要到城里去，放你们三个一天假好了。"

第二天我们送走了父亲后，我赶着预备了三份野餐，便一同去燕儿山。到了那块因燕形的岩石而出名的半山上，我们坐下来休息用餐。在大自然里，我也不像在家里那样拘束不安了，和他有了比较自然的说笑。吃完以后，小妹又提议前进，因为再向高处去的山上，开了各种山花，可以采回来插瓶。可是我已经无力前进了，让他们俩去山上跑跑，我需要独自安静一会儿。

我一头躺在草地上，张开了两臂，任清风饱吻着我的全身。我好像躺在荷叶里的一粒水珠，荡动着，轻漾着。我感觉天空之下任何东西都是美丽的。身边不知名的野花亲热着我，每个从我上空经过的云朵，都寄托了我的梦想。我想，父亲和姑妈安排这青年到这里来的用意安在，感激我的长辈，为了我的幸福多方打算。唉！他会是我的终身伴侣，我将无限地依赖着他。我们将同室而居，我不知我会有几个……我是这样地喜爱孩子！啊！我太放肆了！我怎么可以想到这样令人脸红的事呢！

他们俩跑得涨红了脸回来，妹妹从他手里摘下两朵红花插在我的鬓边，他擦着汗，微笑地在一旁看着，我不由得低下头来，好像刚才那一段放肆的梦想会被他看透似的。

日子在快乐中逝去就要嫌短，每年感觉漫长的暑假，今年竟短了许多。在一天的午饭桌上，他告诉我们，第二天就要回城里去，因为学校就要开学了。听了这样的话，只有父亲点点头表示知道了，我虽低头默默地吃着饭，心中却思潮起伏。连平日多嘴的小妹，也难得没有开口，我想大概这位青年客人给这一家人带来不同的快乐，如今他要把快乐带走了，当然使人人依依惜别。因为他走后，这里又会沉入如何的寂寞啊！

午饭以后，父亲照例要睡个中觉，整栋房子静悄悄的。我坐在桌前看书，希望把纷扰的心情压制下去，可是无论如何做不到。

小妹忽然掀帘进来了，在我一旁坐下，露出她从未有过的一副沉默的神态。她手搭在我肩膀上说：

“芳姐，云哥要走了！”

“哦——”我故意若无其事地回笑。

“两个月过得真快啊！”

我没有作声。

“姐姐，你在想什么？”

“看书呀！”

“姐姐，我问你，你说云哥这个人好吗？”她更靠近我。

“你问这话是什么意思？”我瞪了她一眼。

“没什么，我就是想知道你对他的印象怎么样。”她把身子一扭，仍是那副矫情的样子。

这小女孩又来打趣我吗？或许是她转达了云哥的意思吗？我想到这里脸又热起来，但仍装出平静的样子说：“他总是个受大家欢迎的客人。”

妹妹听了，撅起嘴说：“姐姐说话真不痛快。”

是的，对于妹妹的一张没遮拦的快嘴，难道我还敢痛痛快快地说出我正恋爱着他，我正为离情所困扰吗？

小妹没头没脑地来了，又走了。我继续把沉思放在字迹难认的书本上。

窗外忽然又传来了脚步声，“芳姐在午睡吗？”是他轻敲着窗子在问。

“没有，要什么东西吗？”我站起来表面平静地这样对他说，心却喜悦地跳动着。

他走到门前，隔着竹帘讷讷地说：“芳姐，我——我要跟您谈谈，可以吗？”我还不知道应当怎么回答，他又说，“我在竹墙外等您，好吗？”我点点头，他去了。我坐回椅子上，发了一阵呆。

和我谈谈，我已经意会到那谈谈的意思，怎使我不心慌？我知道他要说的、要求的，我也知道幸福是什么滋味。不过幸福也不要来得太早啊！那会使人忍受不住的。我将怎样回答他所谈的问题？他会怎样向我说呢？时间是这样的短促！

在竹墙外，我们无意地向前漫步着，他还没有开口，已经紧张得在擦额上的汗珠，我也可以听得出自己一颗鼓动的心声。慢慢地，我们走到一株大树荫下，它足够遮住我俩的热情。他低下头，结结巴巴地说：

“我要求芳姐一件事……”

——是什么事，说啊！我的心要从喉咙里跳出来了。既然能开门见山地说，怎么又半途接不上了呢！

“芳姐，您一定肯帮我们的忙……”

——帮“我们”的忙？

“就是——就是，求芳姐跟老师说，我跟小妹的事。”

跟小妹？……乌云遮住了半个天！

“希望老师能答应我向小妹求婚，芳姐也许知道了。……”

我怕支持不住了，将肩头靠在大树干上，我不知道他又喃喃地接着说了些什么，只这样就够了，够了，够了，我不住地点着头。

我像是从半空中被扔了下来，向下沉，沉，沉，四周的空气压迫着我，我难以形容当时的感觉，我的心潮中只有一个问题：他爱的竟是妹妹，怎么能够！她才十六岁！她还是个背着书包上学的小姑娘，她走路还要踢着路旁的小石子玩耍，她是个连自己的辫子都扎不好的女孩子！

但是我努力把紊乱的心潮压制下来。我的教养使我爱我家庭中的每一个人，更爱我幼小的妹妹。

晚上，我仍如往日那样机械地把父亲的床铺整理好，然后我轻轻走到父亲面前，替我恋爱的人向妹妹求婚。父亲一听愣住了，“哦？——”他迷惘地看着我，我低下头去。

父亲在屋里来回地踱着，我知道这出乎意外的求婚对象，使父亲无措了。久久的沉默，我不得不再为他们解释说：

“他们俩都有这番意思了。”

父亲似乎痛苦地望着我，说：“可是，芳儿……”

我不愿父亲再提到旁的，不等他老人家说下去，我便截住说：

“您就答应了吧！”

父亲终于点点头，我退出去，听见父亲在我背后长长地叹着气。

老校长说到这里停住了，眼睛望得远远的轻叹了口气，从躺椅上站起来，又把照片上的人看看，随后安详地对我说：

“就是这样，我的初恋，也是我最后一次的恋爱。我所恋爱的人娶了我的妹妹。初恋像云雾在山峰的心上游荡，有无数美丽的幻象。在我初恋的梦幻中，是一个肥皂泡，吹开，涨大，飞去，终于破碎了。以后我没有再恋爱过，因为那美丽的初恋已够我咀嚼一生；它虽没有成功，但确曾使我沉溺在幸福里过。我相信以后不会再有比这更动我心魄的爱情使我沉醉了，那么我今生又有何再求呢？”她说到这里停顿了，斜着头微笑地望着我：“睡去吧，孩子，这个故事该够满足你对我的好奇心了吧？”

我从灰白头发的老校长手里接过照片，拿到灯下仔细地看，我真想把这几个人看清楚了，但是照片发黄了，模糊不清，因为那实在是太年久、太陈旧了的。

玫瑰 /

被挤在社会新闻版的一个不引人注目的角落里，酒女玫瑰自杀是属于一条无关紧要的新闻。它只有豆腐干那么大，正像她生前所住的处于这大城市一角的那条陋巷，暗淡而无光彩，它今天被比它更认为重要的一条大新闻夺去了在这社会上的地位。一个酒女的自杀，不过是属于个人的利害，六个强盗白昼行劫，才是有关整个社会的治安，所以六个抢劫犯同时被判死刑的消息，自然要重要过一个酒女的死了。

然而我的眼睛却落在这条小新闻上，久久未移，它在我的心中萦绕，使我感觉到闷气，我想挣脱这份感情的锁枷，便站起来，走向窗前去。

拉开窗帘，外面很暗了，冬季的雨日，光明总是迅速地离去，斜雨、冷风，向我的脸上吹来。哗啦啦，我也听见窗外芭蕉被雨打的声音。不，有时候它不被雨打，也能发出这种声音来，有一个小孩从这花丛中经过，她每次总用手去乱弄那几株芭蕉，使它们发出声音，以便惊醒坐在窗前改课业的林老师。

这思念不由得使我探首窗外，其实在这暗淡的黄昏里，我能在芭蕉叶下找到什么。倒是我猛然抬头，又看见对面人家的那株高大的圣诞红了，圣诞节已经过去一个月，那枝干上的叶子也已落光，几片残红在支持着它的枝干上，在那灰黑的天空下，真是单调。

“老师，像豆芽菜不？”我记起那个小孩曾向我这样形容过光秃的圣诞红枝子来着。

我住在这间屋子很久，整整六个年头。我改着学生的作业，认真地工作着，有一份很浓厚的教育者的抱负，我关心这一群幼小者，常常忘掉为他们身心所受的苦楚。我也发着奇想，想在他们之中找出一朵奇葩来，我要灌溉它，培植它，然后向社会贡献出我的成绩来。所以，我记得很清楚……

在那炎热的午后，一切都显得萎靡不振，人们懒洋洋地躲在亭子角乘凉，我却起劲地在中山北路轧马路，我的汗被毒日所暴晒，发出酸臭的气味，可是我仍找不到中山北路三段一百五十巷在什么地方，我试着翻回头去找二段、一段，以及类似的数目，耗费了整整的一个星期日的下午，我终于带着落日的凉风回校了。

我很气愤，当我从教务处的学生住址册上发现曾秀惠的家是住在万华的桂林街时。

“这个会唱歌的女孩子也很会撒谎。”我对教务主任说。

“但是她为什么对你撒这种谎，也许新搬了家，记不清地址名。”

“但愿如此。但是五年级的学生了，不应当这么糊涂。”

第二天上第一堂课，我就把曾秀惠叫起来：

“你是说你住在中山北路三段一百五十巷六号吗？”

“是。”还有台湾口音，“是”是用“四”的发音说出来的。

“没有说错？”

她踌躇了一下，摇摇头，表示没有错。

“但是，”说谎的孩子，我要在众同学的面前揭发出来，“我昨天做‘家庭访问’轮到你家，却找不到这地址！”

跟着曾秀惠哭了，我让她站着上一堂课，惩罚这撒谎的孩子。她既然常常迟到，当然怕家庭访问，她也许有一位容易光火的父亲也说不定。

我很认真，下一个星期日，我牺牲了早场电影，仍决定到曾公馆走一趟，从穿着看来，这孩子不是出身穷苦人家的。星期六临下课时，我先通知秀惠，用温和的口气，一个星期下来，她可爱的歌声和清秀的笔记，早使我心软了。

“是桂林街八十巷四十三号，这回没有错了吧？”

秀惠低下头，她害羞了，眼里有泪光。我想是那天我给她的当众惩罚太凶了，应当安慰安慰她，所以我开玩笑又拍拍她的肩膀说：“老师不会吃掉你家里的人，放心吧！”

我这回很顺利地找到了，刚一拍门，曾秀惠就出来了，那情形像是一直在门里等着的。学生们听说老师要访问家庭，向来就是这么紧张的。

“妈妈在吗？”我问。

秀惠努力地点着头，往里面跑着叫：“阿姆！阿姆！林老师来了！”

随着那声音是一阵皮鞋响，走出来一位年轻的女郎，向我笑脸相迎，客气地请我坐。这位年轻的女郎是秀惠的母亲吗？我疑虑着，不敢贸然称呼，我看看站在一旁的秀惠，希望她能说明，但是她只傻呵呵地站着。年轻的女郎国语很好，也很会说话：“秀惠不用功，老师请多指教！”

听那口气是个做母亲的口气，起码是她的监护者。我说秀惠是个聪明孩子，有响亮的歌喉，写一笔秀丽的字，只是……我最后把此来的目的告诉这位家长：秀惠常常迟到，我希望知道那原因。

“就应当早早起来。”她没有说明原因，可是严肃地把脸转向秀惠，申斥她。

向来见了学生家长要谈一些生活情况的，但是我看秀惠家的情形，进进出出的人，这位年轻的家长，以及这周围的气氛，我好像不便多问什么，便草草结束了这次访问，这是一次最简单的家庭访问。

此后过了不久，我有一个机会和秀惠单独谈话，我毫不经心地问那天那位年轻的女郎是她的什么人。

“我的母亲。”

“生你的母亲？”

“不是，是养母。”

是养母，那也奇怪的，年纪轻轻的，就收养了这么一个大女儿。我于是又问：

“爸爸呢？”

“嗯……”她犹豫着，最后终于说了，“我没有爸爸。”

“那么，”我觉得很难问，一时说不出，结果还是问下去，“那么你的母亲在做事？”

“她在夜百合。”她低下了头，轻轻地好像吁了口气：“我的祖母很厉害，只有三十五岁。”

秀惠更告诉我，她还有一位只有五十岁的曾祖母，她们四代同堂都是养母女的关系，养母常被祖母打嘴巴，如果她不肯去夜百合的话。她的养母只有十九岁，比她大八岁。

无限的同情，从我的心底升起，我实在应当早知道这小女孩的不幸遭遇，我抚摸着她的秀发说：

“人生的遭遇尽管不同，但努力读书，将来总有你光明的前途。懂吗？秀惠！”她展开了笑容，我知道我的热诚与同情，使她感到安慰也说不定。我又说：“看到班上的林一雄吗？他爸爸踏三轮车；胡慧的妈妈给人烧饭做女工，一点儿也不丢人。职业并不能代表人格。”我出于同情，越说越深了，也不管她听懂了没有。

但是曾秀惠究竟和林一雄、胡慧不能比，我可以忍心看林一雄走上他爸爸的路子或者胡慧走上她妈妈的路子，却不忍心看曾秀惠有一天也在夜百合陪酒，然而我知道唯有秀惠最有危险走上这条路，她是专预备走这条路而被人收为养女的啊！台湾的养女制度！我深深地叹惜着。

无论秀惠怎样地谈论着她的家事，我却从来不敢做深一步的探问，问她将来是否也会像她的养母一样生活。我觉得不应当在她那纯洁的心版上投下一块不洁的污迹，让她幻想着美丽的前途才对，甚至于我要帮她朝着理想的路上走。

但是我也应当知道这并不是简单的事，当她的祖母因色衰而不能博得男人的欢心时，她的养母登场了，她们代代以此为生。这种生活可以使一个女人变得自私和狠毒，当秀惠的养母该走下坡的时候，秀惠正是含苞待放啊！

尽管我的班上有许多不正常家庭的子弟，但没有一个比秀惠更使我萦回于心的。在女人不幸的遭遇中，再没有比靠男人糟践而生活更令人不甘了。为了秀惠的前途，时常燃烧起我心中的一股正义之火，虽然我从来没有问起秀惠关于她的前途的事。一直到两年过去，秀惠要毕业了，我才在调查升学人数时问起：

“秀惠，你预备升中学吗？”

“当然，老师。”

“你的母亲，不，你的祖母答应了？”我已经知道这家庭是祖母的天下，虽然现在陪酒赚男人钱的是她的母亲。

“祖母说，现在的女孩子应当多读书。”

“啊！真的？”我听了当然高兴，我以为她的祖母一定看穿了这种生活，再不忍心叫她的孙女也走这条路。这是很对的，我为秀惠庆幸，更为台湾养女制度庆幸，如果人人都肯这么做的话。

“你将要努力于哪一门？”我问这话似嫌过早，但是她却应声而答：

“声乐。老师。”

不错，那优美的歌喉早已闻名全校，同乐会上人们都不信一个小女孩会唱出那么成熟的声调来，她说她常听母亲唱，而且她不唱小孩子的歌，学的都是些流行歌曲，虽嫌庸俗，但终因她的美丽的歌喉被原谅了。

秀惠已经进了中学，本不在我的辖管下了，但是一份互相了解的感情，没有因为实际的分离而隔阂。她经常回母校找我，在这窗前的芭蕉树前，我看她一年年地长大。她像一只黄莺，时时在唱，我鼓励她，为培养她的美的人生，我不断把世界名著送进她的书包里，我听她唱，听她诉说。

有时我忙于批改课业，她便站在窗外轻声地唱，在芭蕉树前轻舞着。有时她唱到我的面前来，伏在我的桌上，停止了歌声，满脸泪痕：

“林老师，有一天我会去陪酒，站在一边唱给客人听吗？”

“傻孩子，神经过敏，完全在乱想！”我截止她。

她也常常来信，天真地写着她的中学老师的笑话，写着我给她看的书籍后的感想，写着她的生活的发展。有一次她说祖母为她请了专教歌唱的教师。“老师！我的祖母为什么为我下这么大本钱？你明白吗？好，我不说了，我说了您就认为我神经病。反正我爱唱，我尽管唱下去就是了。”她在信中这么写着，我看了只觉得满心不舒服，我希望那真是祖母的一片慈爱之心，但是陋巷中的这份人家啊！我也不敢相信她的祖母会有真正高洁的思想。

“我发疯地爱着我的歌唱，我歌唱，忘掉痛苦。”

“当我心中感到有了什么害怕时，我唱歌，并且想着老师——我想飞到您的身边，向您痛哭。”

屡次地，秀惠把悲伤的文字寄给我，我的鼓励简直敌不过她的哀感。我甚至问她，需要我帮助她什么。

“您多多鼓励我，就是给我的最大帮助，给我增加一份勇气，面对这万恶的世界！”

我的孩子！秀惠才满十五岁，便对这世界言万恶是否嫌早了些呢！我读着她秀丽的字所写出的不应当是十五岁的初中二年级学生的信，不觉泪眼模糊。我想她一定是遭遇到什么了，我记得收到这封信的前一个星期，秀惠还到学校来看我，从操场那边跑过来的时候，发育成熟的胸部因呼吸急促而颤动着，当她跑到我面前时，我不由得拉着她的手爱抚着，“我天天在看你长大！”我说。

她虽然只十五岁，可是热带的早熟，看上去她成人了，不再是那撒娇的小女孩了。那么她的祖母可能……想到这儿，我的心万分沉重，急速给她回一封信，我说：“这世界并不可怕，只要你勇于面对它，必要时反抗它，直到你的胜利。”

此后的一段时期，没有了秀惠的消息，这是常有的事，常有时两三个月不见她，她会忙着考试呀、旅行呀，忙这忙那呀，她总会写信告诉我的。

有一天秀惠的信来了，秀丽的字迹带着颤抖的声音，每一句打入我的心坎：

“老师：一个叫做玫瑰的姑娘，终于坐在青岛酒楼陪着客人喝酒唱歌了。老师！您不要鄙夷这个没出息的学生，有一段日子我想到怎样反抗，但是环境不容易，我暂时掉入泥淖中了。两三年来，祖母的热心培养，使我受了较高的教育和练习歌唱，下了大的本钱，可以捞回大的利息，这是她真正的意思。老师，我只要您仍要常常鼓励我。”

我捧着这封信，想着几个月前从操场上跑过来的那个女学生。我应当紧紧地记住她那天的打扮、姿态，对于秀惠，我所喜爱的学生，那是可纪念的一个装束。在那以后，我如果再见到秀惠，不，应当是玫瑰，就是一个新的躯壳了。但我了解她，在那躯壳中的灵魂是不易变的。所以我给她写了第一封转变生活后的信，我在信里说：

“无论你陪客人喝多少酒，你的灵魂总是纯洁的！”

没人知道我的生日，我寂寞地改着学生作业，预备中午一个人到河北人开的小店吃一碗面，给自己添添寿。这时工友拿来了一束荷花和一大盒寿糕，还有一封信，秀惠写来的：

“老师，我记得您说过，荷花的生日也是您的生日，我是无意中查到这个日子的。送上了我的祝福，但是我自己却没有来，旧日的生活会占据了我整个的心情，并且恶化，所以我不愿看见母校。”

我咬着秀惠送来的寿糕当午饭，翻开了照相簿，找到她在小学毕业的相片，我注目而视，心中充满了对人世的迷茫，咽下去的蛋糕，堵塞着，一闭眼，眼泪便流下来了。

我也一直没有企图和秀惠见面，我想象不出改变了生活以后的秀惠是什么样子，我也不愿去仔细琢磨，我一想到秀惠，总是那柔美的短发的女孩子站在我的面前。

我们以书信维系着彼此的距离，我时常鼓励她，并想以精神的力量拯救她拔出泥淖。她的信有时很悲观，有一次她在信中说：

“如果我死了，您要写一篇养女的故事，告诉人们，生生世世不要做人家的养女。”

我渐渐感觉到那秀丽笔迹下的文字是愈来愈进步了，但那悲观的成分也是正比例地进展着。我有些后悔给了她太多的书读，使她对于是非的辨别太清楚；给了她太多没有办法实现的鼓励，这鼓励对她又有何益？倒不如糊里糊涂地做着物质享受的奴隶，这样不就可以减少痛苦吗？我不应当时时刺激她，而又没有办法实际助她拔出泥足。

我是因了觉悟而渐渐使信讯疏远，我在信上不再做积极性的刺激了。我有时淡淡地而也正经地写着：

"你也不要太悲观，客人中也不是全坏的，遇到好的你可以跟他结婚，幸福的家庭生活对你也并非绝望。"

有一阵子我们没有通信了，我又在一位熟悉酒女情形的族叔口里听到秀惠的消息。族叔说：

"你那学生呀，真了不起，是青岛的第一号台柱了，她真会喝酒，和男人耍起来也够瞧的。听说已经赚下了两栋房子啰！"

我听见一方面觉得难过，一方面又觉释然。想到那样一个纯美的女孩子，怎么会落得酒楼陪客，任人蹂躏。但想到她终能适应这种生活，未尝不是她的福气。生活会慢慢习惯的，金钱也可以收买灵魂，我这么想。

实际上，青岛酒楼是我常经过的地方，我每次看完电影等公共汽车回校时，便是站在"青岛"的对面。悠扬的音乐，隐隐可以听到的歌声，加上杂乱的划拳声，和人影憧憧的楼窗，等车的人似乎不会寂寞或焦躁于二十分钟才驶过来的车辆。每一次仰头望着对面楼窗，都使我与别的等车人有异样的感觉：想到楼上有一个善歌善饮的女郎和我的关系，想到我给她的教育，想到她那忧伤的句子，想到歌声泪痕下的纯洁灵魂，想到我们始终未见面而我竟站得离她这么近，她推开楼窗就可以看到我……

许久没有接到秀惠的信，我的心反而平静了许多，再没有什么痛苦的呼声压迫我了。对整个教育来讲，我是失败的，我既未能以教育的力量去拯救她，又何必灌输给她那样多对人的是非认识？

她今年十七岁了，我忽然发着奇想，可以领一个小养女了，凑成五世同堂的养女之家，把那小女孩送到我的学校来吧，我不会再那样教育她的了，请放心吧！

圣诞节前，我收到秀惠寄来的一张讲究的圣诞卡，是特制的，上面没有天竺豆或圣诞红，却意外地画着一束玫瑰。我发现那画图的人疏忽了，竟忘记在玫瑰枝上画刺，我心里念着：啊，没有刺的玫瑰是会被人随便摘去的！

正当我认为秀惠选择了她所投降的道路是不错的，惭愧于我的教育是多余时，风雨交加的黄昏，使我读到这条不引人注目的新闻，而新闻上只简单地说：一个十七岁的叫作玫瑰的酒女因厌世而自杀，在她的身旁扔着一张似乎算是遗书的字条，那上面写着："无论我陪客人喝多少酒，我的灵魂是纯洁的。"

雨停了，风却吹着芭蕉哗哗响，我关上窗，奔到床铺上躺下去，我没有开灯，只啜泣着。

蟹壳黄 /

自从两个月前，公共汽车站变换位置，把车牌改到转角这条马路来，我们才发现这家名为“家乡馆”的豆浆店。那天早晨，凡赶公共汽车，我上菜场，在家乡馆门前，偶然看见已经晒褪色的红纸广告牌上写着：“本店早点油酥蟹壳黄”，我们便第一次迈进了家乡馆。屋子小得厉害，只放了三张小方桌，我们在靠墙角的一张“雅座”上坐下，没人来招呼。门前打烧饼的绿格衬衫少年，一心一意地往灶口里掏那烤熟的蟹壳黄，掏一个，甩一甩手，吹一口气，满面油光，满头大汗，看样子，工作的热情有余，技术不够。店里只有两个人，身后蹲着一位在洗碗筷，缩在那儿，低着头，只看见一条长鼻子。

“喂！”我喊了一声，有点生气。

长鼻子没有动弹，绿格衬衫倒回过头来，发现把我们冷落了，皱着眉急忙喊：“喂，招呼人客呀！”

一听口音就知道他是广东人，管客人叫人客，我还猜想他是岭东的人。他的天庭高，眼睛深，一身黑腱子肉，不像小本经营的买卖人，倒像什么香港菲律宾来的球员。这一叫有了用，长鼻子慢吞吞地站起来，先把碗筷放好，才移步到我们面前来。我这时看清楚那鼻子实在太长了，不禁想起日本芥川龙之介的小说《鼻子》来。也使我想起《鼻子》里描写禅智法师的鼻子有五六寸长，确是可能的；因为眼前这条长鼻子，从根到尖，总也和禅智法师的不相上下了。他整个脸上的肉都仿佛随着鼻子的重量垂下来。他不笑，苦哈哈的；笑起来，阴森森的。第一天我们就有福看到他的笑容，因为他把我们要的蟹壳黄递到对面桌上去了，人家要的甜浆卧白果，他却颤悠悠地端到我面前来。我们这桌和对面那桌的客人，都冷眼看着不言语，他看两边都不动嘴，才发现了自己的错误，咧嘴一笑：

"哟！这一早上挨噌挨的，糊涂啦！"

说着就把两边的早点调换过。一听这地道的北平口气，我和凡不由相视一笑。鼻子虽长，样子虽冷，对我们，却也有份亲切感。

以后一连几天，我们都是家乡馆的座上客。因为有人管绿格衬衫叫"小黄""老黄"，又做的是蟹壳黄，我给他起了个外号叫"蟹壳黄"，当然这只限于我和凡背地里谈话叫的。几天下来，对家乡馆有了点认识，蟹壳黄是老板，长鼻子是伙计。伙计年纪虽然比老板大了一倍，但是因为地位的关系，不得不时时刻刻挨老板的骂。本来做事就慢，大概被骂了心有未甘，就更加表现他的缺点，以示抵抗吧！有一天蟹壳黄又督促长鼻子做什么，但是长鼻子尽管哗啦哗啦地洗刷碗筷，不动窝儿，蟹壳黄急了，一副气急败坏的相儿，自己横冲直撞地跑到后院去。长鼻子这时才慢条斯理地站起来，一边把碗筷送到桌上，一边面部无表情地自言自语着："蟹壳黄！属螃蟹的，横爬！"

三张"雅座"上的六个客人都笑了，我差点儿把原汁豆浆喷出来！我是笑怎么我们不约而同地都给老板起了同样的外号？长鼻子把客人逗笑了，他并不笑，依然是那副冷冰冰的样子。

又过了几天，家乡馆忽然贴出新的红纸广告来了，原来是除了油酥蟹壳黄、油条、原汁豆浆以外，又加了"小笼包子"一项，门前也多了一口炉灶和一块案板，站着一条大老黑粗的汉子，在那儿揉面包包子。小屋里又硬摆下一张雅座，把长鼻子所心爱的洗碗部挤到墙角去了。

虽然添了客人，添了工作，长鼻子的慢动作并没有改变。本来也是，客人吃剩下的碗筷总要洗刷的，如果他放下碗筷去招呼客人，没有碗，他怎么盛豆浆呀！我渐渐地同情长鼻子了。他做事总算是有条理，听说他是剧团解散下来的，我又对他更增进一份亲切感，说不定我还是他的观众呢！不知他是唱什么的？整纱帽，捋胡子，抖搂袖子，一声咳嗽，他在豆浆店里也走的是台步呀！只怪蟹壳黄太少年气盛缺乏同情心了。我常常这么想。

做小笼包子的这位师傅，是山东大汉，十足表现了他那籍贯的传统性格。个子大，劲头儿足，要在他手里的那块发面，总有十几斤吧，他把它放在案板上，翻过来掉过去地揉它、拍它，叭叭叭的，那块面，就像一个白胖女人的肉体在挨揍。小笼屉叠了十几层高，层层冒着热气。他不像蟹壳黄那样怕熏，热烟直向他只穿着一件线背心的胸脯上吹，也不当回事。

我们叫来一笼包子。我觉得包子个儿大了些，像小馒头丁，便轻轻对凡说："大概皮厚馅少，不像包子样儿。"凡还没答话呢，谁知长鼻子正拿醋来，他听见了，冷冷地说了一句："您吃吧！包子肉多不在褶儿上！"也不知道这句话是在挖苦老乡，还是在替老乡说话。包子虽然不算难吃，总觉得不够意思。吃完出了家乡馆，在去菜场的路上我不由得心想：这家乡馆，是算哪个的家乡呢？三个人，来自三个不同的地方：广东、北平和山东。而广东人和山东人却做着江南风味的蟹壳黄和小笼包子，戏班出身的京油子却当了店小二。

起初，还表现得不错，除了长鼻子冷言冷语甩几句老广听不懂的闲话以外，其余的两个人仿佛还能合作。因为各人卖各人的，不知道他们怎么分账法？但是我看见他们总把包子钱另外分出来，大概长鼻子是给他们两个人当伙计了。生意那一阵子的确不错，长鼻子更忙不过来了，反正他也不着急，还是走他的台步，只是把蟹壳黄气坏了。有一天凡叫了一碗咸豆浆和两笼包子，包子吃完了，豆浆还没来，凡大概犯了他学生时代在饭厅里的脾气，不催也不叫，一手拿一根筷子，轻轻敲打着桌子，表示无言的抗议。这样忍了一会儿，听后面的洗碗声还没有停止的意思，凡便回过头对长鼻子开玩笑说：

"我们可是干噎了两笼包子了，豆浆怎么样了？黄豆还没上磨吗？"

这回长鼻子倒是阴森森地笑了一下，仿佛与他不相干似的，竟也玩笑地说：

“这叫三个和尚没有豆浆吃！”

蟹壳黄一听急了，赶快配好佐料舀了一碗豆浆，端来时用力“ㄅㄤ”的一下顿在桌上，豆浆溅到桌子上，好像是跟客人过不去，其实他是在对长鼻子发脾气，还急不择言地骂了两句：

“我不知道北方人是这样地没出息！”他也不管吃早点的客人都是哪里人。

长鼻子哼了一声没答话，老乡倒开口了：

“可不能一概而论呀！”

还好老乡态度不太积极，说完也就过去了。客人们也都投搭碴儿，因为这是他们私人的事，乐得看热闹。只是我们白白地被顿一下，显得蟹壳黄太没礼貌了，但我们原谅他的心情。呆一下，蟹壳黄到后面去了，长鼻子从洗碗部站起来，望着蟹壳黄的后影，冷冷然，慢吞吞地吐出了三个字：

“南—蛮—子！”

客人们忍不住哄堂大笑，老乡也哈哈大笑。这时蟹壳黄从里面出来了，又换了那件绿格衬衫。他不明白大家的笑容和对他的注视是为了什么，大概还当是他刚才骂对了，大家在笑长鼻子呢，所以他又侧头对长鼻子不屑地瞪了一眼。长鼻子也只当没看见，迈着台步走到老乡那儿去端小笼包子，顺口又嘟囔了一句：

“娘儿们刀尺！”

他明知道蟹壳黄听不懂他这句话，所以毫不顾忌地大胆当面说出来。客人们也没听清楚，我们这桌挨得近，听见了，也懂了。他是笑蟹壳黄穿绿格衬衫像女人打扮。蟹壳黄这时又好心好意地问老乡一件什么事，谁知老乡也不耐烦起来了：

“俺不知道！”

他粗声粗气地回敬了这么一句，随后用力打着那块白胖面，仿佛在打他那扔在济南府的女人出气。

蟹壳黄莫名其妙地回到他自己的烤灶前。空气有点不大协调，老乡打够了揉够了那块面，忽然又感慨地说：“干吗呀！都是大陆上来的！”说完他自己倒冷笑了一声。

客人们吃完早点算账走出家乡馆，脸上都不免浮上一层笑意，是笑这店里的三人戏。我想着长鼻子的话，走出来还直想笑。凡对我说：

“对于客人，这真是一顿愉快的早点，但对这三个人来说，却是一个不愉快的合作。”

“合作是这样不容易的事啊！”我也不禁感慨。

果然，两个月来不愉快的合作，终于解散。这个预兆，我在头一天就知道了，那天长鼻子又背着蟹壳黄甩闲话了，恐怕是最后一次了吧？他虽对着老乡说，可是故意让客人听见：

“老乡呀！后儿咱们就颠儿啦！让蟹壳黄一个人摆忙去！”

小笼包子的红纸广告，早就风吹日晒地变黄了。他们同进退以后，蟹壳黄一个人寂寞地要了几天，端浆、打烧饼、洗碗、算账，真够他一个人摆忙的。偶然下午从那里经过，还看见他在洗那件花格衬衫。

门口贴了两天“今日休业”的纸招后，家乡馆又新换了广告牌，太阳照着红纸，发出晃眼的红光，上面春蚓秋蛇地写了几行字：“油酥蟹壳黄”“油条”“原汁豆浆”，还有“开口笑”“生煎包子”。

蟹壳黄还是满头汗珠，在门口灶边做蟹壳黄。灶那边却站着一个细高个儿，鼻子周围一堆碎麻子，正在做生煎包子。包子上洒的几粒黑芝麻，就像他鼻子上那堆碎麻子。玻璃橱里摆满了叫“开口笑”的芝麻团，大平底锅里“披啦嗞啦”的是煎包子声。两个人连师傅带伙计，里外忙个不停，可是另有一番新气象。

“不知道这位小碎麻子是哪方的人？”坐下来，我就轻声问凡。

“左不是‘大陆来台人士’！”

“那当然，我是说不知道是南蛮子还是……”我还没说完，就听见小碎麻子跟客人说话了：

“谢谢侬，谢谢侬，明朝会。”

好，不用说，这是道道地地做生煎包子那地方的人了，他们应当能够愉快地合作，因为都是大江之南的人呀！可是不尽然。碎麻子确是手艺好，也许是哪家上海馆子下来的。他仿佛要喧宾夺主，不但不听老板的指挥，而且还要反过来压蟹壳黄一头。两个人常常当着客人的面就说话冲突，广东人说官话，总是笨嘴拙舌的。碎麻子不说普通话，他直接用上海话数叨，又顺嘴又利落，抢上风的时候多。

有一天一个常去的客人见他们俩吵了以后，笑着说：

“照你们两个年轻小伙子的火气来看，我们的生煎包子恐怕吃不长喽！”

因为这只有一间门面的小房子是属于蟹壳黄的，不能合作，总是别人滚蛋。

碎麻子维持的时间更短，大家还没尝够生煎包子的味道呢，就已经成了陈迹，蟹壳黄又恢复到一人班了。

虽然只有油酥蟹壳黄一样点心，客人还是习惯到这里来吃早点，这恐怕跟公共汽车站有关系，它占了地利的好处，但是人和却不容易。客人都劝蟹壳黄，合作要有宽恕和忍耐的心肠，如果做不到却要跟人合作，那是徒增苦恼。我们和他也渐渐地熟了，由闲谈中才知道我以前的猜测不错，他确是原籍岭东的客家人，却在岭南长大，中学快毕业了，一个人到台湾来，是个性子憨直，略显急躁，但能勤勉苦干的标准客家人。也许是我自己的身体里流着一半客家人的血液，我知道客家人的性格，就不由得同情他了。可是我以前也很同情长鼻子呢！我想乡土的观念总是难避免的，我在北平住了那么长一段时期。

想不到家乡馆又展开了一个新的合作。那天早晨我在家吃过早点上街，路过家乡馆，不免向里面瞥了一眼，咦？一个女孩子在给客人端豆浆呢！蟹壳黄低头专心工作于灶口上。添了女职员啦？对于家乡馆好像有了一份关切，它的演变如何，总希望知道。所以第二天我就牺牲了家里的早点，和凡又到家乡馆去了。我并不爱吃什么油酥蟹壳黄，所以自从生煎包子走了后，我只是偶一来之罢了。

小姑娘有十六七了，听蟹壳黄叫她阿娇，总该是雇的女工。早先就有客人向他提议过说，与其用像长鼻子那样的大陆来台人士，不如找个本地女孩工了。阿娇很乖巧，做事相当利落，眯缝眼，却总是笑意盎然，还不讨厌。

这回蟹壳黄可支使得痛快了，阿娇这，阿娇那，我真担心他犯了老毛病，又快把人支使烦了，不干了怎么办?

下午我到报馆去，在家乡馆的门前等公共汽车。生意清闲的下午，阿娇和蟹壳黄很无聊地各据一桌，闲坐着，四只眼睛望着街心发呆，想来他们还是陌生。阿娇是女孩子，总腼腆些，还不如上午客人多的时候活泼呢!

渐渐的，阿娇不听他支使了，有时他叫不应她，有时她噘着嘴瞪他，但是她把事情都做了，他也就不会像以前对长鼻子那种态度去对付阿娇了。有时他还要挨她的骂呢：

“污秽鬼!”

有一天，我冷眼看见蟹壳黄不小心把抹桌布掉进一碗豆浆里，他居然把抹桌布从豆浆碗里提出来，就要给客人端去，被阿娇这么骂了一句，而且抢过来把豆浆倒了，重新盛了一碗给客人。蟹壳黄遇见阿娇有什么办法呢，他只好一声不响地回到灶边打烧饼去了。

我对凡说：“小姑娘有办法制他!”

有两次在下午等车，我看见他们俩不那么发呆了，阿娇嘴里哼着歌，蟹壳黄在看晚报。阿娇唱的是宜兰民歌《丢丢铜仔》，几句简单的歌词“火车行到 ido amo ida 丢 ale 磅空内，磅空的水 ido 丢丢铜仔 ido amo ida 丢 ido 滴落来。”经过阿娇那轻俏的歌喉，好听极了。她一句一句地教蟹壳黄，但是这张笨嘴就学不会。

“憨客人仔!”阿娇急了，用台湾话笑骂他。这是台湾的闽南人骂客家人的话。挨了骂，蟹壳黄嘿嘿地傻笑。我听了要笑出来，赶快用手绢捂着嘴，很想看他们——看憨客人在女孩子面前是一副什么傻相，但是我不敢回头，只静静地听着，直等到车来了上去，路上还直想，那首歌，不知蟹壳黄学会了没有?

第二天，我喝豆浆时和阿娇闲聊：

“阿娇，你姓什么?”

“姓林呀!”

“原来我们是本家，你是哪里人呢?”

“罗东。”

“怪不得！《丢丢铜仔》唱得那么好！”“丢丢铜仔”是火车钻山洞的台湾民谣。从台北到宜兰要穿过许多山洞，兰阳地区的人，从县长到小孩，人人会唱这首民谣。我这么一说，阿娇先是一惊，随后难为情地笑了。至于那位被阿娇称做“憨客人”的蟹壳黄，正工作得很起劲，嘴里还哼着歌，这是他从没有过的现象，一切仿佛在变了。

又一天的下午，我和凡去看电影，远远看见家乡馆那久空的案板旁，阿娇在工作。是阿娇在练习做包子吗？走到跟前才看清楚，原来是阿娇在案板上熨蟹壳黄的绿格衬衫，那么悠然得意在一旁看晚报的是那位男主人！阿娇抬起头来看见了我，我不知为什么竟向她抿嘴一笑，随后我的眼睛在绿格衬衫上打一转，再看阿娇时，她羞得满脸通红。走过去，凡对我玩笑说：

“你冲她这一笑，有点不怀好意！”

“哪里！我不过看了一眼那件衬衫而已。”

“你说他们俩会不会……干脆他娶了阿娇不好么？”

凡最喜欢给人捉成对儿，事实上看那样子，两人合作得差不多了吧？不过一个外省人和本省人的婚姻，有时也不简单呢！

有一天凡下班回来忽然对我说：“糟了！蟹壳黄又贴出‘本日休业’来，八成跟阿娇又吹了。”

第二天第三天都是如此，门板上着，门锁着。第四天，我早晨提着菜篮和凡走出巷子，喝！老远就又看见家乡馆的广告牌子了。我心中一喜，对凡说：

“看！你又可以调胃口了，这回不知道又找来什么合作的人？最好是换成馄饨、汤面、饺子、馒头等等，而且也卖宵夜的。”

我这么盼望着，好奇心也促使我直朝着那红纸招牌走去，到跟前，只见那红纸上写了四个大字：黄林喜事。

“哟！”我叫出了声，又惊奇，又高兴。凡在我身旁说：“这才是一个最愉快最耐久的合作。”

再探头向里看，满屋衣冠整齐的客人中，发现了几张熟面孔，是碎麻子、老乡和长鼻子呀，都满面笑容一团和气嘛！尤其是长鼻子，不知什么事，笑得呵呵的，那鼻子随着脑袋上下颤动，就越发地显着长了。

琼君 /

阳光从靠西的窗角慢慢撤去，小圆几上的夜来香散出淡淡的清香，屋里渐渐暗下来了。小白猫偷偷走进屋来，猛然蹿到女主人的腿上，坐在藤椅上的人因此惊醒了。

“坏东西！”琼君打着小猫，亲呢地骂了一声。她低下头去，捡拾被小猫踏落在地板上的信纸。夜来香幽香扑鼻，她不由得伸手去摸摸小圆几上的夜来香，白色的花朵，衬出她的指甲肉略带青紫，大病后的孱弱，还没有恢复过来。

她把信折好，又打开来，借着窗外微弱的光线，再看二遍，纸上的笔笔画画，都揉进她的感情里。其实，她儿子满生在信上只简简单单地说，离开母亲的次日，便北上入学，大学生活从此开始，预备到双十节再回来，希望母亲保重身体。毛衣不必忙着织，如果织的话，希望左胸前绣上他名字的缩写——M 和 S 两个字母。

她带着微笑，看着小猫在地板上滚毛线球，嘴里不禁喃喃地说：“已经是大学生了，身材那么高大！”那天他走进病房来，真吓了她一跳。她每年都要替他织毛线，第一次是婴儿的小帽。上面缀个绒球，用的是在德记洋行买来的澳洲细绒线。她记得很清楚，买了半磅，织一顶帽子，一套衣裤，还剩下许多。现在呢，满以为一磅足够了，到后来才知道，袖子还没着落。这么长，这么大，好像在织地毯，织也织不完。

上次那件毛衣，还是三年前织的，比起那时来，他不止高一个头吧。像浇了粪的大白菜，蹿得这么快！三年间没有再给他织件毛衣，她不免叹惜，而且惊奇。三年后的今天，母子间总算和好了。从病房里他第一声叫妈起，从他的来信起，从织这件肥大的毛衣起，她将拾回一部分已经失去的东西。她希望拾回的这部分，能和现在的环境融合在一起，使她的生活更充实、更丰满，而不至于有勉强弥合的痕迹才好。

小猫正捧着毛线球在打滚，她出神地凝视了一下，苍白的脸上露出一丝笑意。想伸手去把小猫赶开，可是她心不在焉，懒得再去管教。毛线让它去揉乱吧，早晚总可以理得清，反正毛衣也快织成了。

不知怎么，她忽然想起多年前一位女音乐教师讲的话来。她和一群女同学，下课时总爱围在钢琴边，有一次，偶然有几个早熟的同学谈到婚姻问题，漂亮的女教师，蓝布旗袍外面披一件鹅黄色的毛线衣，漫不经心地用一个手指轻轻弹了两下琴键，说："中国女人早婚也还是有好处的……""为什么？""一个女孩子在没有塑成坚定的个性前便结婚，比较容易接受夫家的生活方式和精神，使她的个性能溶入夫家的传统。不管好歹，总是很融洽的。晚婚便相反，有了塑成的个性和生活方式，再去迁就别人，便会感觉痛苦了。"

听这话整整二十年了，在当时她毫无所动，因为她还是个糊涂的女孩子。但为什么二十年后的今天，这些话忽然又走进她的脑海呢？

在那位音乐教师说过这话后不久，她便完成了初中学业。一个晴天霹雳，一生潦倒的父亲忽然在暑假中暴病去世。母亲本来身体不好，又不能干，靠着亲友的帮助，才勉强把丧事办了。

她穿着灰色阴丹士林布丧袍，头发上簪一朵白绒花，拖着不大合脚的白鞋，随着那个做塾师的舅舅到各亲友家叩头道谢。她记得到韩四叔家，舅舅特别当面提醒她：

"可得给韩四叔多磕两个头，这回多亏四叔，是你们家的大恩人哪！"

她跪了下去，韩四叔连忙抢过来拉她，嘴里的热气喷在她的脸上。她知道韩四叔对她们寡母孤女的恩情多么重，她很懂事，不肯起来："您要受我这个头。"当她站起身来，从大穿衣镜中看见自己灰色的身影时，不禁悲从中来，也许是在恩人面前，特别感到身世凄凉，止不住眼泪迸流，竟蒙着脸悲泣起来。

许多年后，琼君每逢照到这架穿衣镜，都要引起一些凄凉的回忆。想想也奇怪，她怎么竟落得嫁给叫韩四叔的人呢？韩四叔比她大三十岁，原是她父亲生前的好友，是击吟社的吟诗朋友，因为家中颇有祖产，老早就从宦海中退休，只在几个文化机关挂了"顾问"之类的名义，过着清高的隐居生活。他对琼君父亲的丧事尽了朋友之道，在亲友间很受人尊敬。

不知道什么人想起把琼君做媒给韩四叔做填房，琼君的母亲躺在病床上听到这个提议，伸手抹了抹眼泪，说："再好没有了，我还能活几天？要是这苦命的孩子随了韩四叔，我也放心了！还是问问姑娘自己吧！年头儿也不是老年头儿了！"倚在床边的琼君早羞得躲到外屋去了。她心跳得很厉害，没有反抗的意念，反而有一种有了依靠的安心。成婚就在父亲死后半年，孝服还没有满。她十六岁，他四十六岁。

从此，她在三进房子的大家庭里，负起了主妇的责任，一串钥匙，经常挂在衣襟下的钮扣上。前妻所遗下的一个女儿正和她同年，个子似乎还比她高一点，第一次看见她显得很惶惑，虽然趴在地下磕头，脸上却露出很不乐意的神气。她觉得很窘，很想伸过手去，请教几句关于管理这个大宅子的问题，可还是板了脸，很庄重地受了满珍小姐三个头。满珍小姐不愧是书香门第，很懂礼貌，开始叫她"妈"，管已死的母亲叫"娘"。她对于礼数也不马虎，每逢祭日，她都会领着这位大女儿，给她以前曾经称呼过"韩四婶"的女人上供磕头。她是一个天生的好主妇，落落大方的态度，在亲朋间博得了好名声。她这样做，原是出自她善良的本性，同时也是一个未塑的型，在渐渐溶入夫家的精神的石膏，正像那位音乐女教师所比喻的。满珍小姐也渐渐地成了她的朋友。

她不懂得爱情是什么，但她在十七岁那年冬天，也毕竟做了真真实实的母亲。韩家十七年没有听见婴儿的哭声了，一家上下都很兴奋。韩四叔，不，四先生，尤其激动，彻夜守在堂屋里来回踱着，焦虑地等着妻子生产的消息。佣人报信说：“恭喜四先生，是位小少爷！”四先生守的是老规矩，没有进产房，只隔着棉门帘轻轻问：“琼君，你好吧！”

“好，四先生，恭喜你！”她软弱地回答，随着两行泪从眼角顺着鬓边直流到枕头上，不知是兴奋，还是感恩。——她和韩四叔年龄相差这么多，要她换口喊“雪章”很困难，因此她也随着家人称呼他四先生。四先生在青年时代也曾有过美男子的令名，到如今，一袭湖绉长衫飘飘然，也还有中年人潇洒的风度。琼君特别注意自己的装扮，一件淡色的旗袍，两粒珍珠的耳环，后颈上绾一个元宝髻。这种淡雅的装扮，在琼君只是为了他们双双外出时，使人看着相称些，不要让人把“一树梨花压海棠”的句子形容到他们夫妇身上来。同时也为了带着和她同岁的大女儿出去时，不要误认她们是姊妹。在她那环境中，合乎身份是很重要的事。她理悟这些，比理悟爱情还早。

可是事实上，青春的光彩是压制不住的，自从生了满生以后，琼君的身体发育丰满起来，浑身好像灌注了什么浆液，皮肤流露着光柔的滑润，连头发都显得特别黑亮，一切都像才在人生的路上开始出发，光芒四射。可是四先生呢！鬓角、额头，已经显露出代表生命累积的痕迹来了。

五十整寿那天，客散人静后，四先生兴致很好，在灯下铺起纸来，为琼君的二十岁赠诗，那诗上说，他怎样遇到这位比他年轻三十岁的贤淑的女性，她如何能持家和善待前妻的孩子，他晚年得子如何地快乐，自己年事已高又如何能与这位年轻的妻子白首偕老。浓黑的墨汁一笔笔写到描金红纸上，琼君再一次从对着紫檀桌的穿衣镜中望见了自己的侧影——一个线条匀称胸部丰满的少妇，正站在一个两鬓斑白神态虽然潇洒可是已经露出倦容的男人的背后。唉，他真的老了吗？这时，睡在床上的三岁的满生，正喃喃发着呓语，吊灯旁，迷漫着烟雾，她轻轻吁了一口气，在这一刹那间，她第一次产生了迷惘的感觉。

过了五十岁，四先生衰弱的现象更为明显，好在四先生不愁生活，有好妻子好女儿，使他能安心地养老。他更为懒散，更加不修边幅，灰白的胡子索性留起来了，于是多了一项工作，小篦梳随时拿来在鼻子底下梳来梳去，好像和他玩弄家藏的一百多只香炉一样，只是为了遣兴。可是琼君，她总是设法不去注意那撮灰白的胡须。

一个冬天的早晨，炉火还没有烧红，屋里很冷，四先生忙着给朋友写寿屏，琼君在桌旁伺候笔墨。一抬头，看见专心写作的四先生，鼻子里流出了一朵鼻涕，拖在灰白的胡须上，像一条小卧蚕。她不禁皱起眉头，从桌上随手拿起一张废纸，叠来叠去，叠成一个细长条，然后放在嘴里用力咬，咬上咬下，咬成一根小纸棍。她忽然想起，满珍小姐曾经问她许多次："您为什么嫁给我父亲？"她一直无法答复，这时她才想起来，不是应当回答说："大小姐，我是为了报恩。"这样想着，她的良心却又在呵责她自己，即使一点点坏念头，也是罪过的！罪过的！

大小姐大学毕业后便出国了，在启程的前一天，她特别到琼君屋中来，琼君正在练习作画。那是一幅观音像，画好，题上"信士弟子琼君沐手敬绘"字样，可以使心情平静。大小姐很诚恳地说："妈！我这一走好几年，爸爸近年身体不好，家里都得您操心了。""大小姐，家里你放心。……"话虽这么说，她到底还是落下了泪。大小姐是个能干的新女性，书读得比她多得多，似乎对她最同情，她们的感情一向很不错。丈夫体弱，自己的孩子又这么小，大小姐的远游，使琼君失去了精神上的依赖。

漫漫长日，在空阴的大宅第中，经年都是同样的气味，同样的情调：香炉里的沉香末，炉火上的药罐，紫檀桌上的古董，永远画不完的观音像，年年拆了又添线的满生的毛衣……琼君毕竟还是年轻的，黑印度绸旗袍裹着有几分消瘦的身躯，却添了几分憔悴的美。

过了几年，大小姐学成归国，韩四叔这一家也恢复了不少生气，可是就在这时候，他们全家，还有大小姐的新夫婿，先撤退到上海，最后就一齐登上了中兴轮，来到基隆。大小姐在台北住定了，四先生本来在历史文化馆有个名义，馆方在台中拨给他一幢二十四个榻榻米的房子，四先生拿它同老家三进大房子相比，总是摇头叹息的。可是有个小院子的日本房子也相当雅致，四先生一家就住到台中来了。

变幻无定的海岛气候，加速结束了四先生的生命。他怀念故乡的诗句预定写二十韵的，写成了不满八个韵，便和衣垂首倒在书桌上了。死，一了百了，四先生死而无憾。六十一岁的人，死在妻子儿女环绕的哭泣声中，算是很有福气的了。琼君念死者的许多好处，对她的许多恩情，如醉如痴地哭泣着。

她也曾仔细想过，今后残余的岁月，还是像她过去一样，必得依附在另一个实体上，好像树上的藤，以前她依附的是四先生，今后是满生了。她虽这样想，事实可不这么简单。她生命里似乎又添了一个人了。

四先生死后，她的生活越发单调。她常常提前一天撕去日历，不是大晴天也把四先生的旧衣服翻出来晾在竹竿上，大小姐刚有怀孕的信儿就忙着打点催生衣，给满生买来的童军服不管牢不牢，扣子全部缝一遍。就这样，日子还是空空洞洞地剩下一大截。

在过年过节的时候，琼君尤其觉得凄凉。韩家在大陆上有许多亲戚故旧，四先生年纪虽然大，他上面还有好几位老长辈，像九奶奶椿庭伯伯等，现在都应该是八九十岁的人了。四先生的平辈小辈，更不知有多少。那时候的应酬多忙，生活多热闹，琼君虽然怕应酬，但是到了台湾，有时候倒觉得寂寞得可怕。这许多亲戚朋友，都留在大陆，现在是讯息杳然，生死莫卜。四先生是个重情感的人，想起他所收藏的许多字画古书，许多亲朋故交，生前一个人也常常流眼泪。住在台北还好，那边熟人还多，可是偏偏住在幽静的台中。满珍小姐和她的夫婿一年也只能来一两次。满生一上学，她不是逗着小猫玩，就是学她的工笔画了。

在这样情形下，嘉彬成了她家的熟客。嘉彬是比琼君小两岁的青年工程人员，本来是韩家的世交，管四先生也叫“韩四叔”的。他一向在上海读书，后来又在南京做事，她也记不得有这样一个“侄儿”。可是有一次，四先生把这个青年人带回家来，对她说：

“这是我一个老朋友的孩子张嘉彬，现在在高坝工程处做事。嘉彬，这是你的四婶！”

那天——记得是个晴朗的星期天——嘉彬就在他们家吃的午饭。她亲自下厨房做了几个北方菜，那位青年人吃得很高兴。她从来没有夸耀过自己的烹饪艺术，可是那时候台湾北方馆子很少，台中简直没有地方吃到北方菜，尤其这么可口的北方菜——她记得那位青年人说过这样的话。他是学水利工程的，台湾的地方去过不少，什么阿里山啦、太鲁阁啦、鹅銮鼻啦，他都描绘得生动活跃。

"四叔，四婶，——来到台湾，不能不去看看台湾的名胜，过年的时候，我陪你们先上鹅銮鼻去看看温暖的南海。满生弟弟，咱们一块儿去！"

满生弟弟睁大了眼睛，听得很出神。四先生也频频地颔首称是。她很少出门，这次来台湾，是她第一次出远门。在中兴轮上，她觉得天很高，很蓝，海也很可爱。她开始了解海阔天空是怎么一回事。她又模模糊糊地觉得：身上挂着一串钥匙，在五代祖传三进深的老宅子里走来走去，或是光着一双脚，在纸门里穿出穿进，这样做人似乎缺少了什么。

可是没有等到过年，四先生的痰喘病复发，他不肯请医生。西医，他是不相信的，台中没有一个他信得过的中医。

他过去得很快。嘉彬住在离台中市不远的一个什么镇上，为了帮忙料理丧事，请了两天假，晚上就睡在他们客厅的榻榻米上。棺木是他去定的，电报是他去拍的，公墓是他去接洽的。他讲得一口好台湾话，移灵的工人都听他指挥，似乎对他都很有好感。

"四婶——您去歇一会儿吧！满生弟弟，你也别再哭了，这儿的事我照料！"

他的能干是叫满珍小姐都佩服的。琼君自己没有费气力，就把丧事办理得井井有条，——她只管痴痴呆呆地哭。

她看着入殓中的丈夫，不由得想起自己的父亲。死人看来似乎都是差不多的，脸上的表情只是平静，并没有书上所说的那么可怕。因此使活着的亲人哭得特别悲伤。

从丧事她又想到自己当初的婚事。没有父亲的那场丧事，她至少可以读到高中毕业，不会那么早就结婚的。可是四先生是她的恩人呀！

她眼里噙住眼泪，看着这位忙得满头大汗的青年人。"要说恩人，这位张嘉彬可不也是恩人？”

她真想也向他磕个头，可是——她不敢往下想了。

嘉彬出的力可真不少。他去办交涉，向文化馆请来了一笔抚恤金，四先生原住的房屋，馆方也答应由他的家属暂时住下去。

几个月来频频的接触，她自以为对嘉彬有了更深的认识。她认为他说：“好吧，你身体弱，让我去。”是他有热忱；“不成，我答应过你，不能不做。”是他守信用；“你不对，不该忘记自己。”是他心地好；“你嘴里不说，心里明白。”是他认识人。至于在她自己这方面，她反而觉得不能了解自己了。说是有事找他来，却又说不出什么；瓜果自己同样有一份，却要问他是酸是甜；留他吃饭有仆妇，却要亲自下厨；他说她穿的蓝长衫颜色好，却认定他不喜欢她穿黑长衫。

她不敢作非分之想，“身份”的观念在她的生命中打下了牢固的根基。她一想到她在偷偷地恋着这位青年，就有了犯罪的感觉，眼前不觉闪过恩重如山的四先生的影像。她满心想打消这个犯罪的念头，但是不可能。她企图以拒绝见面来挽救自己，可是总有些小小的理由，把他们拉在一起。他不是个冥顽不灵的人，可是他似乎不体谅她。他为什么每星期天非到她家里来不可呢？她究竟是他的四婶，左右邻居的冷言冷语，他总该躲避着些呀！再说，他办公的地方一定有女同事什么的，为什么他不去找一个女朋友呢？

他真要是不来了，她的日子恐怕也是过不下去的。满生上学放学，看见母亲心神不安，忽悲忽喜的神情，瞪着大大的眼睛。她也曾想跟满生谈谈。唉，这种事情怎么能够同他商量呢？怎么能够同自己的孩子商量呢？

这种事情，能够同谁商量呢？

但是使她惊慌的是：满生似乎跟母亲开始疏远，不单跟母亲疏远起来，很明显地，他对嘉彬也表示着敌意。

嘉彬的为人和蔼可亲，她相信凡是同他接触过的人，没有一个不觉得的。他黑黑的眉毛，长长的脸庞，脸上的胡子根好像老是剃不干净似的，显得经过风霜，见过世面；可是他会笑，笑声很清脆，笑的时候眼睛发出顽皮的光，微微地露出两排微黄可是整齐的牙齿，又显得如此地年轻。他能干，他健谈，他一肚子的故事，像这样一个大孩子，无疑是应该获得小孩子的欢迎。不错，满生曾经喜欢过他。嘉彬哥哥帮他温习功课，嘉彬哥哥买过皮球给他，嘉彬哥哥对他讲过喷射飞机的故事，嘉彬哥哥常陪他去看电影，满生实在没理由不喜欢他。

满生忽然的沉默和紧张，她起初以为他有病，但是她很快地发现，他是在对妈妈生气。他有时候脸上显出一种可怕的冷笑，有时候一个人躲在房里对着爸爸的那张相片发呆，有时候有说有笑，仍旧是一个快乐的小孩子，可是只要嘉彬一来，满生就不知躲到哪里去了。

“满生，满生，来吃饭吧，开饭了。”她那天又做了一两个菜，招待嘉彬。满生不知从哪儿钻出来的，脸上铁青，眼睛只是看着胸前的纽扣。

这一种不友善的表示，把妈妈一肚子的高兴不知赶到哪里去了。

嘉彬这些日子显得越来越活泼，满脸笑容地走过去拍满生的肩膀说：

“满生弟弟，咱们先吃饭，吃过饭一块儿去看电影！”他的北平话是道地的。满生也说过，嘉彬哥哥的国语，比他学校里的老师还要“帅”，可是今天嘉彬哥哥一切的“帅”，都归无用。满生猛然把肩膀一摔，头仍旧不抬起来，恨恨地说了这两句话：

“别这么‘满生弟弟，满生弟弟’的，好不好？”

一顿很不愉快的午饭吃完，满生又不知到哪里去了。她陪他在廊下坐着，他也显得很有心事，平常那种谈笑风生的劲儿，今天忽然都收了起来。她替他难过，她又觉得害怕，这一切都预兆着什么凶恶的事情。她想起她父亲去世的那一天，也是这么好的太阳，她正躺在村子外的小溪边，两脚伸进了溪水中，让冰凉的溪水流过她的脚面，忽然舅舅气啾啾地找来了：

“琼君！琼君！快回家，你爸不好了！”

这一声叫喊，从此改变了她的生活。可是她现在忽然觉得身体被嘉彬抱了起来，他的热烘烘的嘴唇正用力地压了上来。

“琼君，我不能再称呼你四婶了。事情总得要有个了断，我不能再让满生来笑话我！”

她想哭。好容易才迸出这一句话：

“你是真心吗？你知道我是个——”

“我们没有不能相爱的理由。”嘉彬打断她的话，他的拥抱真可怕。

当天晚上，嘉彬在回去之前，特别嘱咐了她这几句话：“琼君，抬起头来，你有恋爱和结婚的权利，没人阻挡你。”

隔了几天，大小姐忽然从台北赶来，她似乎听到了什么风言风语，话渐渐转入正题，琼君不知哪来的一股勇气，很坦白地说：“大小姐，我打算朝前走一步。”她到底不敢说“再嫁”两个字。她这句话几乎是冲口而出的，事前没有准备，所以说完了不由得低下头。大小姐回答得很理智：“你的宝贵青春都为爸爸牺牲了，你有充足的理由再嫁。”意外的顺利，几乎使她不敢相信。她又和大小姐商量了许多细节，最后决定，她亲生的儿子满生随他的异母姐姐和姐夫生活。

不肯妥协的倒是满生。他自从知道了母亲的决定以后，母亲喊他，哄他，照应他，总是一个不做声。他很倔强地跟着姐姐去台北，他一声“妈”叫得很勉强，可是她看出来孩子的眼圈是红的。

她的婚礼很简单，只有满珍和她的夫婿，还有嘉彬的几个朋友来参加。满生，她让他留在台北，她不愿意再刺激他。

琼君所认为的奢侈的梦终于成为事实了。她和嘉彬的生活有无限的甜蜜，想到这种情爱的生活将被她无限期地占有时，她真觉得快乐，满足。

三年平静的生活过去了，她得了一种必须动手术的病症，嘉彬在志愿书上签了字，她的生命算是交给医生。她躺在白色的病床上，心情特殊，不知怎么竟苦念着三年不见的满生，也许是因为开刀后不能再生育而联想到与她血肉相连的另一个生命，也许是对于这次手术发生恐惧因而怀念与自己生命有关的人。她想到满生呱呱坠地时洪亮的哭声，她想到冬夜火炉的铁档上烤尿布的情景，她想到第一次领满生进学校，她想到一身丧服匍匐灵前的中学生，她想到她再嫁前那愤恨的面孔。那个从她身体分裂出来的肉体，就永远和她没有关系了吗？她几时才能得到孩子的谅解？等满生对爱情或婚姻有了体验才了解母亲，不是太晚了吗？当嘉彬进病房时，她含蓄地问：

“我也许会死，不是吗？”

嘉彬握住她的手连忙安慰说：“手术是安全可靠的，不要多虑。”

“但是，”她没有正视嘉彬，斜望着床前小几上的台灯，“动手术前，我想看到所有的亲人，嘉彬，除了你，我不是还有个亲人吗？”

“你指的是满生？我去试试看。”嘉彬真聪明，一下就明白了。

琼君这样说了，并不敢真正地期待。但是当她第二天午睡醒来，正作抬入手术室之前的准备时，病房门轻轻叩了两下推开了，随后一个高大的青年走进来。她吓了一跳，惊疑未定，一声“妈”才真正地唤醒了她。“是——是——是满生！”她笑了，泪也流了出来。“你真的来了！”她声音哽咽着。

他们母子没有谈叙别后，因为那容易触及当初不愉快的事情。这样已经很够了，他知礼地微笑着站在床前，她多高兴啊！

“听说你已经考了大学。”

“妈！我已经考取了，等您动完手术，我就要回台北去注册。您什么时候动手术？”

“你去吧，这儿很方便，而且还有——”她想说嘉彬，终于没有说出来，临时改变了口气：“还有——，我要给你织件毛衣，你喜欢什么颜色？”

“不用了，也好，颜色您瞧着办吧。”

絮絮叨叨地谈了一阵，满生就说先去外面买点东西再回来。看那高大的背影从病房外消失，她满心轻松，解除一件心头的重压后，她才安心地被抬入手术室。病人的心理得到安慰，她的身体也恢复得很快。

出了医院，长日无聊，她开始穿动着两根竹针给满生织毛衣，线球满地板地滚，她的思维也跟着团团转。接到满生的来信，她竟呆想了整整一下午。

“睡着了吗？怎么不开灯……”是嘉彬进来说话的声音，跟着室内的日光灯“刷”地亮了，看见琼君呆坐在躺椅上，他走过来抚着她的肩头，低下头来问：“又在想什么?”

“我嘛?”琼君直看着嘉彬的脸,“我在想,鹅銮鼻那地方的海到底有多么温暖?”

“好吧,等你病养好了,咱们就去。你来了台湾这么多年,还没有见识过台湾的名胜!还有满生,你写信叫他来,一块儿去!”

殉

绣花绷子绷得很紧，每一针扎下去，都会发出“砰”的一声，然后又是丝线拉过软缎，长长的一声：“嘶——”，绣花的人心无二用，专心在绣花的工作上。因为太专心了，竟弄得鼻孔张着，嘴唇翘着，整个脸也像绣花绷子一样绷得很紧。

最后的一张叶子就要完成了，然后拿去让小芸她婶婶用缝衣机给打上边，比较快当些。但是配个什么颜色的边呢？方大奶奶想着便停下了针，把绣花绷子举到眼前一比。如果照她的意思，葱心绿的边，一寸半宽，最合适。可是谁知道小芸愿意不愿意呢？年轻人现在脑筋不一样了，配起颜色来，也是怪里怪气的，这孩子就许这么说：“妈！来个灰色儿的！”那可使不得，是结婚用的哪！

砰，嘶——砰，嘶——方大奶奶接着绣她的叶子。没几针，线完了，得再穿根新线，这可难了她。一根绣花针比近比远都穿不进去，虽然戴着老花镜。她不得不叫小芸了，可是她们同学几个正在隔壁屋里说得高兴呢！在方大奶奶正要喊的时候，隔着纸门，她听见刘家的小姐说话了：

“方小芸，你倒是去不去呢？”

“吃完饭再去吧，妈说留你们吃饭，她还特意上街给你们添菜去了呢？”

“现在还早，我们可以去了赶回来吃饭。我跟你说的那家委托行，有许多新到的耳环，花纱手套，都是你结婚要用的。我陪你去买，可以打个折扣。”

“说实话，”小芸很和婉地解释：“我妈正在给我赶绣花枕头，她眼睛不太好，每根线差不多都得我替她穿。快绣完了，我出去没人给她穿针引线，工作就得停顿，不好意思。”

“哦——！那就难怪了，人家方小芸急着等这对鸳鸯枕好入洞房呀！”

“别胡说，我妈才不那么俗气，绣什么鸳鸯！”

“那么伯母绣的是什么花样儿呢？”

“你们猜。”

“麒麟送子？”

“呸！”

“花好月圆？”

“无聊！”

“祝君早安？”

“又不是绣洗脸毛巾！我告诉你们吧，妈绣的是一枝初放的浅粉色的荷花，荷叶上露珠滚滚，旁边是一只蜻蜓点水。”

“好雅致，伯母怎么想出这么一个别出心裁的花样儿呢？自己绣可也真麻烦，为什么不花钱找人用机器绣呢？”

“是呀，我也说过，现在也没什么嫁妆的那一套了，可是母亲满心想趁我结婚温习一下她旧日的手艺，我怎么好拦阻她？我不是跟你们说过吗，我的母亲还是一个处女，她是最纯洁不过的女人，所以她的艺术眼光也不同凡俗……”

——唉！这孩子今天怎么这么多话！

方大奶奶听到这里，不由得皱了下眉头，她不愿再听下去了，她真不知道小芸一向对她的同学们都是怎么形容自己的母亲？还预备怎么说下去？她把绣花针别在软缎上，轻轻放在桌上，便起身蹑手蹑脚地走出这间屋子。她知道小芸以为她到厦门街买熟菜去了，所以才这么放肆地谈论着母亲。

她一边穿鞋又不由得想起半年前的事，她记得清清楚楚，小芸向她提出要和敏雄结婚的事。她早就看出在一群追求小芸的张三李四里面，她的女儿是看中了那个驾喷气机的陆敏雄了。喷气机！从天空上“刷”的一下飞过去，总害得她的心也“刷”的一下被摘了去。可是说老实话，她确实很喜欢敏雄。他朝气，生龙活虎的。不过，驾飞机，而且驾的是那么快的喷气机，三长两短是保不住的，唉！她怕打仗，怕听到死，怕快。所以她忍不住把利害对小芸说个明白：

“小芸，敏雄样样好，没得挑剔，婚姻也是你自己的事，这年头儿的父母做不了什么主，可是——可是嫁给一个生命随时有危险的军人，尤其是敏雄，是驾喷气机的，要有个什么的话，你可得认命呀！”

她是过来人，她知道认命是什么滋味，她可不愿意叫小芸也有一天走上她的路。但是小芸这孩子听了后，脸向着她，双手搭在她的肩头上，穿着紧裹着屁股的牛仔裤的两腿分开站着，一条马尾甩了一下，侧着头，倒像哄孩子似的笑说：

“妈！您那认命的时代早就过去了！我知道，是因为爸爸的缘故，您才替我担这份心的。不过做军人的，在他的责任中，却应当随时有牺牲生命的精神，这和爸爸的情形又不同了。如果敏雄——他真有什么不幸发生，在这个大时代里，我想我应当承当得起。妈！您放心，别为我多虑。答应我——嫁给他。”

小芸说到后来显得激昂起来了，两眼噙着泪水，搭在母亲肩上的两手，摇撼了两下，跟着小湿嘴儿吻了母亲的老脸。她没有把这套话背得很清楚，但是她听得最明白的是小芸说的认命，“您那认命的时代早就过去了”，小芸这孩子几时变得这么会说话的？她只知道小芸会撒娇，会哄人，居然也会讲大篇道理，还不肯认命哩！她没了主意，便去找小芸的叔婶，她把自己的意见和小芸的话，叙述了一遍之后，便下了这么个结论：“叔叔做主。”等着小芸的叔叔家麟来回答。谁知叔叔也站在小芸那一头。

“也对，这不是讲认命的时代了，如果小芸真有这样理智的见解，她就不怕嫁给一个随时有性命之危的军人。大嫂，你就随了她吧！”

哦！叔叔也是这么不认命的人，那么讲认命的该就是她一个人了。认命不对么？她有点迷惘，愣愣地看着在屋里来回踱着的家麟。她忽然发现家麟脑后的头发怎么也白了许多呢？老了，大家都老了，扰不过年轻人了。记得家麟刚从法国回来的时候，穿着一身藏青哔叽的西服，站在堂屋地上喊大嫂。呀，莫非他现在身上穿的还是那套？应当是，裤子后面磨得油亮了，哔叽穿旧了，就是这样。“大嫂，不用犹豫了，就放心给小芸张罗结婚的事吧！”直到婶婶说了话，她才从漫无目的的遐想中醒过来。

方大奶奶想着这半年前的往事，脚步不知怎么竟走到后院厨房来，看见阿满在切牛肉，她才想起她到厨房来是没有什么事的。她在厨房里转了一圈，掀掀锅盖，开开碗橱，阿满不高兴了，鼓着嘴在瞪她，她这才从墙壁的钉子上取下了线网袋来，向阿满絮叨着说：“牛肉不要切成大直丝哟！我再去买点儿什么来，三个大姑娘，一定很能吃的。”

穿出两条横巷，本来是到厦门街的捷径，可是方大奶奶没这么走，她出了家门便一直朝高处去。走上了水源路，眼界立刻开朗，但是有点喘，心也跳着。眼睛朝堤下望去，秋高水也涨了么？怎么今天看起来，水流得这么急似的。她跟着流水的方向抬头向上看，呀！川端桥西面是通红的半个天！太阳是金黄黄的一个大轮子，就要沉下去了。是眼睛不好吗？水流得那么快，金轮子也滚得那么急。她不常看见落日的情景，但是她还记得那次在北海的白塔顶上所看见的落日，比这沉静多了，也是这么一个黄澄澄的金轮子，徐徐地沉下，沉下，终于沉到她的视线所不能及的下面去了。她的心，就遥远地随着那金轮子坠下去了。那时北海是一片黄昏的苍茫，水面上闪着一层微弱的金光，几只小船正向五龙亭划去。那刹那间的情景，深深地印在她的心上，有二十几年，不，三十几年喽！日子也跟流水似的，急急忙忙地向前追，把她追老了，把小芸追到有一天要嫁人了，还不肯认命，这孩子！

认命，第一次告诉她要认命的，是她的二姐，也就是从暮色苍茫中走下白塔来的事。也许二姐看她沉默不语，以为她心怀悲痛，所以挨近她，拉起她的手安慰说：“三妹，命里注定的事也没办法，自己的身子要紧，看你瘦多了。闲下来绣绣花，看看书，回娘家来散散心，女人天生就得认命。”其实她不言不语，满怀的是另一件心事，但是听了二姐的话，她也不禁轻轻地叹口气说：“我都知道，二姐。”

命里注定的事怎能不认呢！如果那年父亲不在火车上遇见他的同年方椿年，怎么会有她和家麒的一段婚姻？或者父亲在火车上遇见的不是家麒的父亲，而是李景铭年伯，张东坡年伯，也许她做了李家或张家的少奶奶。即使父亲遇见的是家麒的父亲，而时间迟个几年的，情形就许不同，她虽仍是方家的少奶奶，但不是大少奶奶，而是二少奶奶了呢！小芸常把“时代”挂在嘴头，她的命运何尝不是她那个时代所造成的呢？那年父亲为什么回南方？是民国初的一次什么内战来着，祖父在扬州原籍病倒了，父亲匆匆地决定回家探望，顺便料理家里的盐务，她的娘家姓朱，是扬州的大盐商呢！但是父亲有书呆子气，不能承继祖父的盐业，竟老远地跑到北京读书、做官，把母亲接了来，就算在北京成家落户了。怎么这么巧，方家的老爷子也回南方，也是这趟车。

那天她正在书房里写大楷，临的是柳公权玄秘塔。二姐开门进来了，先喊一声：“三妹，”探头左右看看，又问说：“今天你一个人？老师和四弟五弟呢？”

“老师回家探母去了，四弟五弟到土地庙买蛐蛐儿去了。”二姐这时才从怀里掏出一封信来，她知道这是父亲刚从扬州寄来给母亲的，密密层层地写了好几张，二姐从中间抽出一张来递给她，笑着说：“看吧！别脸红。”

……方府系金陵世家，椿年又与我有同年之谊，其长公子家麒现就学于京师高等学堂，英年秀发，前程远大，与吾家芸女堪称佳配，此次南归与椿年同车，因谐此议，殆亦所谓天作之合也。汝意云何……

她怎能不害羞，红着脸把信扔给二姐，二姐直羞她：“不笑话我了吧？你也一样了呀！”她和二姐只差两岁，二姐自从去年和昆山顾家订婚后，便停止到书房来读书，赶学绣花忙嫁妆了。在那年月，嫁妆真是一件要紧的事，光是绣活就不知有多少件。除了自己用的以外，还要打听好夫家都有什么人，给婆婆绣鞋面，公公的眼镜盒，小姑子的绸绢子，伯婆、婶婆，都不可缺少。

她十四岁和方家麒订了婚，便走出书房，回到绣房，孝女经还没念完呢。本来说是十八岁和二姐同时出嫁的，但是她被延迟下来了，是因为家麒身体不好，有病。这样一拖，竟五年下来，二姐已经生了两个孩子。她呢，枕头一对对地绣，绣到后来，也不知道是给谁绣的了。一对寄给二姐，送顾家的小姑陪嫁；一对寄回扬州给表妹添妆；一对……她曾歇了一阵子没有绣，但不久因为无聊又随着时兴样儿绣十字布了，数着那细小的格子，交叉，交叉，红线、绿线、紫线地绣下去。忽然有一天，一个重大决定的消息送到她耳边来，说是家麒的病并无起色，方家要求索性给完了婚，冲冲喜气。她的父母听了先是一惊，但经过一阵考虑和商量，终于答应了。她虽然有点害怕，但糊涂的成分更多。她暗想，嫁过去也好，四弟五弟也订了婚，如果她不嫁，弟弟们也成不了亲。不是她女心向外，反正是方家的人了，嫁过去虽然厮守着多病的丈夫，也许真的冲了喜气，病就好了也说不定。可是，万一——不想，不想，不想这些。

五彩的丝绒线，红纸剪成的双喜字，染得大红大绿的花生、白果、桂圆，在她的第一件嫁妆上都系着，贴着，藏着。每个人，做每件事，说每句话，都把吉祥的字句挂在嘴边。那气氛，不容易使人想到那个病人的身上去。所以在婚前，忧虑只算是一闪，并没有使她十分不安。

日子终于到了，她被妆扮得凤冠霞帔地上了轿。那轿子有规律地颠呀，颠呀，颠呀的，似梦非梦，一直把她颠到了另一个境界。她迷迷糊糊，被搀下了轿，拜过天地，进了新房，直到红盖头被掀开了，她的头还是深垂着的。坐床之后，当她把眼皮稍一抬起，往横一斜，首先看见的是旁边地上的两只脚，穿的是青缎子千层底的双脸鞋，雪白的洋袜子。她乘着屋里没有人的时候，闪快地又把眼睛向上溜了一眼，吓她一跳——是个纸扎的人！不，不，不，该是她的丈夫。除非她的丈夫，谁有资格挨着她坐在一起！除非她的丈夫，谁会有那样一副模样！她这才梦醒了，心"咚"地往下一沉，一下就掉到深渊里去了。她低头看自己脚下穿的绣花鞋，被绣金的百褶裙盖住了一半，只露出一段鞋尖来。一眨眼，两滴泪正好落到捏在手里的手绢上，她把手绢揉呀揉的，想把它揉碎了。

哄哄嚷嚷地过了许久，好像有长辈的女人在要求客人退出新房，以便新郎早些休息。人果然散了，跟着她听到一些声音：他在咳嗽，喘气，痰盂拿来了，大口的血喷出来——有人说："还是躺下吧，大少爷。"于是那青缎子双脸鞋移动了，他被搀扶着上了床，从她的身边蹭过，吃力地躺下去，跟着长久地吁出一口轻松的气。又有人说："今天晚上大少奶奶在老太太房里歇着吧！"于是她被搀下了床，两腿有点发麻，差点儿没站稳。珠罗帐外，烛影摇红，大红缎子被，一层层叠上去。朱漆描金的箱子上，黄铜大锁被映得发着金红的光。到处都是红的，红的烛，红的被，红的箱子，红的血！但她被搀出了这红色的新房。这是她的新婚之夜。

她在家麒的有生之日，确实尽了为妻的责任，家麒也真正地感激她。过了新婚的三朝，她把伺候丈夫的责任从婆婆和老仆妇的手里接过来。为他换衣袜，煮莲子羹，端汤喂药，为他抹去嘴角猩红的血。在他精神好一点的日子，也能从床上坐起来，要她从书架上拿这书那书来看，这时她的心情也会随着开朗，觉得他会渐渐好起来的。

有一天，他要她打开书桌中间的抽屉，取出他的一叠文稿。他抽出一张给她看，那上面写着：

余与扬州朱淑芸女士订婚已八年矣，鱼轩屡误，盖因余病肺久不愈也，故每诵"过时而不采，将随秋草萎"之句，必深枨触，而对淑芸女士深感愧疚。今试写新体诗一首，寄余相思之苦云：

啊！淑芸吾爱！
病魔的折磨，
日复一日，年复一年，
误却我俩的佳期。
使我愁绪恹恹！
啊！淑芸吾爱！
悠悠白云，蔚蓝的天，
寄我相思一片，

飘到吾爱的身边。

………………

………………

她不太习惯这种显得太露骨，没有平仄，又不像旧诗那样文雅铿锵的白话体，因此觉得有点好笑。但是那诗里边的意思也的确使她感动，那总算是情诗呀！总算是一个男人为她而写的情诗呀！她看完不由得微笑地递还给家麒。家麒接过纸片，又伸过手来握住她的，那手不像手，温嘟嘟、软囊囊地搭在她的手背上。她心一麻，不由得把自己的手抽缩回来，伺候他躺下。看他两颊泛着微微的红潮，她在想：他不会总这么瘦弱，等他一胖起来，就会像他的弟弟家麟一样，因为她看过他健康时和他弟弟合拍的照片，兄弟俩很像。家麟在清华大学住读，回来过两次看哥哥，她都曾见到的，所以她这么想。

但是像这样心情开朗的时光并不多见，自从家麒昏厥过两次以后，她知道他已经病到什么程度，她不能再欺瞒自己了。有一天，她刚从参局子买来的高丽参和阿胶还没拆包，家麒便把她叫到床边来，微弱地对她说："淑芸，我不行了，委屈你了！"他连伸出那软囊囊的手的力量都没有，便昏了过去，这一次，他就永远没醒过来。

"一日夫妻百日恩"，她和家麒夫妻做了不止一日，足足有一个月，可是那也算是夫妻么？她哭得很伤心，别人看了也心酸，但是，她哭的是什么呢！

日子渐渐要靠打发来挨度了。白天，她还可以磨磨蹭蹭守在婆婆的身边一整天。早晨帮婆婆梳头，从把棉花撕碎塞进篦子里到给婆婆篦头、扎绳、抿刨花、绾髻、别横簪、插上九连环金簪，就费去了大半个上午。接着弄这弄那，太阳升到中天了，看驼背老王把天棚拉上。下午很寂静，偷懒的仆妇们都躲到下房去了，只有老俞妈在廊檐下洗老太太的水烟袋，呱哒呱哒——呱哒，三拍停一拍，这样有节奏地呱哒下去，是因为老俞妈一边干活，一边打瞌睡。她从厢房出来到老太太堂屋去，经过老俞妈跟前，总要拍拍她的肩头咳一下，老俞妈睁开了眼冲着少奶奶傻笑。大竹帘子很重，掀开时帘子上的铜片儿敲着门框，又是呱哒一声，把坐在太师椅上打瞌睡的婆婆也惊醒了。她进来先替婆婆装烟，从大榆木柜里拿出一包双狮牌的福建烟丝来，那烟丝真细，捏着软绵绵的。听婆婆抽烟有三个步骤，“呼笃”，吹燃那纸媒儿，“咕噜咕噜”地抽起来，然后提出那小筒子，倒过来向痰盂里一吹，热烟灰掉进水里“嘶”的一声，熄了。婆婆一面抽着水烟，一筒一筒的，一面絮谈着家中的琐事。她就站在硬木方桌旁，一边谛听着，一边搓纸媒儿，黄色的表芯纸裁成一寸多宽，用掌心在光滑的桌面上一根一根地搓，搓了满满一大把，放在条案的帽筒里。正中的自鸣钟，金色的大圆锤正一秒一秒地摆来摆去，“五点多了！”不论是谁会这么提醒一声。天棚拉开了，夕阳照到廊檐下。老俞妈又牙疼了，她摘下一片夹竹桃的叶子，含在嘴里嚼着，说这是治牙疼的。这时也许送花的来了，用晚香玉和茉莉穿成的鲜花篮，中间插几朵红绣球。她挑了一个，交给陪嫁的张妈送回自己屋里，她跟在后面走。到屋里看张妈把花篮挂进珠罗帐里，满屋立刻清幽幽地散出花香来。擦得晶亮的煤油灯送进屋来，白天算是过去了。

她最怕晚饭后的掌灯时光，点上煤油灯，火光噗噗噗地跳动着亮起来，立刻把她的影子投在帐子上，一回头总吓她一跳。她不喜欢自己的大黑影子跟着她满屋子转，把灯端到大榆木柜旁边的矮几上去，那影子才消灭了。就这么，闻着晚香玉和茉莉混合的香气，她冷冷清清地把自己送进帐子。躺下去，第一眼从帐子里看出去，就是箱子上高叠着十六床陪嫁过来的缎被。她几乎每天都想一遍，就凭她一个人，今年才二十三岁，要到什么年月，才能把这十六床被子盖完呢？有个人，哪怕就是那么病恹恹的一辈子，让她无休无止地伺候着，也是好的，好歹是个人呀！或者——跟他圆过一次房呢，给她留下一儿半女，也让她日子过得有盼头儿！

转过年来的清明，她守寡快一年了。那天早上，她起得特别早，因为要准备家里上供烧纸的事。家里的女人们都忙着叠元宝，她也拿了一叠锡箔到自己房里来叠。她一边叠一边想着刚才公公亲自在装元宝的白纸包袱上写祖宗们名字的情景，老鬼写完写到新鬼家麒的名字时，公公深深地叹了一口气，是的，还有什么比老来丧子更痛心的？可是站在一旁新寡的她，岂不是更悲痛吗？公公到底还有他的第二个儿子可以盼，家麟像铁打的那么结实，又聪明，又孝顺，洋学旧学都能来，都已经大学快毕业了。她呢？她怎么才是个了局？一样的兄弟，家麒为什么就没有像家麟那样的身子骨呢？一样的姐妹，她为什么就不能跟二姐一样，丈夫儿女的福集一身呢？

她很纳闷儿，竟心不在焉地停了手边的工作，在愣愣地想着。忽然外面传来了一阵皮鞋声，她惊醒地抬头向窗外望望，原来是家麟进来了，先叫："嫂嫂！"

"哦——是二弟，你几时进城的？"

"回来一会儿了，爹写信叫我别忘了今天要回家来行礼。"

"是呀，人太少了，上起供来也冷清。"

"嫂嫂，我是要找一本《天演论》，记得哥哥有。"

"是有这么一本书，我给你找。"

她里里外外地翻了一阵，都没有找到。"也许在书架上。"她一边对家麟说，一边走上了书架的垫脚凳。就在回头的一瞥下，心里一愣，家麟的眼为什么这样看着她？她心慌了，取书时差点儿歪倒下来。"我来，嫂嫂。"家麟说着，很快地走过来了，就在她一歪之间，他扶住了她，她伸出手来，手就被他握住了，紧紧的。她更心慌了，脸也发烧，轻轻地把手缩回来。那奇异的一握究竟有多久？只一刹那吧？可是在她却是个永恒。在这一生中，她有一种最不明白的事，就是家麟为什么那样看，那样握住她的手？他不是轻薄的人，她知道。那么他是怜悯她的遭遇？还是她自己把手伸出去的错误呢？她也不明白自己，为什么在那急促间竟不由得伸出手去呢？她并不讨厌家麟，一直把从来没有见过的健康时代的丈夫的影像，投在家麟的身上，难道这便是那小小罪过的根源吗？当时他是怎样走出她的屋子，她简直不记得了。但是她记得很清楚的是过后不久，她就站在院子里看烧包袱了，火势顺着春风向西吹，纸灰飘飘扬扬地升上去。公公奠酒，很严肃地端了一杯酒，绕着包袱洒泼。她的心乱糟糟的，却随着纸灰儿飘呀，绕呀的。

她没有喝酒，可是觉得醉沉沉的。这点感觉，今生也只给过她那么一次而已。就在那天的下午，二姐派了车子来接她到北海散散心，走到白塔顶上，便看了那一次最美的日落，她的些许沉醉的心绪，就随着那个日落坠下去，再也找不到了。太阳还是那个太阳，天天在升在落，人的情形就不同了。……

呀！怎么这样糊涂的，要到厦门街，竟追着那个日落走过了头，跑到川端桥上来干吗？方大奶奶从桥上退回来，责备着自己，真是老了，精神总是这么恍恍惚惚的，早上绣花针别在自己胸前的衣襟上，却到处乱找，还是小芸看见了："喏喏喏，不就别在您心口上了吗！"

"记性坏透了，总是忘。"

"可是有件事你没忘，放在爸爸纺绸小褂左上口袋里陪葬的那张全身小照！"

小芸就是这么淘气，惹人疼爱，小嘴儿一会儿是蜜，一会儿是针。

陪葬，也许小芸比喻得不错，她是为陪葬而嫁给家麒的吗？从北海回来的那天晚上，她老早就睡下了。她翻来覆去地想了许久，二姐说得最对，她得认命，因为她是女人。无论她觉得家麟怎么不讨厌，那也是一件不可原谅的事，她要躲着他些，出了笑话，两家的名声要紧，父亲和公公的名字说出来都是叮当响的，他们可不是随随便便的人家呀！她把被子拉上来，蒙住头，眼泪撒开地流。远处鸡叫了，她才迷迷糊糊地睡着。醒来，东昌纸的窗格子上，满是太阳光。她支起身子来，头发重，十字布枕头上绣的"春眠不觉晓，处处闻啼鸟"的诗句，沾满了黄色的泪渍。

那张陪葬的照片，她只对小芸说了一次，这孩子就记住了，还常常说出来取笑她呢！那张照片的姿势她很喜欢，是十六岁时照的，元宝领子敞开着，高高的，头发前面的刘海是剪的像个人字形，胸前捧着一把芍药，站在书房门口，是那年父亲的生日叫了厂甸的铸新照相馆到家里来拍的。照片摆在家麒的枕头边，给他看着玩的。他死后换装裹，她就顺手拿了塞进死鬼贴身纺绸小褂的口袋里了。唉！随了他去吧！在更早的年月里，女人还得活生生地以身相殉呢，她虽没这么做，但是自从两张小照陪着他一同进了那口楠木棺材以后，她这一生和殉葬又有什么不同！

她是听从了二姐的话，在寂寞中又拿起了绣花针。那时的眼力可真好，她记得绣一只鹦鹉就用了十六色的丝线，放在现在可要难死她了，到了晚上连蓝绿色都分不清楚。提起绣线，她最想念三婶婆，那时三婶婆也像她现在的岁数吧？可是她就眼不花，耳不聋的，也喜欢缝缝绣绣。她们常一同到绒线胡同的瑞玉兴去买绣线，坐在玻璃柜台的旁边，伙计端茶拿烟，从楼上把大批的绣花线拿下来，随她们慢慢地挑选。

坐在敞亮的玻璃窗下刺绣，是她这一生中主要的生活。绣线分色夹在一本厚厚的洋书里，一根根地抽出来，扎在软缎上，十字布上，白府绸上。有一个时期她坐在窗下绣花，盼望着一个奇怪的日子——礼拜六。常常是在驼子老王把天棚拉开了，她就把手中的活计扔在桌子上，伸伸懒腰站起来，隔着镂空纱的窗帘向外发愣。外院响起了皮鞋声，是家麟从郊外的大学回来了，那高大健壮的身影走进垂花门来，就会使她心胸澎湃，像海浪那样鼓动着。他还像个大孩子，低头用脚点数着墁着大方砖的院子向公婆的房里走。婆婆也许早慈爱地等待在院子里了，他看来满心快活，迎上去叫一声“姆妈”，就被婆婆拥进堂屋里去了。她觉得很孤寂，心里没着落，望着对面通跨院的四扇绿屏门上的四个大红字“紫气东来”，好久好久。

她要保留一份矜持，所以虽然满心牵挂，却也不肯轻易在这时到婆婆屋里去。她知道婆婆给他唯一的儿子预备了点心，是馄饨或是蒸饺，实在这都是她忙了一下午帮着婆婆做的。婆婆会告诉他“这是你大嫂做的”吗？他吃了会怎么想？他怎么不再到她房来借这书那书了呢？还是因为她躲避他，而使他不敢来了呢？常常是直到晚饭桌上，他们才相见，他会很礼貌地叫声“大嫂”，那么自然，就像从来没发生过什么事似的。唉！本来那也算不得什么吧！是她自己在牵肠挂肚，她不该的。

一个礼拜一次的盼望，到底也有了结束，家麟大学毕业就到法国去留学了，公婆虽然舍不得唯一的儿子远游，时代潮流，可也阻挡不住。婆婆最怕的有一件事，临行之前还再三地嘱咐：“记住，不要讨了洋婆子回来呀！”满屋的人听着都笑了。家麟是方家最年轻，也是最维新的人物，他一直反对家庭给他订婚，父母也没办法。其实在那个年月，外面的新潮流已经冲到许多古老的家庭里了，像她差不多岁数的女学生，她早就听说有反抗家庭婚姻的啦！守寡再嫁的啦！跟人私奔的啦！孤身到外国留学的啦！老人家听了在叹息，她也不免惊异那些女子的大胆。说这些女子不该吗？可是她在家麟买回来的杂志书本里却读到了赞扬这种女子的文章。当然，她也是被赞扬的，亲友之间谁不赞扬她的绣工，她的为人，她的贞洁和孝顺。公婆确实很疼爱她，财产早就给她留下来不动的，每月账上分到的零用钱也特别丰富，这也是对她的一种补偿吧！买绣花线能花得了多少钱呢！大红大绿的中交票子，一叠叠地存在箱底，够了个数便送到廊房头条的开泰金店去，拧麻花的赤金镯子一对对地换了来。有时她很纳闷儿，觉得这些补偿似乎仍是缺欠了什么。她茫然地想到杂志上赞扬那些女子的话，是有些道理吗？

家麟一去七年才回来，带回来的二奶奶虽不是洋婆子，确也给了她一些不安。这七年中，是经过了北伐的革命，北京城变了，春明旧梦已经成了过去，潮流带来了新的思想，新的事物，在她那古老的家庭里听起来很新奇，有些赞成的，有的很反对，但无论赞成或反对，好像都与她的家庭不相干，仿佛他们只是站在一旁看热闹罢了。那是因为这家里缺少了一个能领着迎上前去的人物。一直到家麟回来以后，这家才显得不同些。

是严冬的晚上，堂屋里灯光辉煌地等待着游子归来。去时一个人，回来三个人，老人有无限的欣慰。她掀开厚重的棉门帘子，一眼就看见家麟正站在堂屋的中央，穿着藏青哔叽西服，头上戴着法国小帽。“大嫂！好！”他虽满面风霜，可是眼里闪着光彩，精神好极了。她也展开了笑容说：“二弟，你一路辛苦了！”然后他把身旁的女人介绍给她：“大嫂，这是您的弟妹露西。——露西，这是我们的大嫂。”她一看，新来的二奶奶露西，粉白的脸上架着金丝眼镜，头发烫得短短蓬蓬的，头上也顶着法国帽，穿的是绿丝绒的洋装。再往下看，哟！站在地上搂着妈妈腿的那个小崽子，也是一顶法国帽。三顶怪帽子！她笑了，赶紧把下嘴唇咬住，才算没笑出声来。

新人物的确给老方家带来了许多新气象，三顶法国小帽，二少奶奶的洋装，都渐渐看惯了。还有和他们交往的一些朋友所说的舌头打颤的法国话，总算也听惯了。刚一听时，老俞妈会忘记牙疼，捧着腮帮子一路笑到下房去。婆婆有病也不坚持非要四大儒医的汪六爷按脉了，而且竟打破方家的纪录，居然那一次住到德国医院请洋鬼子狄伯尔主治的。二奶奶是个很和气的人，虽是一个人离家远到巴黎去留学，但也和家常的女人一样有说有笑的，她没有理由看二奶奶不顺眼。二奶奶常常说一些新女性应有的新观念给家里上上下下的人听。不错，女人可以离婚啦，自由恋爱啦，再嫁啦，都是应当的，因为时代不同了。可是，怎么就没有一个人出来主张让大奶奶再嫁呢？当然，当然，当然，这决不是说她想再嫁了，她只是随便想想罢了。

小芸的诞生，确实给她的生命带来了新希望。她记得前些日子听家麟和朋友聊天儿，家麟说了这么一句话："对于目前要有信心和希望，不然日子就难熬。"她很能体会这话的意思，她不就是因为身边有了小芸，日子才算熬——熬到现在吗？是二十四年前，当二奶奶怀第二胎的时候，一个非正式的家族会议举行了，要求二奶奶生下来的，不论是男是女都过继给大奶奶。二奶奶非常同意，她在教书，正乐得免去带孩子的辛苦。红胖的小芸一出世就送到大奶奶房里来。那年她已经三十四岁了，才第一次尝到做母亲的滋味。

她很爱小芸，每逢她紧紧搂着小芸胖胖的小肉体时，除了亲子之爱以外，在内心中还荡漾着一种神秘的快乐。她常常想：这是她的孩子，也是家麟的孩子。许多人都说小芸的眼睛很像她，但是她更喜欢逗着小芸对人说："大手大脚的，跟她叔叔一样！"然后举起小芸的肥手送到自己的唇边亲吻着。就凭着自己内心常常泛起的这点点神秘的快乐，和对下一代成长的希望，唉！这么许多年竟也过来了。

……

"方老太太，买点什么？"店伙计看见老主顾进门，立刻热心地招呼。

"啊！家里来了客人，怕菜不够。给我切上四根，不，五根腊肠，盐水鸭也来半只好了。"方大奶奶在这家南京人开的小店买了好几味熟菜，看店伙计包好了，付过钱。走出小店的门口，仰头看看，西天还有一点点残余的晚霞，这边星辰已经急赶着上了中天。——可得快些了，这回可不要走水源路，还是穿小巷回去吧。小芸等急了会跑出来找她的。这孩子，是个懂事的孩子，二十四年来，如果没有小芸，她的日子怎么过！可是她长了翅膀会飞了！想到小芸就要结婚，她不免心酸。当然，小芸会把母亲接了去，她说过不止一次了："等结婚后换了大些的房子，我就接您去。以后我当家，说好了，不许您下厨房，只要您享老福！”她自己也知道，近来太忧郁了，不安和悲凉袭击着她，这种感觉就和家麟刚回国时一样，那次是因为出现了二奶奶，这次是敏雄，都是摘她心肝的人！她知道这忧郁是多余的，可是避免不了，随它自生自灭，慢慢就会好的。

巷口的街灯是个标记，一转过去就到家了，脚底下尽是泥，可得小心哟！

方大奶奶推开虚掩的街门进去。嗯？屋里有好几个人影？啊！是小芸的叔叔婶婶来了。他们正围着她的绣活在欣赏。

——幸亏多买了半只盐水鸭，再炒一盘茭白，都是叔叔喜欢吃的。她这么算计着，提着线网袋就直往厨房走去。

爱情像把扇子

丈夫是医生，我是他的女病人，我们的结合不用详细地描绘了，当他从生命的悬崖上把我解救下来，我愿意把整个的生命献给他。在舅母家休养的时候，医生偶然来探望他的女病人，对于那一次大手术后的失血过多，他总是不放心的。

舅母的家不是六号病房，我们的谈话也就不限于盘尼西林。当他知道我是一个学画的人时，很感兴趣地说："那么你的色彩是比我复杂多了！"我不明所以，问他怎么讲？他笑了："不是吗？一个医生每天所接触的不过是一片白色的装饰和生命的红血而已。"我说："您嫌太单调了吗？谢医生！"话一出口我觉不妥当，可是收不回来了，他握住我的手，望着我的脸，在默默中，你会知道其中的情意有多少，我们终于结婚了。

我们的蜜月旅行说来很糟。最初，我们有一个伟大的计划，预备做一次环岛旅行，让东部的太鲁阁、中部的日月潭、南部的阿里山、岛尖的鹅銮鼻，都留下我们新婚的足迹，徜徉于青山绿水间，给我们的蜜月画页上添一些美丽的色彩，我对于我的婚姻是这么满怀希望！

在嘉义的旅舍中，正准备上山的手续，忽然从友人处转来护士赵小姐的长途电话：七号病房的病人情势转恶，院长希望他立刻回来一趟。我虽然怪赵小姐太多事，但是在一个医生看来，六号病人和七号病人，生命是同样重要的，我又有什么理由拦阻他回去。蜜月旅行的计划整个破坏了，这是不幸的先兆吗？

几次重大的手术，造成他的地位，我也为男人的事业蒸蒸日上而庆幸。虽然他在家的时间更少了，总是来去匆匆，饭也吃不好，我真怕他要累坏了。有时一碗饭没吃完，赵小姐的电话就来了：

“十二号病人犯神经吵得太凶，要谢医生来一趟。”有时我也开玩笑：

“十二号是男病人还是女病人？他这么需要你！”

因为我最熟悉他对病人的态度，在温和下的强迫，什么病人都要服服帖帖的，再没有比谢医生更会对付不正常的病人了！

可是谁会料到我们这样一对夫妇，竟也走上离婚之路。

犹记我离婚以后，最知己的闺友茵曾经责备我说：“他怎么会爱上她呢？真不可能，你漂亮，有学问，而她……怎么会？是你不注意他的生活，让他从你的身边不知不觉地溜走了。”

我有什么可向茵辩驳的？我记得他的医务忙得不可开交，而我却寂寞得连画笔都不愿举起时，曾无数次拿起电话拨到医院去，我找谢医生说话，来的却是赵小姐：“谢太太吗？谢医生正忙着呢，他让我问您有什么事吗？”

“啊，没什么事，没什么事，告诉他晚上早点儿回来吧！谢谢你！”

挂上电话，我只觉得百般无聊，只有披上外套，找同学看电影去，或是回舅母家去消磨一天。到哪里人家都为我有这么一个出色的丈夫而艳羡，我何尝不？只是觉得生活中缺少了点儿什么，我也说不出。

偶然也和丈夫定约会，去医院找他一同看场电影，参观画展，吃一顿轻松的饭什么的。可是在医院里，我只有做病人躺在白床上时最神气，现在我走进去就像个多余的人，到处碍手碍脚的，我不知道谢医生的外套和帽子放在何处。到哪儿去找一杯水给口渴得要命的谢医生喝。他的抽屉的钥匙，诊断书上的签章……对于这些，赵小姐却最熟悉。要知道，谢医生每天二十四小时中有二分之一是生活在这种环境里的啊！这一半我却属局外人。看赵小姐出入匆匆，我嫉妒得想对丈夫说：“她简直像你的贴身丫头！”可是我的理智终于战胜了我的“妇人之见”，我应当感谢赵小姐，她是丈夫工作上的好助手。

在一次电影散场后回家的路上，他把我塞在他腋下的手紧紧握着：“蕙君，我有一个计划，你一定会赞成。”

“什么计划？补那次蜜月旅行吗？”

“不，比蜜月旅行更重要的，我想自己开一个诊所。”

我听了当然高兴，一个女人嫁了人，他的事业就等于她的事业。可是他接着说：

“我请赵小姐帮我们的忙，她也答应了。”

又是赵小姐！我听了半晌没言语，心里打着转。他这句话是有语病，还是出自偶然？他竟是先跟赵小姐商量的吗？可是我努力把我的“妇人之见”压倒下去，如果他的事业即是我的事业的话，我不正该很高兴地说：

“是，赵小姐是很好的助手。”

“是，她做事极细心。”

就这样，我们俩都同意了她。

我努力使自己加入新诊所的筹备工作，配窗帘，看工人打扫，但我为什么不找一份长久的工作呢？我对他说：

“我在门诊部管挂号好了！”

“我的女画家，你别折死我，两百块请个小职员，我还出得起。”他拍着我的肩头大笑。

诊所开幕以后，我就又被摒弃于门外了。偶然到诊所去看看，像个串门儿的客人样的被欢迎着。赵小姐和气地请我喝茶，请我上座，丈夫支使她这样那样像支使……唉！我不自在，可是我又不能向任何人说出我的心情。我劝自己，不能只凭自己的直觉便那么没涵养，这要被丈夫看不起，要在朋友间落笑柄。我压制自己无名的妒火，借画笔在画布上乱涂，企图抹去我心中的不安，可是不能够，我把画笔摔在地下，趴在床上哭了。我是女人，她是女人，他却生活在我们两个中间！爱情的产生是很难说的，它也许是一见倾心，也许是靠了多日的耳鬓厮磨。出于感恩，也许出于施与，我有什么理由说他们不会怎么样呢？可是我难道愿意把怀疑希望成事实吗？我矛盾不安，为了使郁闷的心情求解脱，我拾起画箱作一次短期的写生旅行。投入自然的怀抱，胸襟广大多了，我带着惊人的好胃口回来了。

可是一向活泼的他却变得沉默起来，我旅行所闻所见都不能引起他的兴趣，连应酬我都看得出是勉强的。我的不安的心情再度发作：他工作疲乏吗？事业不顺心？终于有一天我在临睡前做主动地发问：

“你有心事吗？”

“嗯。”他正斜在躺椅上向天花板吐烟圈，听我一问，他蓦地站起来，低头在屋里来回踱着，然后走到床前来：

“我不知道应当怎么求你的谅解，我——我对感情的处理有错误。”

要来的事总要来的，我已理会出他所谓的“错误”指的是什么，我不敢对他正视，别过头去，面向着床前暗绿的小台灯：“不可以挽救吗？”我的声音多么脆弱！

好久好久，好久好久，我简直不相信，那低沉的声音是从他的嘴里发出来的：“她已经怀孕了！”

一个女人最能把握现实的莫过于她的身体里有了一个生命，这使她有足够的理由能在一个男人生活里占据一个稳固的地位，而我，必须挪一挪，匀出些地盘来，让我们两个同在他心里挤。

如果我不能得到整个的爱情，我为什么不把它整个让出来？爱情像把扇子，旧了没关系，撕破就不好，如果一把崭新的纸扇，撕了一条缝，虽粘补后照样扇得出凉风，可是那条补痕看了并不舒服，宁可丢了不去用。世人又常说破镜重圆，但它照出人来总是合不拢。

因此，我对于这次爱情的处理，并没遵从亲友给我的劝告，舅母说：“赶走她！”茵说：“抢回他！”舅舅是男人，他愿意“两全其美”，而我却办了离婚的手续，一个人悄悄来到南部这山村。舅母送我到车站，她抹着泪骂我：“傻到这种地步！”

我无论如何倔强，毕竟是个女人，这总是一次严重的打击，心力交瘁，我又倒下了。养病一年，我好不容易才恢复正常。但是心之创痕，何时才能平复啊！

爱情的散步 /

她觉得有点冷，把大衣领竖起来，赶上前两步，把手伸进他的臂弯里。他也更夹紧了自己的胳膊，这样更将她拉近身旁，两人紧靠着走，好像暖和些。

冬夜特别静，这时并不算太晚，但是小巷已进入梦乡，街灯孤零零地照着寂静的石子路，显得很凄清。两旁的人家，有的完全黑暗了，有的还亮着一盏灯。那一盏灯所以还没有灭，是因为有个明天要考试的学生吗？或是有个长夜写作的男人？也许有个夜夜等待丈夫迟归的妻子吗？……她这么想，不由得探颈朝篱笆缝里望进去，是希望看见她所预料的现象没有错，但是她没来得及看清楚，便和他走出了这条小巷。

穿过横街时，吹来一阵冷风，她打了个喷嚏。——手绢呢？啊，忘记带了。或者——她想着，把被夹在臂弯里的手，顺势伸进他的大衣口袋里，在他的口袋里，有一条她的手绢也说不定。她常常在出门的时候，不知怎么就把手绢遗落在他的口袋里了。但是，这回她没有摸到，里面并没有一条手绢，她的嘴角一动，笑了——她弄错了，那不是现在而是很久以前的事了：

那时真有趣，还没有结婚呢，她常常和他手挽着手，一条街一条街地散步下去，她忽然要用手绢——她的身上总离不开有一条花花绿绿的小手绢，但是她各处摸索不到，于是懊丧地对他说：“丢了，我的手绢！”他听了她的话，站住了，头一斜，眼珠一转，从大衣口袋里掏出一条手绢来，正是她的。“喏，这不是！”他用责怪一个糊涂的女孩子的眼光看着她，她抢过手绢来，淘气地笑了！

她还可以由此记起一些另外的事，像这样的冬日，在北方早就看见雪了，不是吗？他们夜游归来，在有雪的日子，总喜欢走路回家，脚上的毛窝踩着厚厚的雪，发出吱吱的声音来。夜也是这么静，小胡同里的街灯也是这么凄清，但这里可不是那个地方和那个时代了！

她没有摸到手绢，却碰到一些什么，啊，是一卷钞票！算算日子看，是发了年终的双薪吧，怪不得在孩子们都睡了以后，他对她说：“走，到街上散散步，买点儿东西去。”她再捏捏那卷带着他的体温的票子，估计一下它有多少，对于这，她似乎很有把握，于是用力地握了一下，唉！有限得很！但比平常总多些的。

她握住这卷钞票，想着他们的日子：她不是追着丈夫要钱的女人，她知道他只挣多少。每个月，他把那封命薄如纸的薪俸袋拿回来，原封不动地放在五斗柜的中间小抽屉里，她常在出其不意地打开抽屉时，发现那里面躺着那封写满了各种数目字的牛皮纸袋，她逐项地算下去，扣除了这样那样，只剩薄薄的一叠了。她要俭省——几乎是吝啬地在这一个月里慢慢打发这叠钞票。而今天——她想到这儿，再握一下那卷票子，似乎多些了呢，可以买点儿东西了。

是她的手在口袋里太久了吗？他的手也伸进来了，握住她的手，他知道她已发现那卷票子，他侧过脸向她微微一笑，好像是说：“我原想给你一个惊奇的呢！”他抚摸着她的粗糙的手，心中突然回到远远的时候去，那是他第一次认识她，在她读书的学校里。当他被介绍给她时，他伸出手来握住她的，随即被她那娇小惹人怜爱的模样吸住了，竟忘记放开她的手，她害羞地将手缩回去。——就是这双手，和他共度过这么多年，建立起一个可爱可恋的家来；也就是这双粗糙的手，说明了一个无能的丈夫对于扶养家庭成绩是如何地惭愧。难为她，一个娇弱的女孩子，连续地生下许多小孩，孩子的增多，使他们的生活更加艰苦，但是她似乎从没有说过一句埋怨的话，静静地管理着这个家，一块布，一根针和线，能使她在灯下坐到半夜。他是多么爱她，初恋好像永无停止，但是几年来，他也只有以每天早早归来表示他的恋情。事实上，他并不愿去任何地方，下班铃一响，立刻有四个小孩的影像浮上来，他要急急归去，为的是坐在那张单人沙发上，受四个孩子的包围；为的是在灯下看她把一团毛线，两根竹针，变出许多花样来，这个时刻对于他是如何地盼切和满足啊！但，她的手便在他的满足下变得粗糙了。他紧紧地握住她的手，心中感到无限的愧歉，无限的爱恋。

眼前的路忽然亮了，他们俩同时略停了停脚步，原来这是一个警务机关，红色的灯光彻夜地照着。红色是警告！他的心打了一个冷战，快一年了吧，他简直不愿回忆这件事，正像他不愿经过这地方。

因为产后失调失去健康的她，缠绵病床有些日子了，家庭没有主宰，日子过得很狼狈！就在这时一个同事兼同学的刘来找他了，商量一件可以使他得到一笔为数不小的收入的事，只需要借他在职务上的便利，做一点毫不费力但属不能公开的举动就可以。

“不！”他一下就拒绝了。但是对方以最诚恳的态度向他解释这个举动对他并无害的理由。想到呻吟病榻的妻，因为没有足够的金钱而拖延的痛苦，他发了一会儿呆。“绝对没有关系的，绝对的！”对方一再地保证。他动摇了，居然答应考虑一下，第二天给他的同学回音。

他记得很清楚，当他回到家里时，挣扎在床边的妻显得精神多了，她把他叫到床前，兴奋地告诉他说刘的太太来了。她并且说刘太太的来意，是求她代向丈夫说项可以发一笔财的事。“哦，那你怎么说的？”听了他的问话，她似乎有点恼怒了，“你以为我们没有钱我就会答应她吗？”妻的声音提高了，“我告诉她说，我的丈夫的名誉比我的身体更重要。”当时他是怎样羞惭地搂着她的瘦弱的身躯，吻着她的后颈而暗暗地抹去一个男人轻易不肯流出的眼泪啊！

不久事发了。他的同学锒铛入狱，被判了七年徒刑，就是由这个亮着红灯的机关去逮捕的，红灯是警告，他经过这里时怎能无动于衷呢！是她，把他从一念之差里拯救过来，但是她并不知道，他也没有把那次刘找他的事公开出来。“绝对没有关系的！”那是一句多么有诱惑力的话，这句话差点儿把他从悬崖上扔下去，像刘一样，摔得粉碎！

红灯也使她有所思——该去看看刘太太了，虽然她的丈夫入狱了，但是他们究竟是朋友。七年是漫长的，要慢慢地度过，那是多么难为一个做妻子的啊！但是做妻子的就完全没有责任了吗？如果那时我答应了她，而逼着丈夫……七年，可以使一个孩子长大，一个大人变老，而他所失去的七年该是人生最宝贵的一段，这简直不堪想象。

前面更光亮，声音也嘈杂起来，是到了热闹的市区。离耶诞节没有几天了，商店的橱窗都装饰得更吸引行人，每个橱窗都值得让她逗留，不能买的东西看看也好。一个美丽的粉盒，一件流行的大衣，一架短波的无线电，她都可以站在窗前假设那是属于她的，做孩子的时候她就喜欢这么想，如今还没有改掉儿时的脾气！

事实上她倒是该买件毛衣了，身上的这件毛衣颜色已经显得很旧了，星期日吃喜酒去，如果有一件像窗子里的浅灰色毛衣，不是更好些吗？或者可以买——她估量着他口袋里那卷钱。但是，她又想到大女儿，她不是一直希望一条法兰绒的西装裤吗？那么一定要给她买一条，那件旧毛衣索性染成黑的，就等于见一下新了，还有老二老三呢，毛手套也都该织新的了。

另一个橱窗前站的是望着那双黑皮鞋出神的他。真该换双新的了，他望着自己脚上的一双旧皮鞋，已经换过前掌后跟了，现在全靠着加勤地上油来支持它的面子了。他买一双好鞋是划算的，因为他有过一双鞋穿八年的好纪录，比老刘的七年有期徒刑还长！想到这儿，自己也好笑了，想得太离奇，像小孩子了！说到孩子，他倒真的想起了自己的儿子来了，已经读中学的儿子盼望一双高筒皮靴有多久了？他不是常常要求说："爸爸，给我买一双高筒的、黄色的靴子吧！和您的脚一样大，只要您替我试合适买回来就可以了。"和自己的脚一样大，孩子可真不小啦！他又心满意足了，决定先给儿子买一双再说。

那薄薄的一叠钞票，刚好买了四个孩子的东西，唯有这样才使他们俩安心，他们可以把自己所要的寄了"下次再买"的希望中。

她预备今天买的东西，算作送给孩子们的耶诞礼物，他们虽然不是基督徒，但是小孩子总是喜欢过节日的，她曾经是个孩子，所以知道。

决定不走那条有红灯的路了，宁可抄小路，踩狗屎，他这么想着，便下意识地走在前面领路。转过几条小巷，看见了前面老榕树隙射出来的灯光，他们俩同时呼出“到家了！”的心声。“要快些了！”她更这么想，加紧了脚步，她急于回家去亲吻在梦中的她的小婴孩。

她迈上家门前的石阶时有点喘，他的手臂弯过来搂着她的腰，轻轻地问：“累了吧？”

“不，一点也不。”她回答。

一件旗袍

聚餐会席上，大家都问我为什么不带小美来，我嘴里尽管若无其事地说："小美有点发烧，跟她爸爸在家里玩呢！"实在心里却正在担心。

临来时，小美哭着要追我，拉住我的衣襟不放松，我怒气未消，使劲推开她，骂她："不用追我，我今天就不回来个给你们瞧瞧！"我说完用力把门一摔，小美和她爸爸便都被我一股怒火关在屋里了。我虽走远，还可以听见小美砰砰打门的哭闹声，还可以看见他抱起小美从玻璃窗向外追望着我，小美的一张泪脸，他的尴尬的面孔，这时都涌上脑际。我忽然想，小美早上起来确是有点发烧的样子，这时不知怎么样了？管她去呢！反正祖华在家，可是，我实在不该拿小美出气，小屁股被我那狠狠的几下打肿了吧？

我被不安的情绪困扰，竟不能和老同学畅谈畅饮了，看几位老同学对她们子女那份爱护的样子，我觉得今早对小美的态度实在有些失当，可是，我并不是一直这样的呀！这只能怪他，怪他为了一件旗袍，给我这样的难堪！

聚餐会是两星期前就规定好了的，我为这难得的聚会是多么兴奋！听说孙蕊和祁素珍也准备参加，这也是一件难得的事情，如今孙蕊和祁素珍都是贵夫人了，我们自然不能再以在学校时那种轻视她们功课不好的态度来衡量人家了。在我们这一群老同学中，现在谁又比得了她们俩呢？不怪小罗感慨地说："人的际遇真是难测，想不到我们班上两个最糟糕的学生，今天竟是最出色的夫人了！”

其实小罗的现状也还算不错，数一数，在我们之中，恐怕只有我的生活是最狼狈的一个吧？聚餐，我连一件像样的旗袍都没有哪！更不要说手提包，高跟鞋了。一个女人出去应酬，这三样穿着总不能太寒酸了吧？手提包还可以勉强用，高跟鞋也可以跟隔壁的刘太太借穿一下，旗袍却实在该做一件了，以后同学们的聚会是少不了的，总应当有两件衣服替换穿，可是，做新衣服，钱呢？

提起钱，是最烦人的一件事，人人都说今年布便宜了，可是我何曾有过买便宜布的钱来着？箱子里有几件旧旗袍，虽然还不至到“捉襟见肘”的地步，但是那短及膝的古老样式穿出去，也真怪那个的，最后我不得不向祖华说：

“旗袍是一定要做的，你看钱……”

“好，我想想办法儿吧！”这是他对我冷淡的答复。

一天天地过去，离聚餐会还有一个星期了，他的办法还没有拿来，我偶然问问，他竟绷着脸说：“我总不能偷人家的去！”

“谁叫你去偷的？人家丈夫给太太做衣服，难道都是偷来的吗？”我也光火了。

“其实在台湾大家穿衣服都马马虎虎的了，我常有应酬，还不就是身上这件香港衫。”

“女人不能跟男人比，再说，我穿得像样，也是你男人的体面。”

“我倒不需要这种体面呢！”

他说完自顾去上班，留下这句噎人的话给我生气。

对于一件新旗袍的热望降到冰点，对祖华的态度也反感日深，我们自这天以后，一直都不讲话了。

聚餐日的早晨，我无精打采地翻箱倒柜，拿出那几件嫁时裳来挑选，质料也许不错，样式真呕死人，天可怜见，穿起来竟是晃晃荡荡的，也可见这几年我瘦了多少！我正对镜伤怀，祖华进来了，他忽然和颜悦色地对我说：

“一百五十块钱，我给你放在手提包里了。”

“嗯。这时候给我拿钱来做什么？”我没好气。

“你不是要做旗袍……”

“笑话！正午十二点聚餐，现在十一点半了，你叫我现在买料子做旗袍？我就是上委托商行买现成的也来不及了呀！简直是拿人开心嘛！”

“我还不知道太晚了，不过会计上这些日子冻结款子，同人都不许借支，我还是跟老孙私下通融的。”

“冻结？我要是冻结一天不烧饭，看咱们的日子能过不能？怎么我就应当常常东赊西欠的，没让你饿过一顿，我求你点事，就这么难！”我气得要哭了。

“何苦说得那么远？难道没有你还吃不成饭！”

我怎能忍受这样的顶冲？正在这时小美追过来了，看见我身上穿了花衣，便拉住不放，我便在盛怒之下打了小美一顿屁股……

我这时虽然有点后悔打了小美，但既成事实了只好狠心不想了。聚餐后，带着孩子的母亲们都忙着回家，我虽然仍不放心扔在家里的小美，但是既而一想，临出门曾起誓说过不回家的话。那么，我就不能这么早回去，等于打自己的嘴巴。

正好做了贵夫人的孙蕊邀我到她家去玩玩，我想不到她倒没有看不起一身寒酸的我，——其实今天聚餐会上并没有人注意到我的穿着，那么为了做旗袍怄这么大气，实在犯不上，早知如此……唉！

几个同学到了孙蕊的府上便被按在牌桌上了，看样子她们是常常有此一聚的，我虽极力推说不擅于此道，可是同学们怎么信，而且三缺一的场合，是不容逃避的。我也豁出去了，要玩就玩个痛快，何必牵肠挂肚老惦记那劳什子的家，我实在太苦了！

坐下去才知道，这不是三五块钱输赢的儿戏，输赢之大使我吃惊。我对于花样既不熟练，心里又处处不安，八圈牌下来，我乖乖把手提包里的一百五十块掏出来，她们也很自然地把钱接过去，就好像这只不过是十五块钱一样，她们又哪里会知道这一百五十块钱的来源和一出小小的家庭悲剧呢！

从孙府上出来，我有点麻木，走近家门，才清醒过来，加紧了脚步。推开屋门，静悄悄无声也无光，把电灯捻亮，才看见祖华抱着通红小脸的小美坐在床沿，我跑过去赶快抱起一天不见的小美。祖华和蔼地问我："吃过饭了吗？我把饭菜都炖在煤油炉上，大概不至于凉。"

我点点头又摇摇头，也不知道自己所表示的是什么，只觉得一阵酸楚冲上鼻尖，转过身去，把脸贴在小美滚烫的额角上，我哭了！

再嫁

临走前他照例吻别我，又附在我的耳旁轻轻地说："去喝一杯热牛奶，好好地睡一夜，明天那群淘气的客人够你应付的！"

但是无论如何我不能立刻上床去，一个即将再嫁的新娘，能在结婚的前夜安稳地入睡是不容易的，她有许多事情要想。

我坐在这间布置一新的屋里，嗅着淡绿的墙壁散放出新油漆的味道，心中确有与往日不同的感觉。

新屋的窗幔是照着我的意思选了深绿色的，这个颜色也许人们会觉得不够艳丽，不适于新娘的房间，但是你如果看见窗前长几上那瓶怒放的玫瑰，在绿色窗幔的背景衬托下，更显得娇艳夺目时，便不会做如是想了。屋角放置两张花帆布的单人沙发，中间是一架美丽的浅蓝色纱罩的立灯。明天这间新屋里就要添一位新的男主人，以后每个这样的夜晚，可以看见一个衔着烟斗的男人，安详地坐在纱灯下的沙发里，让平哥儿和小琳俩趴在他的膝上淘气。在灯光与笑声里，在他死去的四年后，我将重新拾起安全的家庭生活。

四年并不算长，在这四年中也有若干次使我再嫁的机会，但都被我放弃了。我并不是旧式的妇人，还固执于什么守节的观念，我实在是期待再嫁的日子，因为我经历了一个女人独力撑起一家的生活是多么艰辛、单薄、空虚和乏趣！使我多次放弃再嫁机会的，却完全是为了平哥儿和小琳。不过这一次我终于欣然再嫁而且选定了他，又何尝不是为了两个小东西？

在我们交往半年后的一天，他忽然拥着我的两肩，用愉快的声气对我说道："答应嫁给我，让我分承你的家庭的责任和快乐！"我听了这样的话，不由得在他的拥抱中啜泣，我的眼泪流出了我的感激和女性莫名的伤感。我知道他会是我的良人，但更主要的，还是庆幸孩子们终于得到一个足以代替四年前死去的爸爸的人。

四年前他知道了所患的是不治的癌症，在临危时频频摇动着我的手说："忘掉我，快乐地再嫁！"我伏在他的身上哭泣。我当时并没有想到再嫁与否的问题，我正痛心站在我身旁的四岁的平哥儿和两岁的小琳，他们还这样幼小！

但当孤寂无边的漫漫长夜一天一天地挨过去，我才深深体验到独力的单薄和寂寞的可怕。更有一次，在小琳天真的话中说了一句"我们家里少了一个当爸爸的人"时，我突然想起死去的丈夫给我的遗言："快乐地再嫁！"不过我知道，再嫁虽不难，快乐谈何容易？因为我已不是初嫁时那个单纯的女孩了，我不能强迫一个男人爱了我，也必得爱我和另一个男人生下的孩子。但事实上，我再嫁的目标却非此不可。

有一次当一个和我交往了相当时间的男人终于被我拒绝了以后，我的朋友们都为我惋惜，他们怪我不应当放弃这样一个求之不得的机会。是的，那真是个一等的男人，有事业，有金钱，有健康，送给我的是上好的礼物，上好的小心。但可惜的是他像完全没有理会到我的身边还有两个小家伙，他对我的孩子总是漠然无视。某一次我听见我的儿女闲谈，平哥儿对他的妹妹说：

"就是常把妈妈带出去的那个讨厌的家伙吗？"

只这一句话便决定了，我从此便没有再被那个"讨厌的家伙"带出去了！

又一个几乎使我掉入陷阱的男人，但当一次小琳发着高烧而他还勉强我去看一场电影时，给了我拒绝的决心。他们难道不懂得小孩子是他们母亲的——血的一部分，肉的一部分吗？

我对再嫁灰心了，深深地感到，要使两者的爱并存是不可能的，你总要牺牲一方面。但这样的意念终于被另一个闯入我们的家庭来的男人打破了，他的光临是这样自然和融洽，他出奇地疼爱孩子——和我。

他来了，孩子们便扑上去，从膝盖攀到他的头顶，他对孩子扮着令人发噱的鬼脸，我真怕他要把孩子惯坏了。除了甜蜜的糖果和纵情的欢笑外，孩子们已经不叫他“伯伯”而直呼“老白狼”了——他为孩子们讲的故事的主角。

站在一旁欣赏这幅天真快乐的图画时，我忽然觉得这样的感受对我并不生疏，只是我们已有许久不再得到了。在刹那间，仿佛又把我带回到四年前。他回过头来，我们的眼光碰在一起，这种亲切无声的语言，已把我们的心连在一起，我那时又惊又喜，我知道他的眼睛要对我说的是什么。

当我决定答应他的要求后，我要他再去得到孩子们的允许，他以十分把握的口气对我笑说：“那还能有问题吗？”

我说：“你一定要试探一下，平哥儿虽然只有八岁，但是生活在一个有了缺陷的家庭的孩子，是比较敏感的。”

我陪他走进卧室，小兄妹俩正在床上打枕头战，扔得不可开交，看见我们来了，平哥儿大声喊：“好，老白狼！”小琳也跟了一句。

他和孩子们滚在一起玩一阵，然后把他们拉住，玩笑地问：“我听你们的妈妈说，你们很想要一个爸爸，是吗？”

“当然！”平哥儿干脆地回答。他得意地向我皱一皱鼻子。

“那么让我到你们家来，做你们的爸爸，好不好？”他开门见山地问。

这一回平哥儿瞪着大眼愣住了，看看我，没有回答，却附在小妹的耳边叽咕了两句，兄妹俩指着他哈哈大笑起来，把原来十分自信的他给笑毛了，退到我的身边，我也苦笑着，不知两个小东西究竟怀着什么鬼心思，我的心不安起来了。

待一会儿，小琳忍不住了，拍手说：“哈哈，老白狼想做我们的爸爸啊！”

我感到这句话并没有什么恶意时，才松了一口气，但是他这回却不敢那么放胆无虑了，小心翼翼地探问着：“是啊！老白狼实在很想做你们的爸爸，可以吗？要吗？”

“OK，老白狼！”多干脆的应允！

“OK了，听见没有？”他紧紧地、紧紧地握住我的手，那手因了紧张，又湿又热。

在冥冥中他如果知道四年来我的苦心，他一定会同意我今天为孩子和我所选的对象——一个真正配得起填补那空虚的位置的人；他也可以瞑目安睡于天堂，因为我终于依照他的遗言，我是“快乐地再嫁”了！

继母心

行完婚礼回家的路上，绍祖告诉我说："昨天我已经从大姐那里把孩子们接回来了，我想他们一定会喜欢你。"

我听了微微一笑，心里却想着绍祖的话实在是多余的，我还没有遇见不喜欢我的小孩子哩！凭几年教书的经验，我知道我在孩子们的心里，常常是占据了很重要的地位。就拿这次我的结婚来说，当我因为要结婚而辞去教职的消息传到学生们的耳里时，他们把我团团围住哭起来了，他们还天真地说不许我结婚的话。如果不是同事刘老师向他们撒了一次谎，说我婚后仍继续教书的话，真不知要怎么解围。

我想到这里，不由得打开手提包，拿出学生们送给我的纪念册来。他们每人写了一页祝贺我结婚的词句，并且贴上一张小照片。看一张张天真活泼的小面孔，我想到绍祖的两个失去母亲五年的孩子。如果我的学生们知道韩老师竟忍心地丢弃四五十个朝夕相处的同学，而给另外两个陌生的小朋友当妈妈，更不知要怎么嫉妒和伤心呢！

表姐向我的双亲提出这门亲事后，首先就遭到母亲的反对。她以为续弦就够瞧的了，再加上前房遗下的孩子，这份后娘的罪不好受，深不是浅不是的何苦来！但是因为表姐讲了许多关于对方的好处，父亲便不肯轻易放弃。商量的结果是：由我先见见面再说。于是就在一种半新不旧的形式下，我们见面了。父亲深喜他谈吐不凡，我也觉得绍祖仪表人才使我倾心，但是母亲仍坚持她的老意见，为我日后担忧而迟疑不决。最后还是父亲拿出他的家长权威来，一言决定了。他对母亲说："宛儿有孩子缘儿，你放心吧！"我也以为小孩子的问题对于我实在不算得回事儿。

可是我所料想的完全错误了，犹记当日我们新婚夫妇回家，进门来，客厅里已经到了许多至亲好友。这时一个四十多岁的女人拉过两个孩子来，她对孩子说："叫妈呀，叫呀，这是你们的新妈妈。"

我弯下腰伸出手来，把笑脸迎上去，正预备接受一对现成儿女的见面礼，但出乎意外，站在我面前的，竟是两张我今生所遇见的最可怕的小孩面孔！那十岁的女孩对我怒目而视，六岁的男孩则噘嘴低着头。我伸着没处交待的右手，脸直发烧。但在那刹那间，我仍能自持镇静，拉过弟弟的手，用我一向惯于应付小学生的口吻笑着说：

"来，我给你们带来好东西！"

可是当弟弟抬头向他的姐姐放出征求意见的眼光，而姐姐给了一瞪眼的暗示后，弟弟立刻从我的手中挣脱了。在众目睽睽之下，我的难堪和尴尬，立刻使我想到母亲的话并非过虑，我到底遭遇到她所料到的事实了。我几乎要哭出来，不知道那时嘴里是喃喃说了两句什么话来给自己下台的。

自此以后，我不记得有多久，总是一段不算短的时期吧，毫无理由地，两个孩子拿我当做敌人看待，我却无时无刻不在想如何讨好他们的办法。

我知道大女儿玲玲在学校里是高材生，是能干的班长，是老师的得意弟子。有这样一个女儿，原是值得做母亲骄傲的，我又何能例外？我也知道弟弟力力是个憨厚的小孩子，他的年龄本来还不到能懂得"后娘"是什么人物的程度，但是因为他一定要惟姐姐之命是从，也糊里糊涂地反对我。

在这家庭里更可悲的还有围绕着两个孩子的一些成年人，比如一个直接操纵着他们姐弟的老女仆——吴妈，她是亲历过我的前任的人，当然也是这五年来照顾两个孩子的功臣。她的功劳太大了，所以她等于是这家里的一半主人。我知道我的降临也许于她不利，因为要把家务交出来，可是我处处表示与她合作，称赞她五年的汗马功劳不可磨灭。我这么做并不是怕她，我不过为使家庭空气缓和，更希望我对她的态度可以转变孩子们和我之间的感情。我多么盼望跟他们和好，因为我是理智的，我并不要破坏家庭的幸福。

还有一群可怕的亲族，仿佛时时在等待我们家庭的笑柄发生。在她们脑筋里总有一个陈腐的观念，就是所有的晚娘都有一套花样。她们还觉得，她们是为了保护孩子在时时防范着我，所以如果真的没有什么问题发生，她们为什么不可以制造一些？她们来了，和吴妈叽叽咕咕，拉住小孩子问长问短，用怀疑的目光打量我。

在这种情形下，我几乎是动辄得咎了，我的一举一动，一言一笑，都成了她们琢磨的资料，归根当然是给我安上一个罪名，难得她们对于每一琐碎事情都给安排下一种说法。

结婚的第二年，我生了儿子方方。记得有一次，力力闹消化不良，严重的那两天，医生嘱我最好连牛奶都不要给力力喝，因为他呕吐太厉害。我便把每天早晨送来的牛奶煮了给方方喝，这原是极自然的事，但是收进吴妈的眼里，就变成珍贵的资料。不久，在我们亲族里便传播出一个可怕的故事，说我生了儿子，便拿力力不当人，居然把力力的牛奶给方方吃，而使患病的力力可怜地饿着肚子。那说法就像我简直要把力力置之于死地似的！

在“牛奶故事”后的不久，又有一天，我忽听见一个悲切的歌声发自玲玲的房间，吴妈正热心地教她一首儿歌。

“小白菜，地里黄，三岁孩子没了娘，跟着爹爹好好过，就怕爹爹娶后娘。娶了后娘一年整，养个弟弟比我强，人家吃面我喝汤，端起饭碗泪汪汪……”

这熟悉的歌词，立刻使我忆起童年时代，这首歌，再配上凶恶的后娘故事，也曾使我为之愤慨。我又记得小孩子不听妈妈话时，大人就会吓你：“把妈妈气死，给你娶个好厉害的后娘来！”那时小孩子就要恐怖地摆摆手，再也不敢淘气了。

原来“后娘”也者，在孩子们的心里，早就奠定下恐怖的基础，而这基础正是大人们循循善诱的结果。不信试看家传户诵的后娘故事里，舜与象、芦衣记、宝莲灯、外国的白雪公主……他们在每个小孩子的心田里都灌注了恐怖的种子。也就是说，每个孩子都要受一番“后娘的凶恶”的教育洗礼，我又想起我自己不也曾把这些故事津津有味地讲给我的学生们听吗？如今我自己做了后娘，就不免要怀疑，难道后娘就应当是属于这一典型了吗？那么我怎样解释我自己？

我忽然领悟，如果孩子们敌对我，我又怎能怪他们？原来我们的历史开头就是错误的，当我们还没有肯定历史上究竟有没有“舜”这一人物时，却确定了舜有一个凶恶的后娘。也就是说，有了历史就有后娘，而且是不善的，这是多么愚蠢的儿童教育啊！

我觉得周围的空气这么恶劣，要想使我们的家庭走上融洽之路，我一定要把那路上的障碍去掉，吴妈便给我断然辞掉了，直接影响我们的障碍虽然清除了，但蒙在玲玲和力力心灵上的后娘的暗影，仍待我苦心去铲除。

为挽回这根深蒂固的不良观念，确费我不少的心机，用诚恳的行为表现了我的善良。渐渐地，后娘的刺终于从他们心中拔去了。

这样，已经十年的光阴过去了。

芳龄二十的玲玲，已经是个亭亭玉立的少女了，聪明、美丽、热情，使她的青春更为丰满；力力也是个十六岁的强壮的小伙子了。当他们姐弟两个领着他们的幼弟方方一道时，那份亲爱，那样团结，有谁能够说他们并非一母所生呢？连他们自己也忘了“后娘”这名词的存在了。

我知道玲玲正热恋一个比她似乎大了十岁的男人，有一天当她把恋爱正式向我宣布，并征求我对他们婚姻的同意时，她还这样告诉了我：

“妈，不过他死过太太，还留下一个两岁的女孩，多麻烦，我真有点儿不……”

我听了心中不免一动，多年以前我的婚前情景，又浮在眼前，我想起母亲当时对这种婚姻的态度来，但我立刻很自然地对她说：

“为什么不呢？像我爱你一样去爱那孩子！”

这时她正倚在我的身旁，我说这话时把脸向着她，她听了冲动地在我脸上留下温馨的一吻，轻轻喊着说：

“啊，妈！”

我知道在她那充满了感情的唤声里，也包含着对我的歉意——她曾毫无理由地敌对过我，只因为那时她的心里是充满了那些故事的。

当我执笔为文的时候，我的玲玲已经做了三个月的后娘，她来信说，她的后娘做得很顺利，并没有遭遇到像她的母亲——我当年的困恼，因为她的小女儿还小，幸亏还没有被人们灌输了那种“万恶后娘”的教育！

这就是了，我因此要求世人，把足以危害家庭幸福的那些后娘故事，从孩子们的心灵中驱逐出去吧，让我们重新建立起后娘与子女的善良关系！

血的故事

南腔北调的夏夜乘凉会，一直聊到月上中天，众星闪眼，还没有散去的意思。这个乘凉会是由几家臭味相投的邻居组成的。利用门外的一片广场，不怕隔墙有耳，不愁江郎才尽，题材广泛，漫无目的，像一股下了山的洪水，冲到哪儿，说到哪儿，反正说的话像洪水一样不负责任。

这个乘凉会并不限于固定的会员，他们欢迎新血液，所以常有临时的客人来客串，扯一阵子就走，也常会给大家留下了隽永可颂的故事。

这一晚，乘凉会所以不忍骤散，便是被彭先生的故事迷住了。彭先生是二号张医师的朋友，今晚他是专诚来拜访张医师的，却被扣在乘凉会里讲故事。

开始是这样的：

张医师是一位血型的热心研究者，这个头衔并不是说张医师在医院里做这部门的工作，他是在外科，只是因为他最近常常鼓励我们大家去验血型，我们便认为他是个对这方面有研究的医师了。其实各个外科医师对于“血”都是很在行的。张医师给我们讲了许多关于血型的常识，当然总离不开血能救人的重点。我们这些人没有曾动过大手术的，所以对于血的一切不够亲切，就是当年刘太太生产时失血过多，也还不时兴输血。所以说来说去，也没有人感到有立刻验血型的必要。

今晚又谈到了血型，因为有张医师在场，总有血的故事摆出来。我们大家一致认为住在大城市里，大街小巷都是外科医院，慢性盲肠炎尽可以等到变急性再入院动手术不迟，血型一事更不必忙于一时。买活人血五百块 100CC，只要有钱，还愁没血？我们的乘凉会，无论对什么事都有一套不合时宜的固执看法，只有关于验血，张医师本着他的立场未能和我们意见苟同。

这位彭先生也说，作为一个现代文明国家的国民，血型不可不验，而且它或许还有意想不到的妙用也说不定呢！这时三号的钱太太开腔了：

“干脆说罢，我就怕验出是 AB 型的！”

钱太太所以这么说，实在也该怪张医师，在他给我们讲血型和性格时，论到 AB 型，他曾这么说：

“一般人最怕自己是 AB 型，因为 AB 型的人，是有 A 型和 B 型的特性。这种人的性格最不容易判定，他也许外表光明磊落，活泼坦白，其实满腹心事，对于事情犹豫不定，没有自信心，迟钝而消极，此型是不祥之兆也！”

我记得张医师每讲某型的特征时，我们便互相选举看哪人适合此型，讲到 AB 型时，大家不好意思选举了，因为这是不祥之型。

虽然今晚张医师一再说明，他那天讲的血型与性格的话，可靠性只有百分之五十，何况钱太太也不一定准是 AB 型呀！但是无论如何，不能打破钱太太对自己血型的恐惧心理。

“我丈母娘就是 AB 型的。”

这时彭先生忽然冒出来这么一句话，在他也许是安慰钱太太，表示 AB 型没有什么丢人，看！他丈母娘就是 AB 型的！但钱太太听了竟“咯”的一声笑了，而且在我耳边轻声说：

“这个人还管他丈母娘的血型呢！嘻！”

我本来没有觉得彭先生的话可笑，倒是让钱太太这么一提醒，我笑了，仰天大笑。害得在座的男士们莫名其妙，女士们直打听：“怎么回事？怎么回事？”

“没什么！没什么！”钱太太笑得眼里淌出了泪，“彭先生，请还接着说您丈母娘的 AB 型吧！”

这一说，大家都笑了，女人咯咯咯，男人哈哈哈，睡在妈妈怀里的宝宝们惊得直翻身。

“这可是‘河边儿娶媳妇儿，把王八逗乐了’！”老北京夏先生来句骂人的，大家还没听清楚呢，张医师紧接着说：“提到彭先生的丈母娘，你们别笑，还有段恋爱悲喜剧呢！倒是可以请彭先生讲给你们听。老彭，讲吧！”

“从何讲起呀？”彭先生搔着头皮。

“从认识你丈母娘那天讲起！”有人开玩笑。

“我先认识的是丈母娘的女儿呀！”

“那么就从丈母娘的女儿讲起。”

“谈起来，我认识现在是我的太太、当年的吴秀鸾小姐，是五年前的事了，”彭先生躺在藤椅上，仰着头，喷着烟，从烟雾朦胧中看看天幕微笑着，他倒真是在做甜蜜的回忆呢！“那时秀鸾在秘书室做打字员，天天夹着一包公文从我办公桌的窗前经过。”

“你就拿眼盯着看！”有人插嘴。

“不错，这位太太说得一点儿也不错，我盯着她那会说话的眼睛，淘气的鼻子，甜蜜的小嘴儿……”

“彭先生在作诗哪！”

“我那时的心情真像一首诗，总想有一天认识她，把诗的心情说给她听。”

“结果认识了没有？”有人发愚问。

“人家现在已经是彭太太了，还问结果认识没有，岂有此理！故事怎么听的？”有人嗤之以鼻地回答。

“好啦，好啦，听我说，当然我们有机会认识啦！而且耳鬓厮磨，日子一久——其实并不久，——我们就坠入情网了，海誓山盟，互订终身，热带的小姐，实在另有她们可爱之处。”

“台湾小姐？”听了半天，到这时大家才知道是位台湾小姐。

彭先生点燃一根烟，刚要接着说，忽然四号的林太太抱着睡娃娃站起来说：

"慢讲，等我把孩子送回家，回头来你再讲。"可见已经入迷了一位。

"糟糕的就在秀鸾是台湾小姐。"彭先生果然等林太太回来就坐后才接着说。

"我知道，一定是聘金的问题。"

"喜饼的问题。"

"入赘的问题。"

多知多懂的听众胡乱猜。

彭先生悠然地吸着烟摇摇头，全没猜对。"是我那位老丈人的问题！"

"啊！"大家异口同声表示惊异，彭先生确是会讲故事，关子也卖得好。

"我那老丈人真是铁打的心肠，任凭秀鸾怎么哀求，他就是不许他的女儿嫁给我。"

"为什么？"

"他认准了'外省郎'没好的，大陆都有太太。就是没太太，将来去了大陆把他女儿拐了走，天涯海角，上哪儿找人去？这种种不成理由的理由，虽然是为了爱女心切，可是他女儿偏死心塌地地要嫁我。她跟她爸爸说，如果不答应，她宁可去死。老头子也说，你要嫁给那小子，我只当你死了。结果秀鸾还是投进了我的怀抱。说起我们的婚礼，我真觉得对不起秀鸾，结婚那天虽然很热闹，可是没有一个女家的亲友在场，结婚是一个女孩子一生最大的事，竟这样令人遗憾，我不知道秀鸾背地里哭了没有，但是在我面前，她从无表现半点不愉快。"

"爱情伟大！伟大！"林先生以舞台语的腔调，深深地赞叹。

"但是关于你丈母娘的AB型呢？"这时钱太太又想起了这件事。

"对了！你丈母娘的AB型还没交待出来呢！"

大家笑起来了，彭先生故作惊讶状：

"咦？我故事才讲了一半，关于丈母娘的血型，总要讲的呀！"

"这才叫'胡同里娶媳妇儿，口儿上热闹'！"夏先生半天没言语了，他对于听故事似乎兴趣不浓厚，俏皮话可不少。

彭先生接着讲：

“我是很乐观的，我总以为我们结婚以后，一定会把我们翁婿之间的关系慢慢调整起来，人心是肉长的，而且我相信我也可以拿行动来感动他——我的老丈人。就拿秀鸾回娘家的事说吧，每次她要想她的爸爸妈妈什么的，我都陪她回去，可是她进去，我却在门口儿呆着，等着，我想总有一天秀鸾会跑出来拉着我的手说：‘进来，我爸爸叫你进来！’可是这样一年下来，我的希望就始终没实现，有时看秀鸾挺着大肚子进去，我真他妈的想冲进去，跟我那位铁石心肠的老丈人闹一顿，问他还有人心没有？就让我风里雨里地站在门口！可是我到底心疼秀鸾忍住了。”

“真惨！”林太太不胜唏嘘。

“倒是我那丈母娘倒始终以弱者的地位同情我，有时乘着秀鸾跟她爸爸谈话时，她偷偷出来塞给我两块点心什么的。”

“就是那位AB型的丈母娘？”钱太太好像得了血迷症，但是彭先生没理她，尽管说下去：

“有一天我独个儿上了老丈人家的门儿喽！”

“好大胆子！”有位先生插嘴。

“你以为我上门找打架哪，我是报告秀鸾入院待产的消息去了。丈母娘开的门，见我单枪匹马，神色惊惶，倒吓了她一跳，‘新妈逮鸡？’她问我什么事情。我两手先做捧肚子状，又指着台大医院的方向。她明白了，叫我‘烧蛋’，就是等等，她进去请示去了。我们这位丈母娘真是贤妻良母兼弱者，她连到医院看女儿都不敢做主，我们老丈人可真叫王道呀！大胖儿子生下了，算是又见了一代，可是我们的情形并未见好转，老丈人在他女儿面前连半个字都没问过我。我们结婚时，他说只当他女儿死了，其实他女儿并没死，倒像是我死了，世间根本没有我彭某这个人似的！”

“迭格老泰山凶得来！”

“硬是要不得！”

听故事的人都为之起不平鸣。

“有一天，”这段回忆大概很有趣，彭先生自己也未语先笑了，“秀鸾匆匆忙忙回来了，我不由得问：‘不是要在娘家住一个礼拜吗？’因为我那老丈人疼外孙，要留秀鸾多住几天——其实没我老彭，他哪来白胖孙子抱？秀鸾当然巴不得多住几天，怎么才两天就回来啦！我太太慌慌张张地说：‘爸爸病了！’‘病了？’‘走，我们一同到医院去，已经决定动手术了。’她说着急得满头是汗。‘什么病呀？我先打听打听。’‘肠子！肠子要剪断！快走。’我想八成是急性盲肠炎之类的病吧！唉！我那铁石心肠的老丈人呀！也有一天柔肠寸断了！”

大家听到这里哄然大笑。林太太说：“彭先生，你解恨了，是不是？”

“不敢！”彭先生虽然这么说，可是仍然可以看出他的轻松。“秀鸾是大女儿，弟弟妹妹还在上学不懂事，我当然义不容辞地要负起半子之劳的责任喽！我和秀鸾去到医院，她不许我进病房，派我在住院处给办理入院手续，所以我老丈人和那病魔痛苦挣扎的尊相，我没见到，倒是我丈母娘和秀鸾的苦相，我看够了。我看她们娘儿俩眼泪汪汪地在商量什么事，只听见她们在翻台湾话，不断地说着‘会’呀‘会’呀的发音，我问秀鸾到底是怎么回事，她说爸爸需要输血，会者，血也。但秀鸾是A型，小舅子是B型，丈母娘是AB型……”

“钱太太，听见没有？丈母娘AB型的典故开始出现了，请注意！”这时有人向钱太太开玩笑，又插入一阵子笑声。

“他们都不能给病人输血，买血要五百块钱100 CC，共需300 CC一千五，秀鸾母女在着急。我脑子里誊清了一下，把各种血型犯冲的分别，仔细想了想，他们既然都不能给病人输血，那么，我老丈人一定是——我对秀鸾说：‘这样说来，你爸爸是O血型的喽？’秀鸾点点头。我说：‘你何必着急呢！现成的大血人在这儿哪！我也是O型的呀！’秀鸾一听，惊喜之下，算是收住了眼泪，但只一刹那，她又紧锁眉头，朝我这身大排骨上下一打量，很心疼地小声对我说：‘300 CC，你怎么能够……？’”

“别肉麻！”这时有人向说故事的人开哄了。

“真的，她真是有点舍不得我，可是我立刻挺直身子，用两拳头在胸脯上咚咚捶了几下，说：‘秀鸾，真正铁打的，不是你爸爸，而是你丈夫！’因为我们O血型的人是天生为人服务的，我这几年给人输了不少次血了，《圣经》上早就给O血型的人下了定义了：‘人子来，非以役人，乃役于人！’”

“好！”林先生好像置身在戏园子里，竟怪声叫好。

彭先生在好声之下，更卖力气地说：“我不是说过吗？我要以行动表现态度，300 CC的鲜血，从我身上抽出来，一滴不剩地灌注到我老丈人的血管里去了。奇妙得很，不知道是不是我的血在他身体里作怪，第二天当我在病房外一旁伺候时，秀鸾出来了：‘进来，我爸爸叫你进来！’我盼了一年多的这句话终于实现了，可是这时我倒犹豫起来，趔趄不前，是秀鸾一巴掌从身后把我推进去的。我怀着鬼胎走到床前，我那干巴巴的老丈人，一把拉住我的手，‘你金家伙！你金家伙！’……”

“你金家伙？是日本话，还是骂人的话？”

“你金家伙，台湾话‘你真正好’也！我们爷儿俩的手紧紧地握着，两股热血交流，一切嫌隙都被血般的事实给溶化了！但是我必得感谢一个人——张医师，”彭先生说到这里，向张医师挤了一下眼，微笑着，“是张医师在前个月鼓励我验血型，我才知道我是O型的呀！所以，我更奉劝诸位，血型不可不验，它实在有意想不到的妙用！”

故事讲完了，大家觉得非常有趣，林先生首先说：“血型不可不验，明天就去验。张医师，先给我挂个号。”

“对！对！血型不可不验。”大家同声地说。

林太太却还在咀嚼这个故事的余味，她赞叹地说：“有这样巧妙的事，真有意思。”

“有道是无巧不成书呀！”张医师在得意之余说了这么一句话，算是结束了今晚的夏夜乘凉会。

大家收拾起藤椅竹凳，准备回家去各寻好梦。我跟在众人之后，打了一个哈欠，在月色朦胧中，看着那矮胖滑稽热心于鼓励大家验血型的张医师，正和太太喁喁私语，面带笑容。我忽然想起今天这位彭先生莫非是张医师请来的验血型宣传员么？因为他刚才在故事中说他几年来曾为人输血多次，可又怎么说两个月前才由张医师鉴定是O型血呢？但无论这个故事有什么不合缝的地方，都无关紧要了，因为我们这一群顽固分子是决定明天去验血型了。想到这儿，我不禁仰头望着向我挤眼的满天星辰大笑起来！

五凤连心记

非常怀念天津小白楼益翔绸缎庄的靳先生（或者是金先生，也许是秦先生）。他穿着萝卜丝的羊皮袍，外头罩着织贡呢大褂。当他说话——说着说着就把袖子口不经心地挽起来，崭新的蓝条白绒小褂的袖口就露出来啦！他打着天津卫，并且用手指着堂兄阿烈：

"您记着。先买五只大母鸡，放在咱们家里，再养活五天。这五天嘛，天天喂五顿就行啦，喂的是嘛呢？您啦听着……五两……上骡马市西鹤年堂买去，五两……要新鲜的，五两……上……买去，就提天津小白楼益翔家老靳……"

堂兄阿烈没听清楚，我也没听清楚，总而言之，我们一家人都没听清楚。

"什么？什么？什么？"我们一连串地问。

"您啦，别着急，我再从头儿说……"

妈妈确实在着急，因为四妹病了些日子了。她渐渐地黄黄瘦瘦下来，总是一点精神儿也没有，一个人呆坐在榆树底下的小板凳儿上。没有什么可玩的，她就俯下身子来满地拣从树上落下的榆钱儿，从嫩绿色的拣到了黄了干了的。现在冬天已经来了，她更不好了，还是坐在小板凳上，在廊檐底下晒那早晨照进来的太阳。如果她要有举动或说话，也都是颤颤悠悠的。

就在这个时候，靳先生来了。据说，他叫开了门，就对王妈说：

“劳驾您哪！我打听打听，这家住的是？……”靳先生非常和气地探询着。

“姓林，林太太。”王妈很干脆回答。

“噢，是林太太。我是天津小白楼益翔绸缎庄姓靳。林太太天津有个认识的……？”

“是呀，有个原先在这儿做事的老姐妹儿宋妈在天津。”再没王妈爽直的啦，连那口直心快的宋妈都比不上她。

“对啦，是交代我说姓宋来着。”

“宋妈眼前还在苏太太家使唤着哪？”她倒向靳先生打听起来了。

“是啦，苏太太常上我们柜上买料子，就这么提起的啦！我在柜上多年了，自小跟着我们老掌柜的，也学了点岐黄之术，咱们老掌柜的看病全是为修好，……”

靳先生还没说完呢，王妈就乐开了：

“那敢咱好，俺们这儿四小姐可不就病了些日子啦！”

接着，靳先生就被引进来了，王妈居功仿佛这位靳先生是她介绍的，没有宋妈什么事了。王妈介绍靳先生说：

“人家靳先生医道儿可高了，老掌柜的没传授给别人，就算靳先生得了这一传。四小姐快让靳先生给号号脉吧！”

五岁的四小姐，蜡黄着脸，很困难地从廊檐的小板凳儿上站起来，两只眼睛汪着泪，她一定很害怕，更颤悠了。

靳先生看四妹进来，心疼得什么似的，握着她的小手儿，观望她的气色，紧抿着嘴，轻摇着头，若有所思，不胜太息：

“不轻，这个症候儿。”

我们屏息地站在一旁，心情当然沉重，王妈更是表情深刻的，长长地“唉”了一声，打破这暂时的寂静。

靳先生一边给四妹号脉，一面点头沉思，还自己对自己不断地“嗯”“嘿”着，我们想是他号出点儿什么来了。

我们一家人的眼睛盯住靳先生，希望他给四妹看出个道理来，这一阵子，四妹中医西医可也给看过不少了。

然后靳先生放下了四妹的手，心情沉重似的说："太虚了！"

妈妈紧蹙着眉头，我们也都不敢言语，四妹瞪着惊奇的大眼睛。

"这病有多少时候儿啦？"

"将近半年了。"妈妈回答。

王妈不甘心，她对妈妈倚老卖老地说：

"我看这就得打这孩子六个月说起。哪儿兴六个月的孩子就喂抻条炸酱面的！"她毫不客气地责备起母亲来了，"孩子的奶妈没奶了，您也不留神，就让她喂孩子吃炸酱面？"

妈没分辩什么，谁让她生了这么多孩子照顾不过来呢！不过当四妹的奶妈喂四妹吃炸酱面的那个时候，并没有王妈呀，她那时候还不知道在哪家给人使唤着哪！她怎么知道的？难道是我说的？也许，是我那时候亲眼看见四妹"提溜"一下把一根面条吸进嘴里去的。奶妈因此被解雇了。

靳先生说，要看看这孩子该怎么个治法儿，他要试验一种东西，他说：

"这么着，我再给四小姐扎扎看，要是扎出来流的是黄水，就不碍事。"

"那么坏的现象是怎么样呢？"堂兄阿烈问。

"那就是流绿水喽！"

可怕的绿水！我们真担心。当靳先生从身上掏出一个小包包来的时候，我们几个小孩子不由得围上来看。小包包里是一根极细的小针，不是针，简直是一根金属的丝。

他让四妹趴到沙发上，四妹哭了，她害怕，又不敢抵抗，因为一向她都那么软弱的。但是靳先生真好，哄着四妹说：

"不碍事，小姑娘，等病好了，跟妈妈到天津找苏大妈，还有你们的老宋妈玩去。"

"我们叫苏伯母。"弟弟马上提出更正。

"噢，苏伯母，对对对，找苏伯母玩去。"

我们渐渐对靳先生有了好感，都挤到沙发旁去看四妹。但是靳先生却和蔼地笑笑说：

“别挤在我跟前呀！我会扎错了地方呀！”

我们只好都退到一边。四妹的小棉袄被掀开了，靳先生抚按着四妹的瘦脊背，仿佛在数她的排骨。这时妈妈和堂兄阿烈走上前去，要看看靳先生怎么个扎法，而也要安慰四妹，因为她正在可怜地嘤嘤地哭泣。

好了，靳先生按呀按的，大概按到一节顶合适的脊梁骨上了。他把细小的针刚比在那节骨上，忽然，想起什么来了，他对阿烈哥说：

“您给找个小碟子来吧！”

阿烈哥忙跑去厨房拿碟子去了。靳先生再次把针比在那骨节上，他又想起了什么，对妈妈说：

“您啦给拧个湿手巾来，要热的才好。”

妈妈又赶快去找热手巾去了。这时只见靳先生两手在四妹的脊背上摸弄着，老远的，我们也看不见。等到阿烈哥的小碟子取来，靳先生惊喜地轻喊着：

“您啦看，有办法儿啦，是黄水儿咧！”

说着，他就接过碟子，从那根细针上，果然挤出几滴黄水到碟子里。妈妈的热手巾也来了。于是小碟子里的几滴黄水，被传给屋里的每个人看了。

妈妈眉头也展开了，她并且奇怪而又高兴地对阿烈哥说：

“原来我们中国祖传的方法也和西医一样，可以抽脊髓水的！”

但是靳先生否认这些，他连忙摆手说：

“这可不能像西医的抽脊髓水呀！咱们不能做那事，林太太，您啦知道吗？脊髓水是从脑子里下来的，可抽不得呀！那就是脑汁呀，可怎么能抽哪！”

靳先生说着又接过热毛巾来，在四妹的背上轻轻地敷按着，就是他抽那黄水的地方。然后靳先生非常轻松的，当然，我们大家也都轻松了许多，因为他说四妹的病是可以治疗的，因为流的是黄水，不是绿的。幸亏不是可怕的绿水！

接着，就是关于那五只大母鸡了。

靳先生清清嗓子，很严肃地问：

“您啦嫌不嫌麻烦？”

“麻烦？不嫌麻烦。”妈妈和阿烈哥同时回答。

“那就好，我告诉您啦一贴膏药方，自己熬，我们老掌柜的就凭这贴膏药方，治了不知多少疑难大症。您啦知道，前门大街鲜鱼口上裕丰家老掌柜的小孙子儿，大前年个，就跟您啦这四小姐同样儿毛病儿，就贴了两贴，现在好了，孙悟空似的，花果山水帘洞都能去咧……”

花果山水帘洞，我们都知道，所以我跟二妹、三妹、弟弟都笑了。我们想，如果四妹好了，真像孙猴儿似的，到处乱跑，简直不能想象那是什么样子，所以我们笑了。

我们再听靳先生说：

“这贴药膏，就是熬起来麻烦点儿，不是我给我们老掌柜的净说好话，要是想发财，谁愿意把祖传的方子满处告诉人？可是我们老掌柜的就说了：做嘛要自己秘着不告诉人呢？那么您啦仔细听着记着：先买五只大母鸡，放在家里养活五天……买五两……买五两……五两……”

五两这五两那，记不住啦，于是阿烈哥说：

“我用笔记下来。”

阿烈哥去拿了笔墨纸砚，一本正经地在笔记老掌柜的救人无数的那贴膏药的制法。

“好啦，您啦记着，五两鲜莲子，五两……都预备齐了。五只大母鸡宰了，鸡肚子都掏出来，小心着。那五副鸡心，小心地摘下来，里边洗淘干净了。鲜莲子，剥皮不剥心……连着那五两……五两……还有鸡心……”

阿烈哥出汗了，也许屋里炉火太旺，也许是他记不下来急的。他苦笑着，斜着头，日本话也迸出来了：

“大變難ソイネ！”

靳先生听不懂日本话，误会了，他正经地说：

“您说嘛！太无关系？太有关系啦！一分儿，一点儿，也不能差呀！”

“好。我再来写。”阿烈哥重新振作起来。

好了，阿烈哥又接下去写，可是他不断地自己给自己打岔，停下来问：

“五两鲜莲子，怎么？怎么样留住那莲子心？是不是就是绿绿的那个东西？”

“鸡心呢？剥下来，剪一个口，莲子怎么样？塞进去？”

妈妈也打岔，她说：

“好啦，你接着写吧，这地方我记住啦！”

仿佛是整个写好了，但是阿烈哥啧啧地摇头叹气，表示不信任自己。而这时靳先生为了慎重起见，他竟考起阿烈哥来了：

“这么看，您啦讲一遍我听听。因为一点儿都不能马虎。”

于是阿烈哥开始重述这一贴膏药的做法了，头几句他还讲得不错，当然啦，那几句要是叫我讲我也会，我在学校背书头几句总背得很流利的。但是慢慢地阿烈哥结巴起来了，有的地方是他写得不清楚，有的地方他竟给前后颠倒了。比如说，鸡心还没有摘下来呢，他就把莲了心塞进去，那怎么能行呢？所以靳先生直摇头，妈也责备他，妈说：

“莲子还没有剥皮哪，就塞进鸡心里！”

我也忍不住了：

“摘鸡心的时候，要小心鸡肝上的苦胆，不要弄破了。”

“真是，你还没有英子清楚哪！”妈着急地说，“好啦！这点我记住啦，再往下说给靳先生听吧！”

阿烈哥又往下说了，但仍是那样，丢三落四，该煮不煮，该熬不熬。靳先生深深地叹口气，又不断地思索着，他是在给我们想什么好办法，看怎么样才能使阿烈哥记得更好些。忽然，他说：

“要不然，——”但是他又停住不说了。妈是多么盼望他有好办法啊！所以眼睛直望着靳先生，听候他的吩咐。

“要不然，这样好了，”靳先生终于下了决心，“我这儿有两贴现成的膏药，是老掌柜的替人做的，要我带给鼓楼老刘家的，——让我想一想，能不能先匀给你们——”

“那太好了。”妈妈急得想揪住靳先生，“该多少钱由我们来出。”

“那倒不是钱不钱的事，”靳先生就不愿意提到钱，“我们老掌柜一年到头，舍还不知道舍多少呢？”

“当然，”妈妈很是抱歉，“老掌柜的应当舍给贫苦的人家，我们，我们就算请老掌柜的代替我们做的就是啦！”

“那没话说，苏太太是我们柜上的老主顾了。我是想，匀给您啦这两贴，再给老刘家做的话，——”靳先生又在犹豫、盘算，“好啦，好啦，没关系啦！这两贴五凤连心膏，就先给四小姐吧！”

“什么？五凤连心膏？”阿烈哥问。

“是呀，这膏药，”靳先生从皮袍里掏出来这两贴膏药来，“就是五凤连心膏。五凤，您啦不明白？就是这五只母鸡，连心哪，莲子，连着鸡心做成的呀！”

“噢——！”妈妈和阿烈哥都明白了，他们微笑着，念叨着，在欣赏这名称的美。“五凤连心，五凤连心……”

“妈，什么叫五凤连心哪？”我听他们在念这名字，觉得非常好听。

“五凤嘛——”阿烈哥向我玩笑地说：“就是你们姊妹五个呀！连心嘛，就是你们的心要连在一起，不要今天你跟我吵呀！明天我跟你打呀！大家和和气气的，就不会生病啦！”

“你胡诌！”我不相信。但是我们时常吵来吵去倒是真的。现在只有可怜的四妹没有本事跟我们吵了。

靳先生的这副膏药做得非常讲究，特制的油纸的细长口袋里，刚好放进一副两贴。抽出来是崭新的深红色膏药贴。靳先生把它在手掌心上啪啪地甩打了两下，发出结实有力的声音。他又提高在空中抖搂了两下，才递给母亲，并且嘱咐说：

“要贴的时候，先放在小炭火上融化融化，记住，小炭火，大煤球炉子可不行哪！”

总而言之，这是一副费尽人力的膏药，做起来要多麻烦有多麻烦。可是妈妈还不知足呢，她接过来以后竟问靳先生：

“还有没有？我干脆一回多买两副好啦！……”

“啊……”靳先生连忙大摆手，“这是看在苏太太的大面子啦，老掌柜的轻易不替人做的呀！”

“可是，要是我们贴着好的话，再上哪儿去找哪？”

靳先生瞪大了眼睛：“您说嘛？一副两贴就保好啦！还再要两副做嘛？”

“可是，我还没问一副卖多少钱哪！”妈说着，就要去五斗柜拿钱了。

“我们不是做买卖的啦！我们不能卖的呀！要买，那就还给我好了！”靳先生急了。

妈妈怎么肯放手呢！她紧捏着那两贴红膏药，苦笑着说：

“不是，靳先生，您误会我的意思啦，咱们北京人兴吃药不给钱吗？那不成了骂人了吗？我是说，这副膏药，是老掌柜的花了多少钱买的药料，就算是替我买的，我不得给钱吗？”

这一席话，总算把靳先生说服了，所以他笑了：

“您啦这么一说，还不大离了。一副五凤连心膏，我知道老掌柜的都得用上十五块大洋的材料。”

“十五块大洋！”妈显得有一点点惊奇，但随即展开了礼貌的笑容。“我去拿。”妈到里间去了。

好像去里间五斗柜的抽屉里拿十五块大洋的时间，不该有这么长，好一会儿，只听见妈在叫阿烈哥。

阿烈哥进去了，又一会儿，才出来，有些不好意思地对靳先生说：

“靳先生，我不知道该怎么说才好，家里现在只剩九块现洋了，我伯母说，请您等一等，她到附近一个朋友家去借一下。”

“那不要紧，千万不要去借！再说，我也忙得很，还要走几家。我北京来一趟，就得替我们老掌柜的赶个十家八家的。”靳先生很痛快地说。

“那么，请您把地址留下，我下午就给您补送过去。”阿烈哥说。

靳先生哈哈大笑：“我住天津小白楼，爱送，您给我送去吧！坐火车来回去给我送六块钱？这是嘛话儿？”

既然这么说，妈妈就很难为情地把一叠花花大白洋钱拿出来，当着靳先生的面数给他。但是，当妈妈数到一半的时候，忽然惊叫了一声：“哎呀！”妈的脸红了，“这怎么说的呢！我糊涂了，把这块假洋钱也混到里头了！”

靳先生可是和蔼地说：“没有关系，马马虎虎！”

“那可怎么好呢！本来就差六块不够，这么一来，可差了七块啦！那怎么好意思呢！唉，啧，唉！”妈又叹气又跺脚。叹气是为了对不起靳先生，跺脚是为了因此想起这块假洋钱的来源。那是妈妈的一位打牌朋友的一次不道德的行为，使妈妈赢了一块假洋钱。我还记得有一天是星期天，请同学去看电影，跟妈妈要钱，妈妈叫我自己到五斗柜抽屉去拿一块钱，我竟拿了这块假洋钱，到了中央电影院，抢着买票请同学，就被卖票窗口很不客气地给打了退票，结果请客变成被请，还弄得愧羞得不得了。用假洋钱，是多么可耻的事啊！现在这块假洋钱又混在真洋钱里面，给妈妈丢脸了。

“是谁，是不是你把这块钱给放在一块儿的？”妈妈好像没法挽回她的羞惭，竟看中了我。

“我？”我怎么能承担这？所以我也红着脸跟妈妈急了，“我天天上学，都是只拿铜子儿，我又没动您的洋钱！”

靳先生大概急着要走，他直说：“没关系，这值不得什么，就都给了我吧，省着放在你们家里祸害！”

靳先生接过那一落雪白大洋钱了。洋钱递到他手里以后，他就熟练用这一手把洋钱向另一手溜滑下去，有清脆的好听的一串洋钱声，但是其中仿佛陷了一个什么东西，声音不对劲儿了一下，因此靳先生说：

“可不是，真是个假洋钱。”

然后，他就从其中拣出那个和别的一般无二的假洋钱，用两个手指轻轻地捏着它，放到嘴边用力地吹了一下那洋钱边，赶忙送到自己的耳边侧头听了听：

"就是嘛，假洋钱吹了一点儿声音也没有，我告诉您啦一个诀窍，真的洋钱这么吹一下，您啦听听，可就能发出嗡——的声音来啦！"说着他又抽出一个真的来照样吹了一下。

其实妈早就知道吹洋钱分辨真假的法子啦，可是，她们打起牌来就大方着哪！谁赢了钱，还接过来一块块地吹，那多小器呀！而且，不但如此，一块钱换四十六吊铜子儿，要是输主拿洋钱出来找的话，还得客客气气的，大大方方的，按五十吊找给人家哪！妈就是由于一位太太输给妈四吊钱，她硬是收进一块假洋钱，还找给人家四十六吊钱的，她怎么不生气！

好了，靳先生要走了，他戴起了他那三块瓦的皮帽，放下了挽起的袖口，拍打拍打袍子前身。非常干净利落的一个大男人。他临走又对妈妈说：

"贴了这两贴准保换了一个小姑娘，到那时候，可给我们老掌柜的传名就行了嘛！"

妈高兴得什么似的，鞠躬哈腰地接过来那个油纸口袋，然后放在花架上的那盆梅花的旁边，花盆架子高，我们不至于跑去拿，我们实在姊妹兄弟太多啦，而且都这么随便，爱动什么就动什么，自从爸爸死去以后，妈妈更管不了我们了。

妈妈和阿烈哥送靳先生到大门口去了。其实，我每次和妈妈到瑞蚨祥买布去，那里的伙计都是客客气气把我们送到门口，现在怎么啦，老王妈说的，年头儿大改变啦，妈竟送布店的伙计送到大门口去了。

只有我们姊妹几个在屋里了，我问四妹：

"怎么样，他给你扎针痛不痛？"

四妹摇摇头，"一点儿也不。"

"不痛你干嘛哭得那么伤心？"二妹不服气。

"我害怕。"四妹颤颤悠悠地说。

扎针怎么会不痛呢？我也觉得很纳闷，而且居然有那么几滴的黄水滴下来，真奇怪，真不懂。

这时二妹跑到花架子那里去了，伸手去动那个油纸袋。

“大姐，你看二姐！”四妹告状，那是她的膏药，当然她关心。

可是那个油纸口袋实在很诱惑人，尤其是那两贴红贴的膏药。二妹拿了下来，我们就围着来看。我们都知道，每贴膏药是阖着的，很不容易揭开，总得放在火上烤软了，尤其是在这冬天，靳先生不是也告诉妈说用炭火烤一烤吗？讲究真叫多。但是，二妹竟一下子把这贴膏药揭开了！酱红色的膏子，我拿过来闻一闻，很有点儿香味儿，像什么？我递到二妹的鼻子尖上去。二妹使劲抽着鼻子闻：

“像山楂膏的味儿！”

弟弟也抢过去看：

“明明是信远斋的酸梅膏！”

这时，妈妈和阿烈哥进来了，一看我们在动两贴膏药，急了：

“哎呀！别动！别动！”

“妈，你看看，到底是山楂膏，还是酸梅膏？”

妈很生气，气我们乱动东西，但是当她推开我们拿过那贴被揭开的膏药时，她也不免皱起了眉头：

“嗯？——”

“你闻闻。”我说。

妈果然拿到鼻头上闻了闻，她又“嗯？——”了一声，递给阿烈哥。阿烈哥看一看，闻一闻，也斜起头皱了眉：“嗯？——”的一长声。

这时小小的五妹出声了：“妈，这个——”

五妹高高地举起她的手，手里不知捏着一个什么小东西。

妈低下头来接过五妹手里的东西，是什么？大家的眼睛全集中在那个小玩意儿上。

“好像一个鸡苦胆，是嘛，是个鸡苦胆！”还是妈妈懂得多，“你从哪儿拣来的？”

“那里。”五妹指着沙发旁，那正是四妹刚才趴在那里接受扎针的地方。“那个人扔在那里的。”

“嗯——”妈再研究一下，“可不是，里面还有点黄水，可不就是黄水。你看是那个人——靳先生扔的？”

五妹点点头。

“那你当时怎么不言语？”妈倒责备起五妹来了。“唉！不知怎么，我后来觉得有点儿不对劲儿似的。”

“我也是觉得有什么不对，可是——”阿烈哥说。

“我也是。”我说。

“你也是，他也是，怎么早不说话呢？”

哟！妈倒赖起我们来了。

妈两手拿着那贴膏药，一开一合，又仔细地研究。

“也许——”妈犹豫着，“也许五凤连心膏就是这么样的？”

“可是刚才那个人说的做法儿里，也没有酸梅或者山楂当药料，怎么会有那股子味儿呢？”阿烈哥说。

“是嘛！应当是鸡汤味儿的！”二妹还开心呢。

“少废话吧！”妈喝止二妹。“阿烈，你去，追到街上去看看，那个——那个姓靳的走远了没有，把他叫回来。”

我看现在大家都改变口气不愿叫靳先生了。

阿烈哥说：“早走过三条街了吧，我上哪儿追去，算了吧！”

这时老王妈进来了，她高高兴兴地问：

“怎么说呀，给开了点儿什么药了吗？”

“这个，——”妈把膏药递给王妈，“你看吧，这叫什么膏药，王妈，你一定懂，你是成年价贴膏药的人。”

可不是，王妈现在手指头的裂缝上，还粘着一小块黑冻疮膏呢。她的背上、腰上、肚脐眼儿上，经常都是什么狗皮膏、追风膏的。

王妈把那贴膏药接过去，她也开一下合一下，研究膏药的黏性。

“这是膏药吗？”王妈也怀疑起来了。

接着妈告诉王妈，给他钱的经过。王妈竟又倚老卖老地说：

“唉！您怎么不跟他还价呢？同仁堂的狗皮膏才多少钱一副！他要多少您就给多少！要照我看，您就应当还价给他一块钱一副还不行！”

“王妈，你真糊涂，这不是还价儿的事呀！”妈妈说。

“要是真还价一块钱就好了，那就把那块假洋钱给他算了！”二妹又多嘴。

妈听了倒笑了，大笑起来，好像刚才的事都算不得什么了：

“想想也怪可笑的，他连真带假把我的钱全搂了去了！”还用个鸡苦胆装了几滴黄水吓唬我。不过——，阿烈，写封信到天津问问宋妈吧！也许真是她们介绍来的呢，那么这副膏药还是可以贴的。”

妈还在希望那可能性呢！所以，那副山楂膏，不，那副五凤连心膏，妈仍是郑重地把它装进油纸口袋里，放到抽屉里去，一面又对王妈说：

“可是这位靳先生，人倒是挺和气的。”

“他穿得很讲究嘛，他的皮袍也是很新的，也许他是一个真正的靳先生，我们不要随便没弄清楚，就说人家的坏话吧！”阿烈哥竟一本正经地发表议论了。因此弄得我们简直不知道靳先生和他的五凤连心膏，到底是应该信任呢，还是不可信任呢？

不过他的和蔼的态度、渊博的医药常识、动听的口才，真是使我们钦佩，使我们感动呢！

给天津宋妈的问询信寄出去了，我们静等着回音。五凤连心膏，当然妈妈暂时是不敢给四妹贴的。但是在这寒冷的三九天里，我们的膏药专家老王妈，可又贴上了膏药，并且在那个大雪后的星期天早上，她硬是浑身骨头节儿发酸，走路都不利落了，因此妈派遣我和二妹去买早点，指定要买西草厂拐角第二家的烧饼麻花，再顺便到斜对面那家羊肉床子，买一斤半的切羊肉，为的是在这下雪天吃涮羊肉最为美妙。如果可能的话，妈妈又派遣我们，不妨多走两步，到铁门儿带些酱菜来。我们很高兴地答应了，因为手里拿一笔钱像大人一样，可以东买西买，是最开心的事。而且这几处都距离不远，是在一条路线上的。

西草厂是我们这一带住家的生活物品供应区，尤其是东口一带，油盐店、猪肉杠、羊肉床、烧饼铺、洋货店、钟表铺、当铺、首饰楼、香蜡店、南纸店、棉花店、冥衣铺，太齐全了，因此那也是一个小小的热闹区，从早到晚。

听说油炸鬼这个名称，是由于那些工作的人，在半夜就起来炸的缘故，但它是多么地香脆可口。当那小小的圆圈圈被夹进刚出炉的芝麻酱烧饼里，再用两个手掌一压，油炸鬼发出了被压碎的清脆的声音，就不由得引起了口涎。正当卖烧饼的把我们买的十个油炸鬼，穿进一根麻蔺的时候，我们的面前来了一个男人。

这个男人，他牵了一头小毛驴，驴背上驮着一袋白面。因此这个男人的衣服也都沾满了面粉。他穿的是一身大粗蓝布的大厚棉袄裤，头上戴了一顶小毡帽。从那毡帽里露出一小截叠折了的黄纸头。通常，那都是一张茶叶纸。乡下人是很节省的，他们进城来做一批什么买卖，赚了钱，最大的享受也不过是到茶馆沏一壶茶喝喝。但是面前这个满身满脸面粉扑扑的男人，他是一个乡下人吗？

最初我并没有看见他的正面，我只听见他对打烧饼的人说：

“要吃，还是吃伏地面。我说的不算，你立刻地弄点儿尝尝就知道了！”

他的声音带点怯口，很像王妈的丈夫啦，宋妈的丈夫啦，他们那种乡下人，什么京东的，京北的，我也分辨不出的那种怯口就是了。

打烧饼的说：“可不是吗？别瞧我们这儿堆了半屋子洋白面，我们还是宁可吃伏地面，喷儿香。——到底算多少钱哪？”

他们算多少钱，我没注意，因为我这时也在给钱，但是等我和二妹各拿了烧饼和麻花预备离开的时候，那个乡下人转过脸来了。

“瞧！”二妹推了我一下。

“嗯？”我也几乎是同时的。

好一个面熟的脸孔，他是谁？我最近还看见的，是王妈的丈夫？不是。那么是谁呢？

这个人面对着我和二妹，竟向我们微笑了一下，他的笑容更看着眼熟了，但是他随即收敛了笑容，又转过脸去了。我们拿了包好的烧饼麻花，向西草厂走下去，可是我和二妹仍忍不住回过头去看那个乡下人。

“想起来了，”二妹向我瞪大了眼睛，“是那个那个给四妹看病的那个——”

“得了吧！”我马上推翻二妹，“那个人是讲天津话的，而且也不是穿这种衣服！”

我虽然这么说了，但是不得不承认他们的确就是一个人。不过，给四妹看病的，卖伏地面的；说天津话，说怯口话的；穿萝卜丝羊皮袍的，穿大粗蓝布棉袄的；怎么可能会是同一个人呢？可是世上又怎么会有这么相像的两个人呢？

我对二妹说：“咱们赶快买了羊肉，再回来看。”

但是等我们买了羊肉走回到烧饼店，小毛驴儿没影了，乡下人没影儿了，门口却围了一堆人，我们刚预备走过去，只听那一堆人里有人喊：

“什么伏地面：上头倒是有一层，底下可全是——全是什么玩意呀！豆腐渣似的！”

又有一个人喊：“上当啦，上当啦！他还找了一块假洋钱……”

听见假洋钱，我和二妹不禁拉紧了手。这时又听说：

“追追看。”

“早没影儿啦！我在打烧饼，哪儿顾得看真的假的哪！”

我和二妹不知怎么，听见假洋钱，倒像我们犯了法，怕被人认出来似的。我心也跳，脸也热，一直往家里跑，跑进了家门，我们俩停下来大喘气，我说：

“我听见假洋钱，怕死啦！”

“我还不是！”二妹说。但随后我们都笑了，好像进了家门就平安了，就什么都不怕了。

当我们进到屋里的时候，阿烈哥正在念一封信给妈妈听。我们俩同时喊：

“妈，我们看见那给四妹看病的人了！”

“在哪里？”

于是我们俩你一嘴我一舌的，把小毛驴、伏地面、乡下人的故事讲给妈听。妈听了以后很肯定地说：

“你们看的一点儿也不错，我想。他这样人会说好多样儿的话，会当好多样儿的人，才能骗好多样儿的钱。”

接着阿烈哥说，天津的苏伯母来了信，说宋妈已经回顾义县老家去生孩子去了，小白楼没有什么益翔绸缎庄，她们也不认识什么会看病的靳先生，而且也不知道四妹病了。但她倒愿意介绍妈妈带四妹到西四羊市大街的中央医院去看病，不要再信什么斜门歪道的玩意儿了！

事情已经过去这么多年了，四妹也在转过年的春天离开人世，她的两只最美丽的大眼睛，给我们留下永远的印象。提起靳先生，我们并不生气，后来的许多年，一直到现在，他也还是我们回忆中不可磨灭的人物。他和我们共处了足足有两小时，这两小时竟是个永恒。我们认识了一个多才多艺的男人，虽然我们不知道他究竟姓什么，到底是哪里人，可是在那两小时中，他确实给了我们点儿什么，他使我们在失望中忽然有了新的希望，他给我们安慰，他是那么和蔼，他还能使我们对他感觉歉意（关于那块假洋钱），也表现出我们虽然用了假洋钱，但我们是诚实的人。

因此，无论什么时候，我们想起了靳先生，谈到他，我们都要笑一阵的。这么说来，对于那八块花花大白洋钱，究竟也不能算是个太大的损失吧！

某些心情

真羡慕你的忙，贝丽！其实我前天从你家门口经过的，并且看见你的大女儿骑了车放学回家，正天真地按着车铃代替叫门，铃声零零零急切地响着，想见你扔下炒菜铲子，用围裙擦抹头上的汗珠，赶着跑出来给女儿开门，然后又匆忙地跑回厨房，拿起铲子，赶快搅动锅里快焦了的菜。这时我怎好再进去打扰你，所以我略一犹豫，就让车子过去了。谁想到你昨天就来信说要我到你家聊聊呢！

我的工作是呆板的，人家问我："你管什么呀？"我说只管画一些图。问我的人一定很为我高兴，"啊！那不正是你所喜欢的吗？怎么找到这么一份对你合适的工作哪！"我会以微笑来答复朋友对我的关心。其实，我画的是什么图啊？只是统计图而已！但我仍要感谢替我找到这份工作的朋友，当他们说要找一位会画图的职员时，我的朋友一下子就想到陷于困境的我，正是个会画图的人。我呢？我是只急着想找一份事，就满口答应下来了！我大言不惭地说，我当然会画啦！我学的是这一门儿嘛！其实，我学的各种图中，却没有统计图呀！我真大胆，正像你们北平人说的：人急悬梁，狗急跳墙！我就像狗一样的急，从图画跳到统计上来了！我跑到图书馆看了一天统计方面的书籍，就大摇大摆地上工了。

乡下的空气真好，蓝天很广大。到了黄昏，人就像浸在浓色的葡萄酒里，照图画的眼光看来，美极了。这时我下班了，夹着图画板，踏着清洁的石子路回我的住处去。我逢人点头微笑，仿佛是一个忙碌工作了一天的人，现在要回家享受愉快的家庭生活了！其实，我摘取一片路旁小树上的叶子，放在嘴里嚼，非常寂寞。

这时我就会想，去看贝丽吧，听她谈点儿什么也是好的呀！

我回到住处，不想做什么，也没有什么可做的。洗我的手绢，吸我的香烟，想我的心事。我但愿忙碌，并不愿想心事。周围没有可谈的人，我像站在一片荒岛上。这难道是我自找的？我有时也真想有点腰酸骨痛的毛病来折磨折磨自己。这个想法太该打了！

带上我的亲吻给你美丽的女儿吧，她是一个大姑娘了。我第一次见你的时候，你就像你的女儿这样大吧？但是我第二次见你，却是在远隔了二十年后的现在，说起来可真是老朋友了，虽然中间有二十年我们彼此都没遇见也不知道对方的情形。我很珍惜我和你再见的这段友情，因为你曾看见了我的最初的“某些情形”，又看见了我现在的“某些情形”。

当赵先生跟我说，有一位我的“老朋友”在打听我时，我记不起你是谁了，说实话，就是赵先生把我带到你家时，我见到你们夫妇，似曾相识，却没有深刻的印象了。但在北平和你们几次的交游，却深切记得的，都是艺术、戏剧和新闻界的朋友。大家是又亲切、又热闹，你们是夹在其中的两员，这个记忆是整体的，所以不能单独记起你们俩了。你们俩那时还没有结婚，也在热恋中吧！啊！像我们俩一样的，是在热恋中啊！

接到你的信，我写到这儿停住了。十天下来，我想把信撕掉，人到你那里去聊聊，还不是一样么？可是说话和写信，常常是不同的，尤其对于笨嘴拙舌的我来说。上面写写停住了，因为它勾起了我的“某些心情”。

当赵先生给我们重新引见了以后，天真的你，马上就提起当年事来，虽然多年来我不愿意再见到老朋友，但是这次我既然出现了，而且出现在老朋友的面前，那么我就不在乎你们喜欢谈起当年事了。所以，我们初次重见，确实像老朋友一样，我很讲了一些经过给你们听。只是，我所讲的，是‘情形”而不是“心情”，我的心情，我们留待着慢慢地讲，不要一次把话都说光了，我们的友谊就又断啦！

一笑。

最近恐怕不能到你处去了，统计图的工作，忽然繁重起来，据说是“上头”要了解我们的详细情形，所以加紧加班，这回可给了我忙，不必再羡慕你了。

喜欢我昨天给你的一张画吗？人是要忙才起劲儿的，我越是统计图画得多，便越报复似的想画我自己的画。儿童心理学上说，儿童到了某个阶段，是具有强烈反抗意识的，所以孩子们在几岁时便常常吐出“不！”这个字眼儿来。我却以为，反抗意识是人类的天性，与生俱来的，哪分什么年龄！你说是不是？贝丽？

我就是一个反抗者，虽然许多次失败了，但我仍然在反抗中，我连画统计图都反抗。我不能以“不画”来反抗，却以“画别的”来反抗，这便是我最近作画的情形，也是我送你一张画的来由。

我结婚的时候，他有意要我搁下画笔，不是不要我画，而是要我离开艺术界的朋友。我也很想这样，扔掉“过去”吧！跟完全不相干的他合作吧！他和我的籍贯，天南海北；他和我的志趣，毫不相投。贝丽，这有什么了不起呢？我们的母亲的婚姻，不都是这样陌生的结合吗？

这个人是母亲替我找来的，据说他可以原谅我的一段荒唐的过去，因为我是被欺诱的，是值得原谅的，但是有一个条件，我要搁下画笔，以及艺术方面的，不管什么。艺术所招致来的浪漫生活害了我，他们给我这样的警惕。

我当时完全麻木了，因为确实那个人毁了我一下，然后他走了，给了我这么样的难堪。我恨他，所以我听从了母亲，嫁给另外的一个人。这回是真正地“嫁”了，母亲拿我当做一块纯白的玉，给了我丰富的嫁妆，一礼堂的客人（除了没有艺术家们！），粉妆玉琢地把我送入了洞房。一切从头儿做起，谁知道我身心受了多么大的创伤！

想来也很滑稽，贝丽，一个女人怎么能第一次是随便和一个男人在一起，第二次反倒正正经经地结起婚来了？

我的确没有再“艺术”了，那些朋友都渐渐地淡忘了我。但是我在家里也还是被容许“艺术”一下子的，比如我有一本速写本，上面画满了我的寂寞，我想起了什么，看见了什么，就画上去。他根本不看的，也从来不问，视若无睹。但是有一天我画了一只小提琴，我们却有几个月没说话。你的先生是不是这样的人？我想他不是的，他见了我总不忘记跟我开个玩笑，好像我和你们二十年来一直是没有断过往来的老朋友似的，他多天真有趣，你的先生。可是他却不啊！我希望他把那张提琴的画撕了，跟我吵一顿，然后我负气出走，他把我劝回来什么的，但是没有，有什么比不说话更可怕的？贝丽。

可是这样的生活，二十年下来了。

贝丽，不用说，那只小提琴的图画，你是明白的。你也曾是小提琴的听众，不是吗？

那时我心中充满了不顾一切的意志，跟着他的琴声到了你们那个北平。一下火车，人们就把我们拥进了一个什么楼，吃着又肥又油又亮的烤鸭子，我是不是那天认识你的？贝丽？我不记得了，男男女女一屋子，听说有记者，没有你们吗？你不是说，你曾是一个小小的女记者吗？

人们没有发现我，因为他是那天的英雄，他们正在给他安排演奏的日期。我喜欢看英雄，我倾倒于他，失身于他，在你们那个北平。然后回到南方，我就被扔开了。太快了，他的琴声我还没听清楚呢！你听清楚了没有？贝丽？他奏的难道不是协奏曲而是暴风雨前奏曲吗？

后来人们注意起我来了，说小提琴家身边有个女孩子，有了一些传言，或真或假。后来说开了，也没有什么可避讳的，北平离南方那么远，离我的家那么远。我倾心于他，恐怕已经流露在我的举止和表情上了吧？小小女记者，你当时的观感如何？

贝丽，想当年，我们在北平游山玩水的那一阵，当然，我和你谈不上互相了解，我们认识得很浅。但是现在我一看到你，就等于翻开了自己的历史。

上西山碧云寺、卧佛寺的那次有没有你？有的，你说过。我们合拍了一张照片，所有的人排坐在碧云寺的石牌坊下，只有一个横躺在咱们大家的前面，学着卧佛的姿势，那就是他。他很高，非常地英俊。我已经委身于英雄了，愿意做他的琴，被他提携着。

贝丽，希望你不要勾起我的回忆吧！我现在是一块又湿又烂的抹布，随便甩在那儿。对女人来说，是悲惨的，但也极普通。

写了这些，仿佛太远了，没有主题，谈不拢，你也许以为我是感到悲哀而写的，别那么以为，我因为高兴才这样写点跟你聊聊的。你的时间比我宝贵，但是我猜想你还是喜欢有个圈外的朋友跟你谈谈吧！

我认识你的那年，也是我刚踏进人群中“混”的时候，时期不长，便结束了社会生活，放弃一切，嫁人回到家庭来。现在，我又出来“混”了，可是好疲倦啊！没有以前那种勇气了，你看也看得出，先这样混混再说吧！我既然已经出来了。

我回了南部一趟。大老远地从屏东给你带了一个大西瓜，从火车上提下来差点儿没砸烂，送到府上你却没在家。听说你给孩子们买花布去了。你的女儿很高兴，她说妈要给我们做篷裙，每件要四码布。我的天，她们高大得这样费材料了吗？你的兴致怎么这么高？你的女孩子围着我，问我墙上挂的画是画的什么人？抗战时期西南行脚，我画了一些苗女，这次我回家，顺便到屏东不远的山地门，又画了一些当地妇女。我很喜欢画乡土色彩的服装人物，但是我不会做衣服，这次回家，我买几件衬衫给孩子，如果我会做，孩子一定更高兴。

我是为了孩子有病回去的，我陪伴他，他说：“妈妈，你在身边，我生活得比较有意思。”你听听，讲这种话了，你还忍心走开吗？可是我仍然走开了，又回到北部来。我要摆脱那种几乎窒息了我二十年的空气。这反抗的心情，是这样地强烈，有什么办法呢！孩子是可以放心的，父亲待他非常好。我们的女儿，很小很小在抗战的后方就夭折了，现在我们唯一的只是这个儿子啊！他很爱说话，不像他的爸爸。现在的孩子，真是了不得（你不会以为我是在夸“儿子自己的好”吧），我决心再离开家时，曾征求儿子的意见，他仿佛毫不在乎，挥挥手说：

“你要去，就去算了，我同时面对着你们俩时，就想开窗户。”

“为什么呢？”

“空气特别地闷人！”

哟哟！他居然说出这样的话来了。所以我就放心地北来了。

但是贝丽，我最近可能到花莲去看看，太鲁阁你不是很喜欢吗？我也要去走一趟。

贝丽，你最近听到了什么没有？关于我的，有没有人讲到我？有一天，我听到一件事情，便喝醉了。我不知道为什么这样激动，按住我的心口，嘱咐自己安静下来，但是不可能。我的年龄，我的多年沉静的心境，是不应该这么激动的，可是我忍受不了，最后还是决定到花莲去。

我这时的心情只有我自己知道，一点也不能透露给别人，苦极了，这才叫折磨，好像一块绸子，从那结实的边沿，怎么也撕不开，让我剪开一个小裂口吧，让我用力地，从那剪口，一下子就撕开了。要用力才行啊！要有勇气才行啊！

贝丽！我是在屏东的家里给你写这封信的。我又回来了，离开了花莲，离开了台北。孩子太想念我了，他说：“我说让你走，那是安慰你，我知道你闷气，要你去台北散散心。但是你走了，我的生活少了许多趣味。”

你听，他说话竟是老腔老调的！他又说：“妈妈！你的枕头好香啊！”

其实，我是懒散的人，不太整理衣物，我的枕头怎么会香呢？不过是孩子想亲近我罢了。

因此，我就回来了。

确是“因此”，我才回来的吗？啊！贝丽。

我没有去向你辞别，怕让你看见我憔悴的形容。从花莲回来，我就病倒了，太疲倦了，太疲倦了，这身心。我想去看你，拖不动自己的身体和心情，却把自己拖回了屏东的家。

贝丽，我负气自家中出走时，是决心要在外面闯天下的。当然，“天下”谈不到，我只想给自己找个安身之地，我只想摆脱那沉闷的人二十年来所给予我的一切。贝丽，我不是讲他不好，他对人、对事，都没有什么不好，只是我跟他合不来。我并不恨他。听说没有恨，便没有爱，是吗?

可是这回我做了“回汤豆腐干”——江浙人的说法。

贝丽，记得我临去花莲时给你的信吗?我的心突然充满了旧日的情感，跑到花莲去。在那信上，我几乎向你冲口说出来，可是又忍住了。

是我听说他在花莲。

在那样一个境况下——烦闷欲死，无可奈何的境况下，听说他在花莲，立刻激起了我胸中的浪涛，它把我撞击得东颠西歪，我一点也把不住自己的舵了。我为什么这样呢?他是我所恨的人啊!但，贝丽，他也曾是我所爱的人啊!那种倾心的爱，在他以前和以后，都没有过的。我不是感情的骷髅，我毕竟是曾经爱过的。我要去看他的心情，高昂极了，不可压制。我喝了许多酒，想烂醉下来，克制自己，但是不可能。也许将近二十年来，我的感情抑制得太厉害了，它今番崩溃了，我心中的堤坝不足以防。

有近二十年，我没有听到他的信息了，并不是因为我离开艺术界的关系，而是那时他也从艺术界消失了。报纸上看不见他演奏的报导，曾听说过，他的女人，一个一个地换下去，他只喜欢女人，不喜欢他的提琴了。对于他的情形，我知道到这个地步为止。

苏花公路上，看无边的海洋，心胸忽然开阔了，北平游山玩水的情景，不住地随着眼前太平洋此岸的波涛，向我心海中灌注。英雄的形象清晰了，海上传来协奏曲的柔和的韵律，一切都显得美好了。忘记时间，忘记怨恨，仿佛我是在北平的那年春天，蒙着头纱，骑小驴和你们爬香山的心情。听说从香山那个双清别墅再往里往上爬，可以爬上了“鬼见愁”那块山头的话，不是一件容易的事。贝丽，我的记忆错不错?苏花公路也是一条令人喜爱又惊悸的公路，有人形容苏花公路的惊险说:“不可不去，不可再去。”其实没那么严重的，但是在清水断崖那些狭路的转弯，真吓得让人闭起眼睛来，因为司机在转弯，你却以为他在朝海里开!这激荡的心情，不正像小黄驴依上山小路在奔驰一样吗?为了一个莫名的希望，惊险就不算惊险了。

花莲有一所中学，办得还不错，听说他在那里教书。我天真地想，他受够了女人的折磨了，心情趋归宁静，找到花莲那个遥远又安静的地方住下来，教教书淡泊自如。他的住处，傍着山脚，竹篱笆的围墙，桧木的地板，充满了乡土色彩的竹器，有一个阿美族的小姑娘给他烧茶煮饭，在窗下听她独身的主人的琴声。……

我的来临，会使他惊异而惭悔的，我也许会向他苦笑，他可能说："珊珊，你一点都不老！"是的，我一点都没有老，我这时的情感，是留连于北平时的情感，怎么会老呢！

啊，满纸荒唐言。

我没有因为要去晤见他而感到紧张，我在没有到达目的地以前，想得那么多，如今还有什么可想的呢？因此我的心情也变得极宁静，像走一条熟悉的回家的路，踏进了中学的大门。

传达室的工友回答我说："有洪丹里这么一位老师。"说他住在校园后门外右边那间小房子里。

我的步履缓慢了。我来时急于要看见他，但是现在快到了，我反倒愿意有一个从容的时间，有一条比较长而曲的路，通到他的住处，好让我多走一会儿，多盼一会儿。

贝丽，让我再说下去，未免对我太残忍，但是我知道你急于看下去，你替我捏一把汗，不知我将如何会见他。贝丽，有一两分钟的凝视，我就离开了，那一团火炽的希望，竟熄灭得这样快！

的确有一道篱笆墙，小木板门敞开一扇，有一个老头儿在扇一炉火，他直起身子来，背是佝偻的。我想上前打听一下的时候，这才立刻发现，这佝偻的老头儿，就是我要寻找的梦中的英雄！我马上把伸进木板门的一只脚倒退出来。有一个小脏孩子从屋里出来，冲着他叫爸爸，他厌恶地用扇子把去拍打那孩子，我凝视了一下，不等他抬起头来，我就返身走开了。

这不是会见，只是奇异的瞥见，没有惊喜，没有情义，没有怜悯。

但是我回到台北就病倒了，我只感到身心从来没有过的疲倦。一张薄木板床托住我的生命，我的失落的心情，很苦呢！

就在这时，小儿子的信来了。他说了前面我所写的话，他又说，如果妈妈你不督促我读书，我就加入恶性补习的行列吧，中学考试太难了。

贝丽，其实我没有资格把自己搁在伤感的情绪里的，看看我能不能让自己从难堪的现实中站起来。

台北行

清水镇的天气，胡满芳的心情，今天刚成正比例，一个晴明，一个兴奋。

满芳用轻快的步伐，跳上北上的三等慢车，找个靠窗的座位。刚坐下，她忽然想起忘记告诉少亭，厨房纱橱里的黄豆烧肉还可以凑和吃两顿，还有廊子上晾着二毛的胶皮鞋，还有……唉，不要想那些鸡零狗碎的家务事了，一年就开心这么一回，受够了，真受够了……

车身咕咚一震，把满芳的思潮打断。咔嚓，咔嚓，车出站了，清水的月台，站长的敬礼，渐从眼底消逝。她无聊地打开手提包，从里面拿出小化妆镜，镜子太小了，要想照整个的脸，就得举得远——举到对面乘客的鼻子上去，不好意思，还是贴在自己的鼻子底下照吧。先看看嘴上的口红抹出了线没有，从家里出来得太匆忙了，还好，美丽的弧形的红唇。她把小镜子慢慢向上移动，丰满的两颊中间衬着一个适度的鼻子，再上去，是一对窗户！对这美丽的容貌，她自己也不由得有点惊奇，小张的话也许不错，他怎么说的？“两个孩子的妈妈啦？别玩笑，你一点儿都没变！”

西螺大桥的通车典礼，满芳和同事去看热闹，遇见了六年不见的小张，他是从台北来的，带着几个洋鬼子来参加典礼。刚见面，小张就是这么一番赞美，说得满芳心花怒放。她说：“我怎么不知道你来台湾，在哪儿恭喜？”

小张 ABCD 地说了几个英文字母，满芳虽然闹不清是什么机关的简称，但知道准是干的洋差事，旁边儿有洋鬼子为证。“喝，赚美钞的主儿呀，还不请请老朋友。”

小张听了很得意，也很诚恳的：“怎么样，四小姐，什么时候到台北去，圣美娜那伙子全来啦！”

四小姐，刺耳又亲切，多么动听的称呼！有多久没有人这么叫她啦。四小姐的时代，可跟一个乡村小学的女教员迥然不同，想想那时，圣美娜舞池里的探戈，开了车子接送的男朋友，被包围在核心的追求，奉承，他们像蚊子一样的死叮着你，……面对着小张，勾起了她的无限温情的回忆。可是，她怎么单单挑上了少亭这个大傻蛋！别想他，想他最扫兴。

她决定等学生考完到台北去一趟，这一次该不会像去年玩得不痛快。小张告诉了她，老丁在哪儿，朱大个儿在哪儿，皮特儿陈又在哪儿，全是洋机关，还怕没好玩处，小张留下了台北的电话号码。

等待最焦心，满芳急于要见见那些老朋友。看看人家！都有办法。少亭的洋文也不错呀，可是来到台湾，一头扎在清水镇里，就挪不了窝。把满芳也拖进去了，为了生活，她不得不抛头露脸，成天价跟一群猴崽子打转转。乡村小学的教员包办一切，一堂音乐，一堂体操，一堂国常，全是她。清水镇总共有几条街？磕头碰脑全是得意弟子，“老师”“老师”，叫过来，喊过去。有时她也想，做个平凡的女性算了，死心塌地地就跟少亭这么混一辈子，拿那群猴崽子当小天使。可是她几时不开心——比如在报上或者台北朋友们带来都市的繁华的消息时，小天使就成了猴崽子！

在这一点，她是很固执的，她觉得她没什么对不起这家子的，一年到台北玩一趟，也是应该的呀。可是要去之先，去了之后，她都不开心，想一想，比一比，就窝心，就要发脾气，触霉头的是少亭。她也知道，逆来顺受是少亭的长处，好像上辈子欠了她的债。她想到——离婚（女人怎么这么容易想到离婚！），可是，离婚上哪儿去？她又凭什么要离婚！就这么，在矛盾中过了这些年了……

手里一本内幕新闻，脑子里一阵乱想，慢车的光阴也不难打发。到台北，万家灯火了。

出了台北站，雇上三轮车，满芳把台北的空气深深地吸下一口："台北真可爱！"

出现在表姐家的满芳，给了表姐一个惊喜："你写信说明天来。"

"是呀，台北几个老朋友非叫我早来玩的。"

满芳本来预备星期六来，结果提早了一天。她知道都市生活者对于周末多么重视，尤其是像小张他们吃洋饭的，周末可能碰上他们的好节目，她不愿失去。她来台北的目的很单纯，散散心，找找老朋友，在都市里找一点儿刺激，让她再享受一下，像从前那样的——在男孩子包围下的甜蜜而浪漫的气氛里，哪怕一点点。她在乡下过够了，让贫苦磨够了，被家庭缠够了。

第二天，她打电话到小张的办事房去。睡了一夜，充满了兴奋，她准备好对小张说的第一句话："谁？再听听，是我，满芳呀！"

可是她没防这一着：洋机关星期六不办公，小张不在。满芳手拿着耳机直发愣，她忘记问小张的住处了。她想一想，便披上那件六年前时兴的垫得宽宽高高肩头的外套，对表姐说，"我先找个同学去。"

她真的去找一个小学同学，跟她穷跑了一天。她当然不能告诉同学是昨晚上才到，今天就专程拜访，只好说："来了好几天都没工夫来看你。"下午和同学去遛街，她希望在热闹的街上碰到什么人，可是台北这么大，连个眼熟的面孔都没有。

星期日，大腹便便的表姐陪她玩一天，晚上就进医院去生产。她怪自己糊涂，错过了两个假日，她相信明天电话一去就有最开心的节目了。

星期一电话打了一上午，才接通了那个鬼地方，跟老朋友像小张这么熟的，还来客套吗？猜了一阵子是谁之后，她就对小张说："怎么样，你打算怎么招待吧！"

"当然，当然，"对方在耳机里连声地，"怎么样，今天晚上有工夫吗？我请你吃北平馆子恩德元。"

"还有谁？多找几个老朋友！"满芳兴奋极了，她多么希望见到那伙老朋友。

"好，我找找看，六点半恩德元见面吧！"小张电话挂上了，也没说派车子来接接她。

在火车道旁的那间小馆子里，满芳坐了半天了，小张才带着老丁姗姗来迟。大家谈谈生活近况，满芳说一半，藏一半，人家的情形都比她好。

吃完饭，老丁先告辞了，小张也直看表。满芳以为小张总会陪她看一场《倩影泪痕》，或者，说不定有地方去蓬嚓一场，她把四年前路过上海买的那双过时的高跟鞋都穿来了，反害得她走路蹩扭。可是小张那样子，好像就等着满芳说："我要回去了！"果然，话一出口，小张立刻张罗给雇上三轮车，把四小姐送回了表姐家。

"嘿，你哪天约他们，皮特儿陈他们？"满芳忍不住了，这是她这次来台北的最大目的呀！

"好的，好的，我约好给你打电话。"小张诚心诚意地把表姐家的电话号码抄下了。

在电话旁等了两天，什么消息都没有，满芳才意会到事实与她所想象的并不同，男人们……她不愿意再想了，看看日历，后天是旧历的除夕，明天总得回去了，无论如何，她还有个家，还有那大傻蛋在等着她。

她心目中那张排得密密的日程表，好像她在课堂上写的粉笔字，一擦就光，什么都没有，她在台北闲得只剩下逛西门町了。

她在走的头一天，去医院看表姐，并且辞行。三轮车走到公园路上，从车后冲出一辆灰色吉普，她看见的是小张：

"哈啰，小张，死鬼你……"她的脚用力蹬蹬乱打车板，三轮车还没停住，她就窜下来了，小张的车也停在路旁。

"欧，I am Sorry，出差了两天，忙得一塌糊涂。"两手向上一伸，两肩一耸，没辙！

"我明天就要回去了。"满芳还抱着最后的希望。

"干吗不多玩两天？明天几点的车？我去送行。"

"不必了。"满芳这时才注意，车里还有两位摩登小姐正打量她——用一种女人看女人的不屑的眼神在打量她。

“张，too late，你知道不知道？”一位小姐在催促。

灰色吉普一股烟儿地开走了，满芳怔在那里。

她到了医院，产床上的表姐直抱歉：“你这次来，我没得陪你玩儿，这两天跟老朋友们玩得开心吗？”

“开心极——啦！”满芳故意拉长了音，表示其真实，说完她笑着，大声地笑，为的是——她怕要哭出来。

奔向光明 /

我们这样的散步，到几时为止呢？你有你温暖的家庭，我有我光明的将来。

我们最初的散步是出于偶然的，你应该记得，随便走走，随便谈谈，走过了桥，你回你温暖的家，我回我寂寞的单身宿舍。有一天，走尽桥头，你的故事还没讲完，你要我再在桥上走个来回听完它，我欣然允诺。以后，我们便常常这样地在桥上来回散步了。听你滔滔的话，必须把时间和道路拉长，我们的时间便从黄昏坠入黑暗，我们的道路便从过桥伸到堤岸。

有时，我们竟不知黑暗来临多久，你看看手腕说："呀，该回家了！"我也说："是啊，太太还傻等着你开饭呢！"

我们都笑了。你的笑是歉然的，你的眼向我道歉，你的心向她求恕。你说："那么明天见！"有多少次我想告诉你"不再明天见"，只是因为贪恋明日黄昏后和你散步的快乐，而把到嘴边的话咽下去了。你说"明天见"这样自然，轮到谁都无法拒绝的。

我独自步过那桥，嘴边还挂着笑，是笑你有那么多有趣的谈吐。

回到宿舍，宿舍有一份冷饭扣在纱罩下等待寂寞独身女主人的归来。我吃着开水泡冷饭（何止一次啊！），仿佛见到你回到那温暖的家了……你有三个孩子，最小的该睡着了，第二个也睁不开眼，大的还勉强伏在书桌上挣扎。你的家庭，在男主人没回来以前，该是有一段寂寞的时光。你回来了，家里立刻起了骚动，这骚动给你的家人带来快乐和安慰。你的太太急忙为你下厨热菜，你的大孩子给爸爸找拖鞋，二孩子已迫不及待地要骑上你的脖子。这时候屋外虽冷虽暗，屋内却暖却亮。你在那幸福的刹那间，曾把刚才散步的事忘得干干净净了……我想到这里，咽下一口冷饭，心中充满了惆怅。

有多少次，我们停在桥中央，对着落日余晖，通红的半个天反映到你的脸上，我也曾在你那光彩的脸上打过许多问号，我要问问看，你对我们这样的散步，究竟怎样的想法？我要问问看，我们准备几时向这散步的生活告别？你的笑谈明朗有趣，我们有时要分手了，你还可以站在桥边又说笑一阵，你总要使听你话的人满意而归，使她在明日黄昏后急急盼望和你相见吧？但这一切又能得到什么结果呢？你说过的，你的夫人既贤且慧，你的孩子又乖又巧，你在你的家庭里是最伟大的人物。我相信你，如果你做了我的丈夫，一样是我心目中永久的英雄，我也将终身依赖着你。可是这份幸福上帝早已赋予你的夫人了。

每天的黄昏，不管风中、雨中、雾中，我们都在桥边相见。有时我们伏在桥栏边静听流水淙淙，我俩的倒影在水中滑稽地颤动着，我们指点着谈笑，路过的人会对你我怎样地想？桥边卖水果的人，看我们在雨中漫步不知多少次了，他会想，你是我的什么人？你是个坦白而明朗的人，正像你的有趣的谈话。我们的谈话原可以在任何人面前公开出来，其中一半关乎你可爱的家庭，另一半才是世间的琐碎事物。在你多少回的谈话中，我都仿佛进入了你的家庭，而且分享了她的快乐。当你说你常把那刚刚八个月大的老三，托在你的有力的一只手掌中时，我竟怕他跌下来，仿佛要从你的手中接过孩子。我也想象过你们全家出游的情景，老大、老二在前面跑着跳着，推着老三的小车的却是我，你一手提着小旅行袋，一手帮我推着小车……但等我从迷惘中醒来时，才意识到我只是站在桥心和你谈话，我怅然若失，也骂自己可笑的胡想。你以为我累了，你又说“明天见”了！

明天见，明天见，我们还有多少个明天见？

当面向你说“不再明天见”的话，是难于出口的，但是我终于不得不在这里写下一个“不”字，你不会见怪吧？

向我们的散步告别，以后我路过那桥时，会又像以前那样低首疾步匆匆而过了。最初的一些时日，我想我是会不习惯的，我会像丢落了一件什么东西，慢慢地边走边寻；我会想起你在桥上的一言一笑；我会想到我们这段友谊多么不平凡；我更会想，将来那个真正属于我的他，是个什么样的男人？他有像你一样的风趣吗？有像你一样明朗的笑谈吗？

感谢这一段友谊的散步，它使我认识一个可爱的男人，像你这样的男人才是我心目中寻找的对象的标准。有一天也许我们又偶然在街头相遇，那时我们又何妨像熟朋友一样地互道近况，只是现在我们却该分手了，为的是，你应该回你温暖的家庭，我应该奔向我光明的将来。

冬青树 /

为了舅母的六十整寿，我冒着酷暑到台北来。表哥表妹两对夫妇都早到了，只等迟到的我。

我进门放下手提箱高声喊："阿妗，我到啦！"从厨房的甬道里发出一迭声的"啊"，跟着拥出了表妹和表嫂，表哥和表妹夫也从舅舅的书房跑出来，舅母矮矮胖胖，又是放足，她擦着鼻尖的汗，拖着笨重的身躯，抢着跑出来。我见了舅母好高兴，赶忙迎上去，舅母握住我的手，把我上下一打量，红着眼圈叹口气："瘦了！"

"瘦了？哪里！我临来时才在医院过磅的，比上次长了两磅呢！"舅母不满意我的答复，不住地摇头。

"姆妈就是这样，见了谁都嚷瘦呀瘦的，都像您胖得油篓似的走不动才算数吗？"表妹虽然结婚了，仍然改不了跟舅母抢白的习惯。我们听了都好笑，舅母用手指戳着表妹的头笑骂："该死！该死！"我又听见舅母熟悉的骂人声了，惟有在舅母这毫无恶意的骂声里，才觉得是回到了有所依赖的家。

这是两年来一次难得的团聚，年轻的一代，为了职业，不能守在老人的身旁，舅母口口声声说："走远了顶好，图个清静！"其实我知道她是多么盼望孩子们都围绕在她的身边。这一次大家写信商量好，要在舅母的生日全体回家来——其实各人在外面都已成家立业了，可是提到回家，总以在舅母的身边才算真正回到了家，就因为这里有一个舅母。她无论在什么时候都使你安心。她安排你的生活，让你舒服得像一个懒洋洋的人，躺在软绵绵的床上，不由得睡着了。

可是在这个团聚的家庭里，我算的是什么呢？我不过是舅父的妹妹遗留下的一个孤女，在女孩时代便被远游的父亲寄留在这家里。舅母每见我瘦弱，总叹息说我是一个不幸的女孩，而我却以为遇到舅母是我今生最幸运的事。我曾失去许多亲人，却永远不会失去舅母，她像一棵冬青树，在我的生活里永远存在。如果我说我在这家里从无寄居之感，那正是因了舅母的慈爱，她从没有给过我一次机会，使我感觉在这家庭里是额外的一员。我和一个表哥一个表妹共同生活，安全而快乐，舅母却偏爱说我不幸。

舅母是旧时代中一个可爱的妇人，她所以常常说我不幸，正因为她是一个家庭观念极浓厚的人。我的出生就是悲剧的开始，生母早死，又被父亲遗弃。后来我自己又在一次婚姻悲剧里，扮演了不幸的一方。如果拿新的家庭观念来说，我没有生活在一个完整的家庭中，所以造成心理的不健全，而致瘦弱如此吧？其实我在依赖舅母生活的年纪时，何曾有一丝丝这种不健全的念头。去年遭婚变，我原处之泰然，却急坏了舅母，她见了我顿足地哭："蕙君，你阿爹回来我怎么交代？"我是快三十岁的人了，舅母还疑心地想着，有一天，十几年没有音信的阿爹回来了，她把我仍像五岁的小女孩一样交还给阿爹呢！我在舅母的眼里简直是悲剧的化身。无怪表妹责怪舅母说："阿姊本来是快乐的，可是姆妈偏要给培养点儿悲剧的气氛！""嗯？"舅母旧书念得不少，可是遇见表妹嘴里的抽象新名词，就害苦了她："什么赔点儿，养点儿的！"我们哄堂大笑，舅舅也笑得被一口烟呛得直咳嗽。舅母转移目标，冲着舅舅瞪眼："老鬼，你也笑什么？"我说过的，舅母的骂声，常常是表现了这家庭的融洽，骂里含了无限的爱与关怀。舅母真是这一家子不倒的权威。

表哥已经做了两个儿子的爸爸，这次回来，表嫂又鼓着肚子挺身而行了。表妹也初尝怀孕的滋味。添丁使舅母开心，所见所闻都是孩子的问题。我被冷落在一旁，突然生了孤零的伤感，可是还好，这情绪在我心头一瞥即逝，我很快恢复了常态。表哥正在喊："叩头，叩头，给老太太拜寿！"舅母笑得嘴合不拢了。

在舅母的生活方式下，是包含着新的希望与旧的道德，叩头礼并不是这家庭落伍的表现，而是子女奉给长辈所喜爱的一些行为的表现，如果我们那种七摇八晃的叩头法，能给舅母老夫妇开心的话，我们又何乐而不为呢？舅母还照老规矩，四眼儿人不必下跪，表嫂和表妹算是免了，我和表哥表妹夫带着两个表侄一字排开跪倒在红毡子上。桌上的一对红寿烛，烛光摇曳映到舅母刚扑了粉的圆脸上，在舅母光亮的脸上，我看见一个老妇人最快乐的时光。刹那间，我忽然想，舅母真是一个懂得生活，富有生活风趣，而也得到真正生活的女人。

这次我们要叫一桌席孝敬舅母，可是舅母不肯，她说她愿意自己下厨，因为她知道我们每个人的口味。“可是，您是老寿星呀！我们应当孝敬您，您怎么反倒做给我们吃？”表妹笑着说。

“算了罢，吃一顿明天就全滚蛋了，什么孝敬不孝敬！”舅母又骂了，可是这次骂是亲切中带着伤感的，她虽是个顶达观的女人，但是老人的心是希望归来而怕离去的，舅母又何能例外？

我们吃得好开心，表妹夫和老丈人猜拳，五魁首、八匹马，把舅舅要灌醉了。我们也顾不得舅母在厨房烤成什么样儿，上一道菜，喊一回好。

和两表兄妹比，我一直受舅母特别的宠爱，当然是因为她对我多几分身世的怜悯。她希望我身体健康，婚姻美满，好对我那谜样的父亲有个交代，可是在这两方面，我都使她失望而伤心。我很惭愧一直给舅母精神上负荷沉重，她对于我的关怀远超过她的亲生子女，虽然我已成人，不需人扶助，她的关怀也未稍减。

舅母的生日，我画了一幅冬青树送给她，但是我知道，更多的颂词，再多的赠礼，都不如给她一个能使她放心的表白，我许久以来就要对舅母说的是：我的身体虽仍嫌瘦弱，但意志却坚强；我的婚姻虽告失败，但这并不证明我从此失去光明的前途！

堕胎记

听见妻和邻居太太招呼的声音，知道她从菜场回来了。我扔开报纸迎上去，想看看菜篮里装的什么鲜货。谁知妻见了我，把原来对邻居太太的那副笑脸收敛起，立刻换一副绷得比女车掌还难看的脸色来，喘着气，提起菜篮，一扭身就转到厨房去了。

我颓然倒在沙发上，拾起报纸却怎么也看不下去，是什么事又开罪了妻呢？我琢磨着，是哪句话说错了吗？没有呀，我们这一向好得很，是又没钱了吗？不能呀，四百块钱加班费前天才原封奉上的。再说，我烟也戒了，酒也不喝，想来想去，她实在没有理由生我的气。

“爸，裤子！”我正愣愣地想着，小四拉完屎提着裤子来了。

“去去去，找你妈给穿去！”我也不耐烦了。

一声喊，把小四吓跑了，也把小五惊醒了，哇哇哭得好伤心，哭去吧，反正今天过礼拜！过一会儿，妻怒气冲冲地进来了，朝着小床奔，脸却朝着我骂：

“四脚朝天，摆什么老爷架子！”

对于女人，就是给她个相应不理，骂去吧，这种滋味也不是第一回了。

到了午饭时，只听见妻没好声气，狠狠地在厨房对老三说：“去叫你爸爸吃饭！”

我的心胜利地笑了，她无论怎么生我的气，饭总要烧给我吃的；我什么都行，就是不会烧饭呀！

走近饭桌，看见了干烧冬笋，红烧狮子头。若说这是妻的拿手菜，勿宁说是因我嗜吃而造成的。妻又从厨房端出来热腾腾的砂锅鱼头，美哉今天的菜，皆我所欲也！我抬头看妻，满脸通红一身汗，不由得心里暗叫惭愧，她虽生我气，却仍这样体贴我，叫我举箸也难为情。不怪女人家常怨男人不体贴温存，男人有些地方实在太粗心大意了。但是女人的脾气说也怪，你觉得哪点不如意可以说话呀，干吗拿生气来对付男人，叫人从何琢磨起？琢磨不出，就给你按上个“不善体贴”的罪名。

为打破这不祥的礼拜天的僵局，我非找点儿小事来体贴体贴太太不可。我思索着，想起来了，妻不是说过，加班费发下来她要去买一双高跟鞋吗？对！孩子们吃完一个个滚出去了，饭桌上只剩下我们夫妻俩。

“下午我陪你去买鞋，顺便看看三舅去。”

“嗯？”她听了我的话，先是一惊，抬头看了我一眼，然后说：“不买了，没那份闲钱！”出口不利，碰个大钉了！

我忽然意识到，妻的这句话或许是钱不够用的意思，她也许还想买件旗袍料手提包什么的吧？饭后我又把刚收到的一百块钱稿费全部奉献出来：

“我这儿还有一百，拿去一块儿差不多了吧？”

“跟你说不买不买了嘛！这两个钱还有的是倒霉用处哪！”今天的气压太低，我怎么低声下气都不行了。妻说完忽然捧住胸口，皱着眉头向外跑，一出屋门哇的就把午饭全还了席了。我心里想，妻的气性可真不小，居然气得直吐，这是何苦来，到底是为了哪一桩呀？

我今天不能再开口了，没有一句话得到良好的反应，索性把看不完的报纸举起来，刚好是个纸幕，隔开妻与我的视线。

这样沉默了一会儿，我不知道妻坐在我的对面干什么，她也许在给孩子们缝缝补补吧？我把报纸斜过去一点儿偷看一下，了不得，她在淌眼泪呢！

“这是干什么？”我不知应当怎么安慰她，多念几年书的女人，总觉得自己是富于情感的，动不动就表现情感。

“我又有了！”她双眉紧锁。

“又有了？”这句话可真如晴天霹雳一样，吓人一跳，我也不由得有点惊奇，我们的五少爷刚刚断奶呀！

“我这回可要打掉，已经跟张太太打听好了医生。”

我这时才恍然大悟，妻这两天为什么尽跟我生气，又为什么不买皮鞋，而且说钱派了什么倒霉的用场的话，我没有回答她的话，却在回想着：

妻从怀第二个孩子起，每次都哭闹着要打掉，结果每一个都活生生、白胖胖地降临寒舍！记得去年我们的五少爷出世以后，她曾切切实实地对我警告说：“我可不生了，听见没有？”我怎敢不答应，连忙唯唯称是，好像她生孩子都是我的罪行！谁知现在又——唉！

在这公共宿舍里，对于生孩子，我们原有着“良好的纪录”的令誉。嗜赌如命的老张，三句话不离本行，就曾比方说过：他自己膝前十个儿女，堪称“天杠”；我们是三男二女，他名之为 Full House；至于老赵，结婚十年，一无所获，故曰“闭十”！何况我们的孩子各个吃得饱，哭得响，长得壮，以优生的眼光来看，多生个把又何妨？想到这里，我不由得以愉快的声音对哭丧着脸的妻说：

“不要打掉吧，五个跟六个所差有限，凑成半打算了！”

谁知妻听了我的话，把眼睛瞪得好大：

“你倒会说风凉话，敢情你是当现成的爸爸，连给孩子穿裤子都不肯的，还说什么……”说着说着，她又要哭了，“我这回非打掉不可！”

对于女人的决定，你不必坚持反对的意见，以冷静的态度旁观好了。

可是等到妻气哼哼出门而去，我却有些后悔了，对于一个多年相爱的妻，能以这种冷静的态度袖手旁观吗？我毕竟是个不知体贴又狠心的丈夫了。堕胎在台湾虽不算回事儿，但有时也不简单，比如有个叔叔带了侄女去打胎的，不是就闯下了人命大祸吗？我想追踪而去，却又不知道妻是预备到哪家医院。我以焦急的心情等待，三点，四点，五点过去了，终于听到妻回家的声音。

意外的，妻竟是春风满面，手里提着一个鞋盒，进来就把鞋盒高高举起："看看我的鞋，样子如何？"

我不要看鞋，先要问问究竟，她的态度变得好蹊跷！我走近她的身旁："怎么样了，你到底是……？"

她头一斜，眉毛向上挑，调皮地："怎么样了？还不是听你的鬼话不打了！"

我心中重压顿释，不禁莞尔。想到一天云消雾散，想到半打的好纪录，想到终生相爱的这可爱的小妇人，我非吻她不可！推开鞋盒，搬起她的下巴，我把脸凑上去，妻似恼似嗔地骂道："讨厌的，胡子也不刮！"

继父心

我和联芳的结合是极自然而带些传奇意味的。

联芳的前夫克俭是比我高三期的飞行员，在一次不幸的飞行之后，他没有回来。年轻的联芳做了寡妇，他们之间已经有了两个孩子。

在克俭出事的那天，本来是应当我做他的助手，谁知在起飞命令达到的前一小时，我得了急症被送入医院了。不幸的消息传来时，我还在昏迷的病态中。

睁开眼来，白衣小姐赶快把这消息告诉我，在她是好意，庆幸我的急症竟保全了性命。但是在一个军人看来，这不过是在百十次可能的死亡中，偶然逃过的一次罢了，没有什么值得庆幸的。不过在复原的日子里，克俭的音容却时常盘绕在我的脑海。

克俭是个洒脱、热情、快乐的人，在空军男儿中，并不乏这种性格的人物。但是克俭却另有更使我钦佩的好学的精神，我有许多次跟他合作，每次他都以长兄的态度，给了我不少宝贵的指示。

我也想到他的身后问题。空军太太们感到的最大精神威胁，便是常常担心她们的丈夫会一飞不回，我虽无家室，但是也能体会出家人死别的苦楚。平时我和克俭的太太联芳，见面的次数并不多，但在病中，我已打定了主意，等身体复原后，要去克俭家做一次慰问，以尽友情。

“您要坚强地活下去，大嫂！”

在热丧中哭泣的年轻寡妇，是使人不忍睹的。当我对联芳说明我是什么人时，她一下子就捂着脸哭起来。她可能想到，为什么站在面前的这个男人就这么幸运，而她的丈夫的生命就该被夺去呢！

让她放声地哭个痛快吧！我拉过站在她身边吓傻了的两个孩子，抚摸着他们的小手。摆在面前的情景，不能说不凄凉，所以我在联芳哭泣后抬起头来的时候，只能这么劝了她一句。

她望着两个小孩子，还呜咽着：“谢谢你的关心，我怎么能不坚强地活下去！”

向她告别的时候，她说：“希望你常来玩。”

以后，我确是常常去。一种微妙的关系，使我时常想到这个家庭，仿佛那次逃出死亡，对不起克俭似的。同时也感到，我既幸而没有失去生命，就应该对于这个家庭更多一份关心才对。

我最初丝毫没有想到我能和联芳结合，空军的社交生活是很大方的，关心联芳生活的同事，也不只我一个。但是及至我发现我的初恋对象竟是联芳的时候，我不得不说是那微妙的关系所促成的吧？

联芳决定嫁给我，这个消息传出去后，立刻成为美谈。空军寡妇再嫁给空军，在我们的环境里原极普遍，给人家一点传奇感觉的，当然就是因为那次我没有死的故事。

我是个初婚的男人，对于“家”抱着无限的新奇感和无穷的希望。联芳却不同了，在家庭中，她处处显得老练和熟悉，她常常对我轻轻地一笑说：“你不懂！”那是真的，在我们的家里，处处都是有条有理的，一双袜子，一件衬衫，都整整齐齐地摆在固定的抽屉里。够营养的三餐，舒适的沙发，我满意于自己的幸运，幸运我遇见了联芳。

我有时会想，这也许是因为我遇见了一个有过婚姻生活经验的女人的缘故吧！我不信如果是一个初婚的女人，会比联芳更细心。也就因为这样，我才时常想到联芳异于我的地方。她在生命史上，还有过去的一段情史，我的过去却是空白的。了解联芳，更要同情联芳，我不能抹杀她的过去的一段，何况还有两个孩子留作凭证。事实上也无法使她忘记克俭，而我也没有这种居心。我说过的，我敬重死去的克俭，我希望联芳和我共处，不会因为今昔的比较，而使我在她的面前失去信心，我是如此地爱她。

新婚很甜蜜，家庭使我迷恋。我没有忘记给两个孩子带回糖果玩具，虽然他们还是照婚前的称呼，叫我“叔叔”。联芳要我原谅，她说，这两个孩子虽然由我养育，仍是随克俭的姓。我不在乎这个，克俭应当有他的后代。所以我对联芳说：

“有什么关系，再生一个管我叫爸爸的，不是一样吗？”

但是听了我的话的联芳却很严肃地对我说：

“但是，生孩子的事，我可受够了呢！”

这几句话的确给了我一些不自在，我没有说什么。联芳似乎觉察出她的话给了我一些打击，便又用和缓的口气说：

“好在孩子虽然不是你的，却永久和我们生活在一起，我们并不能算是没有孩子的家庭。对吗？”

对于我有一个自己的孩子的事情，目前是没有希望的了，因为联芳对于这件事，防卫得非常周密呢！

对这两个孩子，我尽了父亲的责任，虽然不是说尽了责任就一定要求权利，但是既然在一个家庭相处，总要过得像一家人。可是有些地方，的确破坏我一向对他们的完整的情感，我如果说这责任联芳应该承当，别人也许不会了解继父的心情，但事实却是如此。

七岁的标标是个淘气的男孩，男孩淘气是天经地义，尤其是在这个岁数。联芳为他很伤脑筋，她常常被缠得狠心地揍他，嘴里骂他：

“你死去的爸爸的好处，你一点儿也没有！”

每逢这种时候，我要把挨了揍的标标拉过来，联芳有时很可怜地气哭了。在后夫的面前抚育遗孤，联芳的心情是和常人不同的，我爱她，我应当了解她。

但是有一次，标标又被邻居太太告状告到我的面前时，我也有些气恼了，那一阵子，标标实在淘气得不像话了。我来不及叫醒午睡的联芳，便叫过标标来，用木尺打了他几下手心，并且罚他面壁而立。我所施于标标的，都是按照联芳一向的办法。我这样做，也无非是给邻居的太太消消气，可是从卧室走出来的联芳，却变了脸色说：

“你为什么打他？”

这意外的一问，不免使我吃惊，跟着她便将面壁的标标拉进卧室，我尴尬地僵立在那里。随后我倒在沙发上，很理智地研究联芳的心情，我研究不出来，又想到联芳也许会向我解释，我也可以向她解释，我所以这样处置标标并非过分，实在有一项理由在——只为了做给邻居太太看，使她们消消气而已。但是联芳一直没有再提起这件事，她似乎只是警告我不许打标标或小妹，没有什么理由，她只是在感情上觉得应当这样，当然对我也就解释不出什么理由来。但我不得不承认一件事实，我们家庭的情感关系，并不是我所想象的那样简单了。

从此以后，孩子的事情似乎给了我许多警觉，我不愿破坏我们一向的幸福，总是小心翼翼地处理我和孩子之间的关系。

但联芳不知怀着什么心理，她总是尽量地使孩子不接近我，可能她认为那一次我打了标标是讨厌孩子，如果她这样想的话，便完全错误了！因此我和他们母子之间，渐渐酝酿着一种不自然的气氛。

许多次我都怀疑着，这个家庭究竟是我闯进来的，还是我们所共有的？晚饭后我寂寞地独处一角，方桌的灯下是他们母子三人在看画片、剥橘子，或做游戏，兴高采烈。有时孩子们跑到我身边，联芳会赶紧把他们叫过去。

“别跟叔叔捣乱，来这儿！”

这句话表面上是善意，但是我却感到冷漠无情，仿佛我是局外人，而非这家庭的一员。这个情形要一直挨到孩子们入睡，她才拿起活计坐到我的身边来。她的用心也很苦，把我和孩子竟分做两批来应付。

有一天，我愉快地从外面回来，看见联芳正在翻箱倒柜整理衣服，两个孩子在她身旁。我看见小妹手中拿着一件衣服，便逗她说：

“什么衣服，送给我吧！”

谁知小妹把衣服用力向她怀里夹紧，怕被人抢了似地说：“不可以，我爸爸的！”

我心中忽然起了莫名的反感，收敛了笑容，乏味地退出卧室。我虽然屡次劝自己：不要跟孩子吃醋，不要妒忌死去的人，但许多次这种滋味终不免爬上我的心头。

我担心这些小小不愉快的斑点，是不是会在我心头侵蚀成一个深深的伤痕，因而使我时刻怀着恐惧的心情，生怕自己被摒弃于家庭之外，甚至于联芳的心扉之外，可是我终究是唯一了解联芳、爱联芳的丈夫啊！

小红鞋

从植物园出来，将近十二点了，李凡把小女儿婉婉抱到自行车的大梁上坐好，父女俩便顶着毒烈的阳光，向回家的路上奔驰。

李凡低头正可以看见婉婉的侧脸，面孔红红的像苹果，小眼闪闪地不知打什么主意。李凡不禁又用嘱咐的口吻说：

“我说的话记住没有？别跟妈妈说我们又在植物园里碰见黄姑姑了。”

婉婉瞪了爸爸一眼，有点不耐烦的样子说：“知道了嘛！”刚好路边的椰子树旁，有一个卖冰棒的，婉婉便鼓起腮帮子，说：“那——我就要吃冰棒！”

明明是要挟的口气，李凡想要使出爸爸的尊严制止她，像往常一样的说：“街上的冰棒不清洁，吃了肚子会坏的！”但是他看小女儿的小嘴唇闭得紧紧的，是十分倔强、没商量余地地等待着呢，李凡在刹那间倒被这个小女儿制住了，他只好刹住车给婉婉买了一根。

经过食品店，李凡又想起正在害喜胃口反常的妻，便又大包小包买了许多。

婉婉的冰棒，很快地就吃剩了一根竹签。骑在车大梁上很无聊，抬头正好看见爸爸的一副嘴脸，摸一摸爸爸刮得青帮帮的嘴巴，婉婉漫不经心地问：

“爸爸，黄姑姑怎么今天又到植物园来了呢？她也跟我们一样，每个星期都要来散步吗？”

“是的，婉婉，爸爸不是说过，不要再提黄姑姑的事了吗？”

“那么妈妈认识不认识黄姑姑呢？”

“不认识，不认识！好了，如果你再提黄姑姑，”李凡被这小女儿缠得有点气急，但是他仍不得不把口气缓和下来：“如果你再提黄姑姑，那双新皮鞋就吹了！”

“好吧，好吧，爸爸，”女儿的口气也软了，“要红色的，听见没有？可是你哪天给我买来呢？”

“下星期爸爸就可以发薪水了，那时候，我还带你到植物园来——散散步，然后去买鞋。”

这么讲好了条件以后，婉婉才算停住了嘴，父女俩暂时沉默了。李凡在沉默中跌入回忆：

和黄香的再遇是偶然的。

妻自从又怀孕以后，身体总是不太舒服，她的胃口不好，不耐烦，嫌婉婉闹，所以到了星期日，李凡便把淘气的婉婉带出去各处走走。上星期日他们到了植物园，把婉婉安顿在荷花池旁，他照例又夹着书本走向凉亭去。就在这时遇见了黄香，几年不见的黄香。因为太突然了，李凡有点不自然，他只“啊”了一声，简直手足无措，倒是黄香来得大方，她伸出手来跟他握，一面对他说：

“李凡吗？真是巧极了！”

“是的。我们有几年不见了！”

他们坐下来，谈着各人的近况，李凡并且介绍了他的女儿婉婉给黄姑姑。黄香拉着婉婉的小手，不住地说：“有这么大的女儿啦！”然后微笑着看李凡，这一笑使李凡有点不安了，是里面有什么含蓄吗？

七年以前，他们同学时，李凡曾热烈地追求黄香，他写了许多热情的信给她，却一直未获芳心。这份追求的热情是纯洁的，黄香虽然拒绝爱，却没有拒绝友情，他们仍然是好同学，她说她有抱负，不愿为儿女私情，阻碍了光明灿烂的前途。不久毕业了，李凡知道他的追求是无望的，死了这条心，所以毕业后，由渐渐疏远，以至于失去联络和音讯，以后再也没有见到。时光流逝最能冲淡记忆，黄香从李凡的记忆里失去不少年了。可是今日突然相见，往事从回忆里泛上来，李凡确有些情不自禁了咧！尤其当他知道黄香还是单身，倒引起他一些莫名的兴趣。

今天是他们约会的第二个星期日。

李凡一直是个好丈夫，他并没有意思一定要把遇见黄香的事，瞒过自己的妻子的，关于他和黄香，他也不是没跟妻讲过。可是，他竟这么做了，——不但瞒着妻，并且嘱咐婉婉也不要告诉妈妈。

女人在这方面的度量，究竟还是狭小的，——他替自己的行为解释。不说也罢，好在他并不是有什么企图，这隐瞒也不算什么有亏于良知吧！但是自己为什么这样急于和黄香见面呢？又为什么一定要穿着熨得笔挺的西装，而且结了配色的领带呢？他也回答不出来了。他暗笑自己心里的矛盾，难道这就是一般人所认为的——一个中年男子所需要的刺激吗？但对可爱的妻，纵然两次都因心中不安而买了她所爱吃的东西回去，可是仍不能掩饰他的内疚。

在这样情形下，连女儿都得拿出几分手段去对付，爱情真苦！不，不，不，怎么能说是爱情呢！他怎敢随便说他和黄香的再见是有关爱情呢！这是千万使不得的事情，他的良知在掴他的嘴巴了！

可是他仍不能否认，他是在极端矛盾的心情下，盼望着第三个星期日的来临。

这是第三个星期日了。

吃早点的时候，他和女儿交换着会心的微笑，婉婉扮个鬼脸，竟格格地笑起来了，他也不由得跟着傻笑，笑的是什么？他不知道女儿笑的是什么，也不知道自己笑的是什么，他年轻了，有些事情使他年轻了！他看看妻，一副严肃的样子，假生气地叱责他们父女俩“没大没小”。

真是的，快做两个孩子的母亲，就和没结婚的是两样了，他这么想着。

吃完早点，李凡把昨天领来的薪水袋交给妻，妻微笑着，从里面夹出一小叠钞票塞在李凡的手里：“喏，留着零用吧！”

经济的大权一向是操纵在妻的手里的，他每月只领一些零用钱，他不反对这个。他不是乱花钱的男人，抽抽烟，理理发而已，钱放在勤俭克己的妻子手里，对于一个正常的家庭，只有好处，没有坏处，他不反对这个，他可以重复说一遍！

但是给婉婉买红色皮鞋的诺言，他可不能忘了呀，这个月他必须暂时戒烟，省下一笔买鞋的钱了。他不能失信，那小鬼脸可坏呢，刚才不是还笑着暗示过了吗？想到这儿，他告诉妻，赶快给婉婉换衣服，他们仍然要到植物园去消磨一个上午。买鞋的事他没有说，好像有点师出无名似的。

妻领着换好了衣服的婉婉出来了。婉婉举起脚来在爸爸的面前晃了晃：

“爸爸，看婉婉的红皮鞋哟！嗯——妈妈说，今天请黄姑姑来家吃饭，好吗？”说完跑出去了。

看见婉婉脚上穿着一双红色的镂空新皮鞋，李凡愣住了，也有点不知所措，他一抬头望着站在对面的妻，一个淘气、容忍、微笑的面孔迎着他。

“那么——是婉婉告诉你了？”李凡把妻搂过来。

“嗯。”

“所以，你就抢先给那小坏东西买了一双小红鞋？！”

“嗯。”妻忍不住笑了。

李凡不禁紧紧地搂着妻，在她耳旁喃喃地说着：

“我就知道，你不是好惹的！”

然后他深深地、深深地吻着她，在爱情的纪录上，他从没有像今天这么感动过！

雨 /

钟敲四下了，该是珠珠放学回来的时候了，可是这时天空忽然阴霾四布，顷刻之间，小雨点变大雨点，密密地落下来。

我这时忽然想起，珠珠上学没有带雨衣和雨伞，怎么办？但接着又想，她会等到雨停，或者会借躲在同学的雨伞下，一道回来的。

但是雨越下越大了，好像没有停止的意思，也没有珠珠回家敲门的声音。我在想，珠珠不会一个人待在教室里等着我吧？想到这里，我若有所感，“啊，一定要去接珠珠！”我心里说着，立刻找出珠珠的雨衣和雨鞋，拿了一把雨伞，几乎是夺门而出地向学校的路上跑。我希望我去得还不算太晚，还赶得上，不至使她一个人……像二十几年前，我的童年时代的那一次吧？……

是快散学的时候了，忽然下起大雨来，同学们都不能安静地听老师讲书了。雨更大了，雷声隆隆，大家都把原来向着黑板的脸，转向窗外，是希望雨停，也希望有家人来接。

这时窗口首先出现了一个同学的妈妈的影子，我不由得朝那同学望去，她也看见她的妈妈了，原来不安的脸上立刻显出惊喜的笑容，向她的妈妈淘气地挤了一下眼睛，然后安心地伏在桌上抄写笔记。

陆续地，窗口出现了更多的影子，教室里的同学也就有了更多的笑容。有的甚至像哑巴一样，做着没有声音的姿态，张开嘴来向着窗外，表示他们在喊“妈”，为的是怕老师听见。

我呢？我也不断向窗口望去，希望看见我的妈妈，如果看不见妈妈，也应当看见张妈。因为在我上学来时，妈妈正在牌桌上，她也会打发张妈来接我的。

可是一直到下课铃响了，仍然没有她们——妈或者张妈的影子。同学都走光了，只剩下我和没有妈妈的小姗，守着窗口，呆呆地看着雨中的操场。一声霹雷，我们俩紧搂着，吓得要哭了。我说：

“小姗，谁会来接你？”

“爸爸会，但是……他也上班去了。你呢？”她反问我。我毫无把握，但也只好说：

“妈妈会来的，我们家很远。”后一句是撒谎，我要掩饰，我怕丢妈妈的面子。

我俩不说话了，接着看操场，操场成了一片汪洋，我心想，再下去的话，得撑船才能过去了，我搂着小姗，心中生了恐惧。但从操场那边真的来了一条船，不，是一个人，一个跑着的男人，这时小姗推开我，喊道：“那是爸爸！”

可不是小姗的爸爸吗！他虽打着伞，也都淋湿了，雨实在太大。

小姗的爸爸进教室后，先打开手中的小包儿，拿出还冒着热气的包子给小姗，并且给了我一个，他说：

“我在路上买的，还热，吃了再走吧！”

我摇摇头说：“谢谢伯伯，我一点儿也不饿。”

我的确不感觉饿，当希望变成失望的时候。小姗的爸爸又对我说：

“住在哪里？我送你回去。”

我伤心又倔强地说：“不，妈妈会来的！”

一直到天黑了，并没有妈妈的影子，也没有雨停的样子。我从书包里拿出了笔记本，顶在头上，冒着雨跑出去。经过李老师的住屋，他正倚在窗口，看见我惊异地喊：

“你还没有走?！”

我一直跑出去，不答理他，是因为羞于说出我的家里竟没有一个人来接我。

我全身湿透了跑进家门，屋里灯光辉煌，妈妈还在牌桌上，她见了我就骂：“怎么弄的这一身，还不快去厨房叫张妈给你换！”

我真惊异又伤痛母亲的态度，我原是想进门来先向妈妈生气和诉苦，不想她先骂了我……

“妈！妈！”

我还痴痴地回忆着，忽然听见雨中穿过来熟稔的喊声，我向路边望去，啊，原来是我的珠珠缩在店铺的廊檐下躲雨，她看来是这么小，还够不到店铺的窗子。我急忙跑过去，看见她头发湿了，衣服湿了，小手冰凉的，雨水从头上流下来，她见了我，眼里含着泪水，却高兴地笑道：

“我知道妈妈会来的！”

“妈妈会来的！”我应和着，一面给她穿上那件粉红色的玻璃雨衣。

两粒芝麻

听说班上有两个一向要好的同学已经有一个月不说话的事情以后，我便想起了那两粒芝麻，——一冬日朝阳下，两个小女孩在校园墙角边埋下的那两粒芝麻。

我决定把这故事讲给孩子们听，但是我怎么讲起呢？它只不过是个人在情感上一段难忘的小事，既没有曲折引人入胜的情节，也没有完整的开始和结果。它是片断的，尤其经过岁月的冲淡，其中无关紧要的，都了无痕迹，剩下那永铭于怀的，也仅代表了个人的心情或感想，却不是故事。

在自由发挥意见的“说话”课上，我先在黑板上写下了两个大大的白粉笔字：友爱。我预备使今天的“说话”着重于友爱的发挥。

孩子们随着我的笔画轻轻地读着，我回转身来时，一眼便看见坐在前排的小淘气张广田了，他正装着怪模样儿，搂着邻座的凌明，嘴里轻喊着：“友爱呀！友爱呀！”

“这就是你的友爱？”我向张广田开玩笑说。同学们看广田的怪模样儿，也都笑了。我们的“说话”课，是要在这样轻松的气氛中进行的。

名为训练孩子们的说话能力，最后终免不了是由我的故事来结束这一堂课的。孩子们在发挥了他们的说话欲后，轮到要求我了。“老师给我们讲一个友爱的故事吧！”

“好，我来讲，我有一个故事，这故事里有两粒芝麻。”我的故事既缺乏情节，我就得凭说话的本事把它弄得动听些，这样开头可以先吸引他们的注意力。

“两粒芝麻？两粒芝麻的友爱？”他们好奇地睁大了眼。

“不错，正是两粒芝麻的友爱，”我停顿了一下，回忆着，年头儿不少了，“两粒芝麻被握在两个小女孩的手里，梳两条小辫子的高些瘦些，剪了齐耳短发的，是个小胖子。她们俩的小手冻得又红又僵，那两粒芝麻真亏她们的小手紧紧地握住。想想看，芝麻是多么小的东西，一不小心掉在地上的话，连找都不好找呢！她们俩拿了这两粒芝麻一直向校园的东墙角跑去。那天早晨虽然冷，太阳可真好，它一直照到东墙的一排矮松下。她们选了中间最大的一棵松树边蹲下去，随地拣一块瓦片，掘着墙边的土，掘下去大概有这么三四寸深的样子，小辫子说：‘可以了。’小胖子便停止工作。她们俩同时抬起头来，互相微笑着，便把各人手里的一粒芝麻扔到土洞里，然后把掘开的土再铺下去，两粒芝麻便被埋到土里了。……”

“她们是要种两棵芝麻树吗？”有人插嘴。

“不过她们种的是熟芝麻。”我好像说书的人，卖个关子。

“熟芝麻？到底为的什么呀，老师快讲！”孩子们急着想知道，在催我。

“每天早晨，她们的早点都是买一套烧饼油条来吃。那种烧饼真香真好吃，因为上面有一层烤得半焦的芝麻。吃的时候，烧饼上的芝麻会撒下来，掉到桌子上，舍不得的人便会在吃完烧饼以后，还用食指蘸了口水，——就这样子，去粘桌上的剩芝麻吃。……”

孩子们听到这里，哄然大笑，因为我表演了用食指粘芝麻粒吃的样子。

“不要笑，听我说。那天早晨她们埋下的就是从烧饼上掉下的两粒芝麻。是小胖子先出的主意，她对小辫子说：‘咱们永远这样要好，谁也不许跟谁吵架。’小辫子说：‘如果吵了呢？’那时她们刚吃完烧饼，正在用手指头粘桌上的芝麻粒儿吃，于是小胖子便说：‘我们每人留下一粒芝麻，埋到土里去，如果谁吵了架想绝交的话，谁就去把埋在土里的芝麻挖出来！’‘好！’小辫子立刻答应了。”

“我要告诉你们，小胖子和小辫子所以有这样的决心，因为她们俩一直是好朋友，同了四年班，从来没有打吵过，亲姐妹也不会有这么好吧？她们那年都刚刚十二岁，十二年的生命中，就能维持了三分之一——四年之久的友爱，实在是不容易啊！还有半年她们就要小学毕业了。但是当时她们并没有想到这些，她们只是觉得要好得很，觉得埋下两粒芝麻更可以表明她们的友爱多么坚固！她们这么想就这么做了，看这两个孩子多么天真可爱。”

“老师！哪一个是你小时候？小辫子还是矮胖子？”

呀！他们好机灵，就知道其中有一个是我，我也不隐瞒了，问他们：“你们猜猜看吧！”

“矮胖子，当然是那个剪了短头发的矮胖子。”

“为什么当然？”我也觉得有趣。

“因为你现在还是这样又矮又胖。”小淘气说的，他说话总要引起哄堂大笑才得意。

“不，老师讲过，她小时候梳辫子的。”有人提出抗议，这个学生的记性不坏，我笑了。

“老师，到底哪个是老师？”

“猜矮胖子的错了。我现在虽然又矮又胖，小时候可不一定胖呀！人人都不知道他们会变成什么样子，我在小时候看见胖子就想笑，从来没有想到有一天我会变成这样子的。”这是实在话。

“那么老师那时有多高？”他们喜欢问题外的话，我真想告诉他们我那时到底有多高，所以我的眼向台下众生看去，忽然发现坐在靠最左一行的叶明珠了，我立刻说：

“我想，我是像叶明珠那样高的。”

“小胖子呢？”

“小胖子嘛，”我略一犹豫，“她当然像胡慧喽！”坐在第三排的胡慧，一听是她，难为情地捂着脸笑了，其实胡慧并不怎样胖。

“芝麻的故事完了吗？老师再讲一个。”

“谁说我讲完了？是你们爱插嘴，问这问那的。”我说着走到讲台下来。无论讲书或说话，我都喜欢在学生的行列中来回走着，当我要他们注意我的话的时候，我以为这样更有效。而且我把故事改用第一人称了，我说：

“这真是一件不幸的事，有一天我们居然为了一件事吵架不说话了，更使我难过的是，一直到毕业，我们都没有讲和。”

“老师，有没有去挖那两粒芝麻？”

“没有，我们并没有去挖那两粒芝麻。”

“你们不是起誓讲好的吗？”

“所以我现在要说，我们并不是真正地想绝交，要不然为什么不去挖芝麻呢？也就是说，友爱还一直存在我们俩的心中，所以没有人提出这项要求。”

“如果挖了的话呢？”

“如果去挖的话，”我苦笑着，“又怎能找出那两粒芝麻来呢！我们埋芝麻并不是为了有一天要去挖才埋的。”

“那当初又何必埋它呢？”

“因为——一切都为了友爱。我还记得当我们举行毕业典礼的时候，我忽然发觉小胖子的头发长长了。我真想告诉她，这样长的头发可以扎辫子了，因为她也想像我一样的梳两条辫子，而且我也买了一副红缎带预备送给她，那副红缎带就在我的抽屉里搁了好几年。如果那天我追上去跟她说了话……”

“那够多么好！”孩子们为我叹惜。

“真的，那够多么好！可是更糟的是我们走出校门后，就没有机会再见面，因为我和她考取了不同的中学。再过不知多久，我就听说她回到广西原籍去了，从此天各一方，不要说见面，连消息都没了呢！我还记得，我知道她回老家的消息以后，不由得跑到母校的校园墙角边，那埋了两粒芝麻的地方，站着发了半天呆。我很后悔，也非常想念她。这种心情，一直到现在都没有改变。我从来没有想念过一个人，像想念小胖子那么厉害的！我也从来没有后悔过一件事，像失去小胖子那么后悔的！……”

“老师，你到底为了什么事跟小胖子不好的呢？”

“什么事，我早就忘记了，我想那是一件很小的事，那件事不会比芝麻更大，我能记住芝麻而忘记那事，可见它比芝麻还小。”

我边走边说，在学生行列中慢踱着，我的故事也就到此为止了。这时我正走到叶明珠的桌旁，停住了，我问她：

“叶明珠，你在想什么？”

“啊！老师，没有想什么。”明珠本来在发呆，听我一叫，她慌忙回答，脸也红了。

“你呢？胡慧！”我又转过脸，冲着坐在第三排的那个。胡慧不答我的话，却害羞地低下头，因为她知道了我的用意。

我把叶明珠和胡慧叫到讲台前面来，我使她们两个人的右手在我两手的夹叠中握住了，然后我说：

“还有一个月你们就毕业了，如果这时候我不为你们讲和，还有什么更好的机会吗？……今后你们无论到了什么年纪，什么地方，都不要忘记林老师曾给你们讲过的关于两粒芝麻和友爱的故事。”

教室中屏息无声，我向台下望去，四十多个学生，差不多一百只眼睛，都闪着友爱的光；他们也许不太懂这故事的真义，但却能领略。

要喝冰水吗？

火烫的太阳照满了整个的西墙，站在墙边的阔嘴仔阿伯，怎么能不出汗！他掀起衣角，从裤腰带上抽出毛巾来擦汗，一股樟脑的气味从毛巾上透出来，那是毛巾掖在衣服里，从衣服上传过来的。他擦着脸，闻到这股气味，不由得轻轻地骂着：

“你娘的，十五年了，这身衣裳，穿了还这么热！”

他穿的是一套灰底子上密密排着青色人字花纹的厚布对襟裆裤，好料子，是嫁大女儿时做的。嫁二女儿和台湾光复那年也穿过，今天是第四回。

“傻仔！”他望望对面楼上，厚厚的紫黑色的阔嘴又动了动，这回是在骂他的儿子。但随着骂声，他的老脸上却泛起了笑容。“还不肯教我来呢，这么要紧的事情！”

早晨起来后，他摸摸索索地为儿子阿荣整理东西。阿荣很奇怪地问：

“怎么还不去菜园？阿爸！”

他站在儿子面前傻笑着，不答话。呆一下，儿子才明白过来，说：

“你要陪我去吗？不用了，我又不是婴仔。”

他抓抓光头，眉毛向上挑挑，很不在乎地说：

“菜园有什么关系，反正晚了。”这在阔嘴仔阿伯的生活里，是一件极不平常的事，居然有一天不去菜园，不去卖菜。他的儿子见父亲这样，也只好说：

“爱去就一道去吧！”

他并不后悔站在这里晒太阳，一进门阿荣就对他说了：“阿爸，就站在墙那边，不要乱走动啊！免得我找不到你。”说完了，儿子就夹着书包走进对面那座楼房去了。他呢，便一直做出负有重要任务的姿态，站在墙这边，让火烫的太阳在他身上打滚。

他擦了汗，把毛巾往裤带上一掖，两手往身后一背，黑紫的脸让太阳晒得直发亮。紧闭着厚嘴唇，脚底下轻轻地点打着，一下子看看那座楼，一下子左右摆动着看院子里出出进进的人。他很想随便拦住一个人，做出毫不在意的样子，对人说：“今天是我儿子来考高等——高等学校。”然后，他再抬头指指对面楼上说：“就在这上面。”只要有人向他点点头略示招呼之意，他一定会这么说的。可是他站的地方太不重要了，没有人理会到墙边有个老头儿。

他从来没有直挺挺地站在同一块地方这许久，他不习惯，但是又不敢挪步。他看见许多人，也是陪着儿女来考试的，都随随便便地走动着。好大的学校呀，儿子考上就会在这里念书。这些出出进进的人，说着他听不懂的有学问的话，看着墙上他看不懂的告示。他却只有站在墙边，守着火烫的太阳。

他被晒得不能忍受了，再毒的太阳他不是没遇见过，可是不能让它在身上同一处地方晒得这么久呀！他摸摸脸，好像摸着刚灌进开水的铁壶。他想，在菜园子里工作的时候，也都是大太阳，但是他可以变动姿势，蹲下去，站起来，侧过身，走动着，太阳就不至于像现在这样，只晒着他的前身了。他挪动了脚步，躲到一棵松树旁，露出给太阳晒的只有个大秃顶。他伸手到头上抓了抓。

他想着一件什么事，身不由己地蹲了下去。他的蹲法很放肆，两腿打开，大模大样，毫不保留地深深地埋着屁股。属于劳动者的姿势，就像他们在休息，在饮茶，或在吃便当时的那个样子。

他在想：他有自己的菜园，就像他有自己的儿子一样，是实实在在的。那菜园真是一块好地，原来是种谷的，怎么能不好呢！他买过来，种下十多样蔬菜，才三个月的工夫，柿子就长得好高了，青色的柿子结成了串。这几天大太阳，说不定柿子已经有了发红的呢！现在人们都喜欢吃山东白，他也有这种野心，把前面那块地再买过来。听说枝仔要卖了那块地搬到山上去种茶。如果能买过来，他要全部种上山东大白菜。

打发儿子念书，也不是件容易事，首先他种菜就没了帮手。儿子有时也来帮帮忙，可是他不要，“去你的，去念你的书！”他总是这么把阿荣赶回屋里去，宁愿自己一担又一担地挑着尿肥浇菜，尿肥下了土，他的汗水也下了土。只要看见儿子在窗口桌上咿咿唔唔地念书，在他就是满足。谁叫他不识字呢！他在种菜，儿子在念书，这和他在念书，儿子在种菜，又有什么分别！

就像那天吧，送税单的人来了，一张三联单他接过来，拿进去给阿荣看。阿荣看了看说：

“有两张钱的数字写得不一样，不知哪一张对？”

于是他便又把三联单拿出去给那人看，并且说：

“有两张上的钱数写得不一样，不知哪一张对？”

那人接过三联单，一面找，一面问：“哪里？在哪里？”

但是他也不知道那钱数写在纸单上的什么地方，只好倚老卖老地说：

“少年人，自己看呀！”

少年人果然找到了，抱歉地说：“老阿伯，还是你的目力好，一下就看出错误来了。”

少年人错认老阿伯是识字的，但老阿伯听了一下子得意起来，将错就错，摆出一副严肃的面孔说：

“下回要小心啊！不要看老阿伯是六十一岁的老人喽！再小的字也逃不过我的眼睛呀！”

说起钱数字，那倒是使他伤心的事。他每天挑着一担菜到城内市上去，最怕两种人：“警察”和“女人”。只要有人喊一声：“警察来了！”他们这群在路边担挑卖菜的，就得赶快扔下主顾，挑起担子就跑，因为他们犯了妨碍交通罪。这时，买菜的女人便会乘机不给钱，或是多抓一把菜。他们也顾不了那许多，最要紧的还是把牢那杆秤，不要让警察拿走。没了秤，买卖就不能做，而且一杆秤要好几十块呢！那年秋来的一天，他高高兴兴地挑了一担新鲜芥菜上市去。半路上，有人买不少斤，担子减轻了些，他走得更快。担子在他肩头上一颠一颠的，他的胳膊也随着一扔一甩的。他一面颠着甩着，一面心中盘算：儿子要到狮头山旅行，到底要不要答应？去一趟要花不少钱，他卖三天的菜也赚不回。到了菜市场的马路边，放下担子来，他的手发热发胀，称菜的时候有些抖。他正三斤五斤称得好顺手，不防警察过来了，别人早已挑着担子逃进小巷，只有他被警察抓住了那杆秤。他十分卑贱地苦苦央求着。这时对面气吭吭地杀出一个女人来，抢到他面前，用手指点着他：

"你这坏良心的老头子，拿老台币找给我，你坏良心……"

"没有！没有！"他简直要起誓。

"喏！你看！"他又张开手里捧的一堆钞票，分辩说。钞票堆里竟也有几张是老台币，这是半路上买菜的人给他的，他不认识字，弄不清楚。警察本想放了他，现在看他在妨碍交通之外，似乎又犯了欺骗罪，怎肯放松？围上一圈人，他在百十只指责和耻笑的眼光之下，真是欲辩无由，满肚子委屈。他的手更抖了，鼻涕也流了出来。

那天他回到家里，实在想哭。晚上阿荣放学回来，又提出昨天的要求，要随着同学到狮头山去旅行。他这回毫不犹豫地答应了，并且很痛快地从抽屉里取钱给阿荣做旅费。他问阿荣要多少？然后把各种票子拿出来，问这是几圆？那是几角？并且问这里面是不是掺着不能用的老台币？他问得很详细，但没有把早晨的事透露半个字。可是最后竟不觉重重地叹了一口气，对阿荣说："你阿爸这辈子就坏在不识字！"阿荣不懂得阿爸这话的意思，只奇怪地看了他一眼。

从那时候起，他就决心让阿荣把书读下去，他尽量地不要阿荣到菜园里去，不要阿荣拔一根草，不要阿荣种一棵菜，全凭他自己，把阿荣熬到现在，到现在，又要考什么高等——高中了。他不知道书要读到什么时候为止，只要阿荣喜欢读下去，就随他。镇上张外科的儿子，三十多岁了，不是去年还飘洋过海去读美国书吗？

阿荣今年十六岁了，读书知礼，到底不同。想想他自己的幼年吧，从七八岁就骑在牛背上。那时怎么就没人出主意让他念书呢！他很得意，倒是自己有见识，让阿荣念书，没让他看牛去。就这么几年，阿荣已经念得很多了。

他夹七杂八地想着这些事，不禁感慨地摇摇头，眼直钩钩地望着墙边地上的一棵小草，他伸手过去，把小草揪起来，想着幼年在溪边看顾了好几年的那头老牛吃草的样子，竟不由得把小草送进了自己的嘴里咬着。

一阵嘈杂的声音把他从呆想中惊醒了，原来又一堂考试完了，院子里已经东一堆，西一堆地聚集了许多人，只有他孤零零地还在墙角边。他赶快站起来，责备自己不知在这里蹲了多久。他挪步离开矮松，回到原来他站的地方去，他怕阿荣找不到他。

他用眼睛努力地在一堆堆的人群中搜寻，终于发现了阿荣，他的阔嘴咧了咧。阿荣正和一群同学以及他们的父母高声谈论着什么。他努力地听，可是听不懂，他知道无非是书本上的事情。

看别人的父母都在问长问短，他也很想走到他们的群中去，但是他知道自己绝插不上嘴。然而，他的存在，他这样重要的存在，以及他和阿荣的关系，人家也应该知道呀！阿荣是知道他仍站在这里的，因为他曾回过头来向他这边望了望，连让他张嘴的工夫都没来得及，就又转过头去和别人说话了。

他皱起眉尖歪着头沉思着，有什么好办法可以走进他们的群中去表现一下“这是我的儿子”的愿望呢？同时他也很想为阿荣做点儿什么，递给他手巾擦擦汗啦！替他拉平衣服的领子啦！捏捏他的胳膊啦！甚至于摸摸他的装得硬邦邦的书包什么的。

他歪着的头，眼睛正好对着校门外，那里停着一辆卖冰水的车子，大玻璃缸里盛满了泡着冰块的橘子水。许多学生正围在那儿，一杯杯地喝着。他忽然想起了什么，立刻挺直了身子，揪揪衣服襟，把脸孔放平整，然后坚定地踏着大步子，走向人群去。

“荣仔，”他排开人群，挨近阿荣的身旁，眼睛对别人连看都不看一眼，蛮了不起地冲着他儿子一个人问：“要喝冰水吗？”

茶花女轶事

朋友特为给我送来一本早年北方出版的某画刊合订本，图文并茂令人惊喜。翻开第一页，就使我备觉亲切，因为那期的封面，刊登的是一位美丽的小姐，当年在平津一带很出名的“闺秀”，而我和她的妹妹是同学。再接着一页页地翻下去，使我重温习到许多人物和事情。那些上了报的“闺秀”们早年的服装、打扮，我记得都曾使我向往，我希望也有一天能穿着，像大小姐的派头儿，因为那时我只是一个半大不小的初中女学生啊！

“快到了！”送画刊给我的人忽然说。

“什么快到了？”我问。

“我主要送它来给你看的那一页快到了。”

我想那一定是我认识的人，或者那是现在也在台湾的什么人物的照片。在座同看这本画报的，还有几位北方朋友以及写作的朋友，她们当然也都对这本老画报很有兴趣。

当翻到了某一页的时候，我惊叫了一声：

“啊，这不是我吗？”

许多脑袋都围拢来看“我”—— 一个正是所谓的初中女学生，斜分着头发，齐耳朵，一边拢到耳朵后，一边斜散披在右前额。

“不说简直看不出是你。”大家异口同声地说。

“当然啦，连我自己都不认识自己啦！”但令我更惊奇的是，照片旁边还有一首新诗，署着我的名字，那是我的大作呀！大家一看我写的新诗，便同声地朗诵起来了，那是一篇题名《献给茶花女》的小诗：

你在终夜看守着这脆弱的生命，
你在你的肉体里还留存着偎抱中所灌输的温和的柔情；
你紧紧地对着那默静无言的唇，
这也是你爱阿芒而给阿芒的爱的初吻。
无情的风，无情的雨，
再加上一个无情而柔弱无力的黄昏；
你为了青春你牺牲了你的青春，
一个不可超越的身体，便会有忧闷，悲苦，和消灭的温存。

大家愈念愈起劲，念到后来都大笑起来，笑不可仰。

“真不知道你还会写诗！”

“而且还这么新潮！”

“无情的风，无情的雨，再加上一个无情而柔弱无力的黄昏。够味儿！”

“一个不可超越的身体……完全是现代诗的味道嘛！”

大家拿我的诗大开玩笑，而我对于这首诗的写作，却完全没有记忆了。除非我来回想我们那次公演《茶花女》的经过，我这小小女孩，怎么在当年也派上那么个角色！

……

一个炎热的下午，静静陪我到京畿道的艺术学院去。南沟沿是一条走大车的道路，干燥的夏日午后，我的白皮鞋趟到土里去，马上就变成灰的，南沟沿拐过来就是京畿道，艺术学院到了。

是静静的嫂嫂介绍我俩来艺术学院，找一位戏剧系同学黎风先生。嫂嫂也是艺术学院的学生，她和黎风同系。这次他们要排一出话剧《茶花女》，里面还缺一位演员，嫂嫂大肚子了，不能参加演出，所以介绍我来。静静只是陪我来的。

我在小学里也偶然演演跳舞唱歌，但那只是《麻雀与小孩子》《七姊妹游花园》之类的，进了中学以后，我还没上过阵呢！这次嫂嫂介绍我参加大学生演话剧，在我以为是不会成功的，因为我太小了，我怎么能在人家正式公演里上阵呢！我虽然有些恐惧，却愿意尝试尝试，所以我就壮着胆子来了。

黎风先生见到了，他正在那间大空教室里等我们，也许不是专为等我们，因为那里也还有几个人在。黎风先生是个瘦个子，很有礼貌也善谈，浑身满嘴是戏。他很有派头儿地说话：

“欢迎，欢迎，二位小妹妹。”

然后为我们介绍七零八落待在那里的每个人，张三和李四等等。

“阿丽丝（嫂嫂的洋名）跟我讲了，她说林小姐口才很好，很会演戏。”黎风说。

“哪里，”我真不好意思，我的口才好，只是常跟嫂嫂辩论一些无聊的小事，诸如珍妮盖诺和阮玲玉的演技而已。“黎先生，我实在不会演戏的，没有经验。”

“不要叫我黎先生，我也是学生，叫我黎风好了。”黎风这时摆的姿势是这样的：他把右脚踏在课椅上，斜着身子，又把右手支在右膝盖上，两手手掌互握着，开始他的台词儿：

“莎士比亚说过：All the world’s a stage, and all the man and the woman nearly player. 懂吗？意思就是说：世界是一个大舞台，人人都是演员。我们所演的就是我们的生活。”

“那么，你们所缺少要我演的，是个什么角色呢？”我问。

“那宁娜。”

“那宁娜？她是茶花女的什么人？”我那时虽似懂不懂，但居然看过林琴南译的小仲马的《茶花女轶事》，反而还没读过刘半农译的《茶花女》剧本。那是因为家里有些林译小说。

“那宁娜是茶花女的女仆。”

啊！我真失望，没演过话剧，一上来就演丫头戏！而这丫头，我想当然不会像“晴雯撕扇”“佳期拷红”那些戏里的丫头那么重要。我想得有点发呆，这时大概黎风看出来了，他又搓搓手掌说：

“固然，那宁娜原来不是年轻的女仆，但是这是不关重要的，我们可以改成年轻的，台词也没有什么不合适。”

黎风还以为我怕演“老妈子”，所以改成“大丫头”，其实还不是一样使人不高兴。但是我又不好拒绝，我从小养成一种习惯，不反悔我曾答应过的事，无论怎么忍耐，我都要咬着牙完成它。因此这回我又咬了一下牙，好吧，就是那宁娜那丫头吧！

“密斯林，那宁娜的戏可也不少啊。只要有马格丽脱就有那宁娜。除了第四幕在赌场的以外，恐怕每幕都有你。”黎风说。

当然啰，我心想，既是马格丽脱的贴身丫头，当然是跟前跟后的。但不知这位饰演马格丽脱的是什么人。

黎风忽然想起什么，又喊在教室一旁的另外一个人过来，重作一番介绍：

“密斯林，这位是加司东，马格丽脱忠实的朋友。法学院的同学。”

他这样介绍，我并不太懂，所谓马格丽脱的忠实的朋友，是指的剧本里，还是指的台下呢？我对于茶花女的人物，除了阿芒与马格丽脱以外，全然不知。但是这位加司东也说话了：

“阿芒，怎么不把你老子和你的情敌介绍给密斯林？”

这时我才知道黎风是扮演阿芒的，那就是男主角了，怪不得那么——做出那么潇洒的派头儿呢！而且似乎他对于安排这出话剧，也是主脑的人物。这时老子和情敌都过来了，他们都是戏剧系的同学。

丫头不丫头好像对于我没有什么太大关系了，因为他们都对我很友善，使我的紧张的情绪松弛下来，我也可以随意谈谈了。但是他们都是拿我当做一个不懂事的小妹妹。我不懂的问题，他们都给我答复。他们问我的功课，问我怎样跟阿丽丝认识的，问我是不是能抽出时间来排戏，因为差不多都是在校生，所以都要在晚上排戏。

“在什么地方排呢？这里？”我问。因为我看这间教室是预备排戏用的，课桌课椅并不是整齐地排列着，东一堆，西一堆的。

“不，我们在导演俞教授家里。在后门那一带。”

“后门？”我很为难，那一带离我家太远了。但是黎风说，没有关系，他们是有车子送回家的。并且说，每个星期排演三天，十一月才公演，还有两个多月呢。

这对于我真是一个新奇的尝试，和许多大学生在一起演话剧，不要讲公演了，光是大家在一起排演的生活，也一定是很有趣。我喜欢人多，喜欢赶热闹，喜欢又说又笑的，这回可要使我大开心了。当我和静静告辞他们出来时，和我刚才进去时的紧张的情绪大不相同了。

我们又回到静静家去，为的向阿丽丝嫂嫂报告经过。

娇小玲珑的阿丽丝嫂嫂，正倚在床上养神呢，她顶着大肚子，穿着黑香云纱旗袍，黑蜘蛛似的！黑蜘蛛见我们回来，从床上爬起来了。她说：

“小妹，怎么啦？都说好了吧？”

“当丫头。”静静替我说了。

但是黑蜘蛛说：“没关系，这是开始，我们戏剧系的学生，什么都要演的。你看，李珊演茶花女，那还是妓女哪！”

于是阿丽丝嫂嫂也开始向我宣讲戏剧原理了。我觉得很奇怪，像阿丽丝嫂嫂这样结了婚，已经有了一个孩子，现在又要生第二个孩子的人，怎么又做女学生呢？听说阿丽丝嫂嫂的父亲是东北的有钱人，特别送女儿到北平来读书。但她也没什么学校可上的，就随便选了个戏剧系，刚入学就认识了静静的哥哥，跟着就结婚生子，不知道到底读了几天书？演了几次戏？现在又对我开讲戏剧了，算了吧！

阿丽丝嫂嫂并且告诉我，演茶花女的女主角李珊，也已经结婚，并且是两个孩子的母亲了。

“怎么生了两个孩子还念书，嫂嫂，我真佩服你们。”我确实很佩服嫂嫂，以及这位“茶花女”。但是我常到静静家来，从来也没看过嫂嫂读书，她只是喜欢穿漂亮的衣服，和哥哥出去玩玩乐乐的，倒是谈到演戏，她就足能唬我一气就是了。她表演起来，咬文嚼字地念台词，两只手的动作也特别加强，无论是悲哀或快乐，常常都要昂然地仰起头，伸出右手或双手同时伸出去，激动地喊“啊……”，好像这是话剧里表演情绪时不可缺少的动作。但不知我在茶花女里的那宁娜这丫头，是不是也要那么样地“啊——”呢？

啊——，真的，我恨不能这时就有一本《茶花女》剧本在手头，我急于想知道它的内容。

从静静家出来以后，我就等不及地到琉璃厂的几家新书店，去找《茶花女》，果然在北新书局被我找到了。我的兴奋的心情，几乎是半跑半走地回家去。我家离琉璃厂很近，琉璃厂是我从念小学到现在每天必经的路，除了其中有几年曾搬到较远的地方去，但自父亲死后，我们又搬回这一带来，这里给了我最亲切的感觉。琉璃厂只有一间较大的建筑，那就是商务印书馆，从启蒙到商务印书馆去买小学课本，到现在我到北新书局买《茶花女》，而且要上台演戏了，这是多么令人兴奋的事呢！

一回家，我就连饭也顾不得吃地躺到床上看《茶花女》，我念书总是这样一副懒骨头相。打开书，当然是先找那宁娜的台词，看看那宁娜到底要出场多少次，黎风不是讲五幕里我倒有四幕要出场吗？果然，我随便翻翻，总有那宁娜出现在书上，比如：

“知道了，姑娘。”

“姑娘，要皮大衣么？”

“是，姑娘。”

“姑娘，有一位先生要请姑娘说话。”

“伯爵到。”

“再有五分钟就好了，姑娘。开在什么地方呢？在饭厅里么？”

属于我的这种台词，怎么能表演出阿丽丝嫂嫂那种伸出手“啊——”的激动之情呢？我有点失望，而且“伯爵到”该怎么个表演法呢？就像王妈吧，如果有什么伯母来找妈妈时，王妈在大门口就喊了：“起来啵，太太，牌角儿全到喽！”王妈最没规矩，那宁娜能像王妈那德性吗？

现在我正式地翻开第一幕，才知道一上场就有我，动作是“正在工作”，想必是擦桌子抹板凳的，然后有人叫门去开门。却没想到再翻过来，居然那宁娜有了大篇谈论，是和一个名叫法维尔的对话，例如：

“笑话了！她所有一切的幸福，就全在这一个人身上。他是她的父亲，即使不完全是，也几乎是父亲了。”这总像个话剧词儿了，可以以话剧味儿表演出来，但是一个丫头片子怎么能讲出这么一派正经的词儿呢！

我觉得躺在床上只能看小说，却不能念台词，便从床上起来，站靠在书桌面前，拿腔拿调地念着我的台词，有时也试着念别人的台词。妹妹们站在玻璃窗外看着我在笑，母亲也笑骂我：“在发疯！”

无论如何，它对于我，是一件新奇有趣的事，我想除了念书以外，我还有更多有趣的事想看、想做，因此，我便不能把书念得好些。

白米斜街是在鼓楼前大街一带的一条胡同，胡同不怎么宽，但是胡同里很有些大房子。后门这个地区，住着许多没落的旗人，那些大房子也许就是当年他们的府第，但是民国后都被他们廉价出卖了。俞教授在白米斜街的这所大宅子，就听说是前清的什么福晋的房子。宽敞的院落，带游廊的大四合房，院子地上墁着大方油砖。正厅是客厅，我们排戏就在这里。

我在洋车上摇了半个多钟头，才从我住的南城摇到北城来。对于北城的地理，只有个什刹海是比较熟悉的，还有偶然随着家人到什刹海那里的会贤堂，参加朋友的婚礼。否则，一年也难得到这一带来一次。

当我第一天在俞教授家宽敞文雅的客厅里，会见了和蔼可亲的俞教授夫妇和排戏的朋友们时，他们都待我好极了，他们都说：

“她是这里最小的小妹妹。”

另外有两位女角虽然也是中学生，但她们是高中女生，个子长得高，样子很帅。女主角李珊，也对我很好，另一个女配角，听说是燕大的女生，很阔气，架子也大些，丈夫总跟在身边。（又是一个结了婚的女学生！）

至于男角，黎风和什么加司东、乔治老爸爸，我算是熟悉了。另外一些，还要待我慢慢去认明，他们也都是来自各大学，有一两个不是学生，年纪比较大一些。

我们开始排演只是先对台词，而无动作。瞧，一上场不就是我吗？第一场、第二场、第三场，我的吃力的台词来了。我不以为那翻译的文笔是顶适合演出的，有些地方不是国语，有些地方太咬文嚼字。我怎么敢批评前辈作家，但是当我说："……现在我可以向你说的话，乃是我自己看见的事。……"这句话的时候，我简直不知道怎么个"乃"法儿。

还有：

"……是什么一回事……"

岂不是应当说："是怎么一回事"才对吗？

又比如别人的台词里，有像这样的话：

"你就是问到了也能有得什么好处呢？"

"马格丽脱，你这种念头，只须有得一点，就马上可以……"

"得"字的用法，在这里仿佛是多余的，但是像这样的地方太多了。

排演的生活很有趣。无论背台词、表情，对于我所演的那个角色，都不是困难的事。但是俞教授却说，不要小看那宁娜，她随侍茶花女身边，并非不重要，因为许多茶花女的朋友都和那宁娜谈很正经的事，她也随时注意茶花女的身体和心情，为她应付那些客人。而且，俞教授夸赞我说："小林儿很能把握那宁娜的性格，不错，不错！"我听了当然很高兴，因为我很轻松地演出了这个角色。大家也都喊我"小林儿"，这原是我在中学里同学对我的亲密的称呼。

至于另外的人们，李珊的茶花女和黎风的阿芒，当然是最吃力的了。一场戏，尤其是只有阿芒和茶花女单独对话的时候，总要二番两次地排演，做主角毕竟不简单呀！但是另外的人，却真有几个大笨蛋的，也需要一次又一次地重排，既然这样笨，这样没有演戏的才分，干嘛还要演呢？这也就难怪为什么戏台上有一生都给人跑龙套的了！看了他们，我的人小心不小的心灵里，就会掠过一个念头，演戏不是一件很难的事，下次如果有机会，我可要演大一点的角色了。

俞教授家是个温暖的地方，碰到星期六或星期日，我们就提早在下午排戏，总会有些点心好吃的，没有戏的人，就可以在一旁聊聊天，下下棋，最苦的当然是阿芒和茶花女，因为总是有他们俩的戏，总是在那里排戏，而且俞教授也特别注意他们俩的戏，一丝也不肯放松的。

有一天，我们在排演第二幕后半场以后的戏，这是马格丽脱和阿芒的重头戏，因为这是他们俩定情的戏，有许多你爱我、我爱你的词儿。第十二场下来以后，就没有别人的戏了。因此，饰演伯爵和饰演茶花女邻居卖帽子的燕大阔小姐，都到饭厅那里去下棋了。只有我还留在一旁，因为在阿芒和马格丽脱的大段谈情说爱之后，是由我来结束这一幕的。

李珊的戏演得非常好，那是谁都可以看得出的。这一场戏，她一个人留在房里等阿芒，于是她就半躺在那躺椅上，因为茶花女总是病怏怏的。我很喜欢听两人这大段台词，因此默默坐在屋角上留心观察和倾听，很有私淑之意。我手里也拿着剧本。

阿芒进来了，照剧本上的动作，是应当“就往马格丽脱膝上坐下”，然后轻唤着：“马格丽脱……”，当然，在我们中国是不作兴那样表演的，所以就改成阿芒进来就坐到贴近躺椅旁的一个小矮凳子上，开始了他们之间的一场先辩后爱的戏。

这两人的对白，有时他忘了词，有时她忘了词，有时导演又认为应当改变动作。有一个地方马格丽脱神情凄苦地说了一大段怨艾的话，然后阿芒用手抚着马格丽脱的胸前说：“马格丽脱，你疯了！我爱你！……”但是这处地方的表演，不能得到导演的满意，我们总不能把“我爱你”说得像西洋人那么自然，所以戏就三番两次地在重排。而放在马格丽脱胸前的那只安抚的手，竟停在那里不动了，在等着导演的命令。

俞教授并没有注意他们，因为他在专心地看着剧本，考虑怎样地修改。我可在注意他们了，黎风有意把手停在李珊的胸前，但是那样子，就仿佛是导演在这个姿势下叫停的，所以他一时不能改动姿势，必须等待。这样支持了有那么一会儿，李珊忽然感觉到了，但是她并没有生气，反倒斜睨着他，娇嗔地说："拿开！"黎风这才嘻皮笑脸地撤开了他的手。

这一幕戏外的戏，被我看到了，觉得很不舒服，因为我一下子就想到，李珊是两个孩子的母亲，现在演着爱情戏，竟演到这种样子。她的丈夫是什么人呢？她的孩子是什么样子？为什么他们从来不来参观她排戏呢？像燕大小姐的那位丈夫，不是天天随侍左右吗？

好了，真戏过去了，假戏又开始了。俞教授要他们俩再来一次，于是阿芒说话了：

"我要你饶恕我！"

马格丽脱说：

"你不能邀到我的饶恕！"

在马格丽脱这句话的下面，剧本上括弧里的说明是"阿芒有相当的动作与表情"，这相当的动作与表情，俞教授告诉黎风说，要表现出痛苦、悔恨。而邀不到饶恕后的激动的动作，便是握拳按于自己的胸前，略为摇晃着上身，而满面祈求原谅地望着马格丽脱。黎风许多次都表演不好，我觉得真奇怪，怎么把手抚在李珊的胸前，就表演得那么认真，而按着自己的胸前，就弄不好了呢？

这"相当的动作和表情"，挨了许多次才完成了。继续的台词就是他们之间的什么"我的心膨胀着全找不着个安慰之处，因此我们就只有一味地忧郁了"，什么"你是我堕落在烦扰的孤寂的深处所要呼唤的一个人"，这种太长串的洋句子和不够口语的译文。但是它是话剧，多少年来，话剧已经给我们中国的语言形成另一个形式了。所以，凡是话剧，说话就是那么个味儿，日久天长，也就见怪不怪了！

大堆头的这样的对话与相当动作的表情之后，我跟在阿芒那句："你是天仙，我爱你！"便出现了，那宁娜的叫门和一声"姑娘，有人送来一封信"结束了第二幕的一切。

天真的我，到现在才发现黎风和李珊戏外的戏。使我第一次感觉到这种场合，是极容易产生感情的，也就是所谓的假戏真做。那么它是否不适合已经结过婚的人呢？怪不得那些电影明星都那么容易离婚、恋爱什么的。也怪不得燕大小姐的丈夫要跟着她，而李珊的丈夫从不出现。

这时已经是深秋了，每逢排戏的日子，下课回家赶快吃完晚饭便出发到俞教授家。洋车进了和平门，再穿过南池子，北池子，直奔后门。常常是，出家门时天已薄暮，一路在洋车上摇晃着，背着我的台词，听着马路两旁的落叶，被秋风吹了在地上滑走的声音，不知怎么，心中有异样的感觉。到俞教授家，往往天已经全黑了，大厅里灯光辉煌，人影晃动。和这些大哥哥大姐姐们在一起，我看到的、领悟到的，在戏以外，也不少。

让我再来回忆燕大小姐。实在，她是冯小姐，或者是张太太。从她日常的穿戴，可以知道她的环境是不错的，张先生也很体贴她。她瘦瘦高高，没有什么了不得的美，只是优渥的环境，打扮更显得高贵些罢了。她不像其他的学生，她缺少北平女学生的朴素的味道，反而像是个阔少奶奶。她来了，每次都换了不同样的讲究衣服，和俞教授谈着仿佛高人一等的那些事情。但是她也很热心，当我们排演得差不多的时候，该准备服装道具了，更显出她的热心与大方。要知道这虽然是卖票公演的话剧，但毕竟不是纯商业性质的，所以衣服能借的就借了。

我们是男角穿西装，女角穿旗袍。五个女角一律是拖地长旗袍，除了李珊新制了两件以外，我们的衣服大半是由冯小姐借来的，而且大半是她自己的，她乐于借给人，也正可以表现出她的阔绰。

按说，我只是茶花女的一个女仆，是不必穿得讲究的，但是冯小姐也给我弄来了一件漂亮的拖地绿色长丝绒旗袍，而且还滚着银边。冯小姐所饰演的柏吕唐司，是茶花女的邻居，一个多嘴多事的胖太太，常常跟茶花女借钱的。但是冯小姐既不胖，也不穷，她在五女角中打扮得最漂亮，衣饰之高贵超过了茶花女。在排演的时候，她已经准备好了她的新装，一件件摆给我们看。

她来了，总是珠光宝气，给我的威胁不大，反正我是小女孩，无论在戏里戏外，都是无足轻重的，而且年龄的距离，也不是大家的对象，大家反而对我特别好，小小的我，在这里倒是站在超然的地位了，多么有趣。

给李珊的威胁当然最大，李珊的家庭环境好像也不太坏，但是比起冯小姐是略逊一筹的，一切的妒忌，总是产生在相差最近的对方，所以李珊和冯小姐有点顶牛儿啦！

李珊唯一能顶得过冯小姐的，就是她是主角，戏演得好。冯小姐呢？她拿物质吓人。我看得出她们之间的痕迹，但是我不明白为什么要这么对立？也许这和我在学校的功课一样，那个功课最好的同学，我倒不在乎，一点也不妒忌她，反而是考试跟我不相上下分数的，给我的别扭最大。

正在我们准备服装道具，距离公演不远的时候，有一天，黎风忽然来到我家。这真是一件突然的事，我们三天两头在俞教授家见面，他有什么事必得到我家来找我呢？他很自然地说：

“我今天到你附近住的一个朋友家，顺便来看看你。”

“咱们今天不是要对最后一幕戏吗？”我说。

“是的，我们一起去吧？”他问我。

“可以。”我说完了，忽然想，现在是快要吃晚饭的时候了，我要不要留他吃晚饭呢？当然要。所以我又加上一句：“那么请在我们家吃了便饭再去吧！”

“好呀！”他斜着头，做得很自然，透着跟我很熟的样子。于是他问：“伯母呢？我还没见过。”

我说妈妈刚好被人请去吃晚饭了。他就和我们姊弟几个一桌吃，这样更自然了，他有时也逗逗小妹妹、小弟弟。

我还要说，他虽然做得一副舞台明星的派头儿，但是他的穿着是相当穷酸的，而且我知道他的服装道具，都要俞教授给他张罗着各处借，阿芒总该穿得漂亮些。

在饭桌上，我们闲聊着演戏的事，他很称赞我：

“小林儿，你实在是有演戏的天才，我们希望你有机会参加我们下个戏。”

“我觉得我演得普通而已。”

“不然，你的戏并不简单。俞教授也常在称赞你。最要紧的是，我们要有演员的气质。”

“什么气质？”我不懂什么气质，我反正就是我那一副样子。同学们常常称我“小机灵鬼”，小机灵鬼还有什么气质吗？

“你肯虚心地接受指导，更求进步，这就是气质。比如你看——柏吕唐司吧——”他是指冯小姐了。

“柏吕唐司怎么样？”我问。

他耸了个肩，眉毛眼睛一挑，一派洋气质！他说：

“不是为艺术而艺术。”

“那是为什么呢？”谁又为艺术而艺术呢？我连这句话都不太懂，难道我是为艺术而艺术？说实话，我是为好玩、好奇，这是我从小就有的毛病。在我来说，英文月考没考好，反而把台词背得滚瓜烂熟的，这是我的“毛病”，谈不到“艺术”咧！

“她是为表现物质而来的。”黎风说。这话倒是有几分道理，但是我以为冯小姐也有她的好处，她为大家的服装尽了最大的努力，这在团体生活中，不是“气质”吗？但是黎风又说了：

“我看柏吕唐司跟你也很谈得来，她有跟你谈到什么吗？”

“什么谈到什么？”我不懂。

“比如，有没有谈到我们，或者批评些什么。”

“我们是谁呀？”我好像在追根刨底，其实不是，话不说明白，我就不懂，我不懂就不能做肯定的回答。

黎风又耸耸肩，说：

“没有谈到我和李珊，或者尼希脱和朱司打夫？”

我猜想到“我们”是指他和李珊，但是怎么又多出什么尼希脱和朱司打夫来啦！这两个人在《茶花女》剧中是一对情人，难道在台下……？对了，每次总是他俩一道来的，我怎么这么天真，就不会往那上面想？但是如果今天晚上我和黎风一道去的话，人家会说什么吗？不会，我是那么小，那些事还轮不到我呢！但是我要回答黎风的问话，我说：

“没有，从来没说过什么。”

黎风也的确是过虑，这正应合了那句老话，“如要人不知，除非己莫为”呀！冯小姐跟我这小女孩讲这些干什么呢！不过冯小姐和别人谈起他们俩的时候，确是有那么一个表情——撇嘴。什么话不说，一撇嘴，就尽在不言中了。但是她从来没在我面前“撇”过他们，也许她觉得我太小，也许她怕我小孩子不懂事会告诉他们。不过，黎风以为冯小姐会说他们什么呢？

吃过晚饭，我们便出发到俞教授家去，无非是坐在洋车上摇吧，他一辆，我一辆，老头儿车摇到后门，天黑得很了，又很冷。黎风连件大衣都不穿！只有竖起西装的后领，缩着脖子，可是还在洋车上跟我谈了一路的戏剧理论，并且一再地，要我参加他们的下一个戏，仿佛戏剧前途非常远大、可观。

当我和黎风到达的时候，俞教授家温暖的客厅里，已经来了一些人。冯小姐和他的丈夫已经到了，像这样冷的天气，冯小姐坐洋车就有一条自备的俄国毡子，她的张先生也提着一些为了显示给大家看的东西，比如几件明明我们都不可能穿着合适的旗袍什么的，总是这样拿来拿去的，真也不嫌麻烦。李珊也来了，客气地夸赞着冯小姐所带来的衣服。

俞太太煮了一些咖啡，分给我们喝。正在这时，尼希脱和朱司打夫进来了，我这才注意，他们并不避讳他们同来的事实，显得那么自然，他总是揽着她的腰，为她拿大衣，眼睛总是脉脉含情地盯着她，十足一副护花使者的姿态，肉麻死了！

再接着，那个扮演男客加司东和女客欧莱伯的同时进来了，似乎他们俩也带着那种味道，已经交上了朋友的那种味道。我现在变得敏感起来了，以前我不太注意这些事。

因为天气冷了，排戏完毕太晚了，为了女生的关系，我们回家就叫汽车分别送。我和尼希脱和朱司打夫，还有乔治老爸爸是一路的，所以我们合乘一辆车。乔治老爸爸很近，先下车，然后顺路应当是尼希脱，但是他们都是先送我，说得好听是爱护我，其实还不是爱护他们自己！当只剩我们三个人的时候，我真别扭，他们俩已经到了难舍难分的地步，有个机会他就得靠近她，搅着她的腰。就说在排戏休息的当儿吧，她如果坐在沙发上，他就得坐到沙发扶手上，手搭在她的肩上，老是像在照相馆里拍订婚照的姿势。我在车里总是避免我的眼睛接触他们，我直盯着司机的后脑勺。只听见他小声地跟她说话，那样小的声音并不是怕我听见，而是因为他们正“情话喁喁”呀！

这时我已经听说朱司打夫是结过婚的，但是他的太太并不在北平，而且尼希脱原来也有男朋友的，我简直不懂，像演话剧这件事，究竟是好是不好呢？

公演前，要对外宣传了，所以我们到照相馆拍了一些照片，五位女角全体出席，男角只有阿芒和朱司打夫去了，这就是舞台或银幕的男女不同之处吧？女人总是重要些的。就在我们预演那天，画刊上出了一个专页，第一次向外介绍演员，在介绍那宁娜的那一条下面写道：

“那宁娜——她是马格丽脱忠实的仆人，林英子女士饰，她是一个活泼的小孩，北平话说得十分流利。”

那一次的特刊，非常轰动，同学们都知道了，原来很喜欢我的英文老师，也知道为什么我的月考考得那么糟了！

预演那天不售票，招待的都是戏剧界人士、各大学教授、同学什么的。演一幕，批评一幕，又拍戏照。大家的意见不少。这样演完，已经很晚了。

协和医院礼堂是个只有三百多座位的精致的舞台，高尚的戏剧和音乐会才在这里演出，我有幸登上这个舞台，心中自是十分高兴。没有我的戏的时候，我就从前台幕缝偷偷向台下看，看有什么认识的人，我看见几家大学的出名的校花、皇后，都来看了，更是开心，我一直就喜欢看美丽的女人。

更使我兴奋的是，在预演闭幕后，居然有两位大学校花到后台来找“活泼的小女孩”那宁娜，一位大学教授也说那宁娜演得很好，结果是除了茶花女之外，似乎我是居于其次受人夸赞的演员了。我高兴得立刻觉得自己重要起来，无论如何，我是有点好名的虚荣心的。

正式公演期到了，似乎我在这里是个最轻松的人物，因为在正戏之外，我没有别的戏了；不像黎风和李珊，尼希脱和朱司打夫，加司东和欧莱伯那样，以及冯小姐，还是每天都在忙她不同的衣服。

第一天，当第二幕开始时，是在茶花女的梳妆室，我在走来走去收拾屋子，没有台词，这时应当是柏吕唐司进来，和茶花女有大段的谈话。但是幕开了一会儿，柏吕唐司竟没有出场，眼看我和茶花女冷在台上了，茶花女焦急地在梳妆台旁用小锉刀在磨指甲。不知怎么，我灵机一动，就很自然地走到梳妆台前茶花女的身旁，看了她的手一眼，然后说：

"姑娘，这套修指甲刀，是——是公爵送你的吗？"

茶花女也很自然地回答说：

"是的，他总是关怀着我，不会拒绝我的要求的。"

"非常地讲究啊！而且公爵送你的总不是普普通通的。"我又造了这几句。

但是柏吕唐司还没有出场，真是奇怪，我不得不再造台词了，我说：

"姑娘，怎么柏吕唐司太太还没有回来？"

"是呀，我也奇怪，她早该回来了呢？"

这时，冯小姐总算出场了，她又换了一件漂亮的衣服，不合她所演角色的衣服。看见她进来，茶花女这才开始了原来该有的台词：

"啊，我的好朋友，晚安！你见着公爵了没有？"

这一场戏演到茶花女叫我去开门，我才下场到后台，焦急的导演俞教授，一下子握住了我的瘦小的肩膀，他激动地说：

"啊！我的小那宁娜，你太好了，太好了，能够一点痕迹没有地加了这几句话，挽救了这危险的误场。"

后来，李珊下场回到后台来，也紧握了一下我的手，并吻着我的面颊说：

"可爱的小妹妹！"她是当着冯小姐这样吻我并且对我说的，当然，我知道她的意思是什么。

冯小姐误场，原来是她在后台等着张先生给她取那件新衣服；左等右等，不知道前台已经到了该她上场的时间。协和礼堂的化妆室在后台的下面，有如地下室，所以一定要自己注意时间的。

我并没有以为我随便加上的那几句话，是有什么重要，对于我来说，也不是什么困难的事，但经俞教授和李珊以及其他人的赞美，它竟变得重要了，而且，我也变得重要起来了。

全剧似乎没有什么可挑剔的地方，只是到了最后一幕的最后一场，茶花女要死了，有五六人个围着她。马格丽脱说：

“我已没有痛苦了，好像我的生命，已回复到我身体中来了。我觉得我从来没有这样地舒服……可是我活着，我觉得我很好过！”

然后的动作是“坐下，作瞌睡状”。这时是加司东应当接着说：

“她睡着了！”

这句话一说出去，台下竟哄堂大笑起来，它破坏了悲惨的气氛！因为这时人人都知道茶花女是死定了，并不是睡觉，怎么居然有这么个大傻子还说“她睡着了”这种话呢？这是一个世界名剧本，不知道外国人上演的时候，到了这地方说这么一句话时，台下的情绪是怎么样的？还是我们的加司东看起来特别傻气，才引致这样的哄笑呢？但是在排演的时候，我们倒从没有不对碴儿的感觉。

然而在加司东说了这句话以后，只有阿芒、朱司打夫、尼希脱三人每人有短短一两句话，这五幕悲剧就闭幕了。所以，在这情形下，加司东那句话，势必要考虑了。后来还是由俞教授修改了，就是加司东不说“她睡着了”，而是只要怀疑地说：“啊——她……？”就可以了。这样一来，第二天、第三天就没有发生那突然哄堂大笑的情形了。

这一出茶花女，排演了两个月，才公演了三天，总算赢得了许多赞美。话剧是从中学到大学为青年学生所喜爱的，欢送毕业、学校校庆，在土风舞之外的最重要的节目了。这虽然是以艺术学院为领衔的话剧公演，但是演员却大多来自其他各大中学。三天公演后，有一次慰劳的宴会，同时也是惜别之宴，因为自此以后，我们各自回到自己的学校，也不可能再有机会仍是这些人聚合在一起了。

我穿了一件半长的黑底红花的旗袍，头上斜戴着一顶米色法国帽，出席这个宴会。大家都彼此叫着剧中人的名字，因此大家见小小的我进来了，便叫着：

“那宁娜，来这一桌，参加我们这一桌。”

席开三桌，因为还邀请了一些演出的关系人。我被拉到一个桌上坐下了。大家吃着，说笑着，非常融洽和快乐。彼此敬着酒，这桌的人跑到那桌，那桌的人跑到这桌。大家又都跑去向俞教授和俞太太敬酒，表示对他们的感谢与敬佩。敬酒的事，我不太会，但是这时不知谁对我说：

“那宁娜，向俞教授与俞太太敬酒吧，他们要收你做干女儿哪！”

我害羞腼腆，但是俞教授和俞太太却向我笑眯眯地举着酒杯站起来了，我也就不得不举着酒杯走过去，向他们敬了酒，俞太太笑着说：

“愿不愿意给我做干女儿呢？”

“当然愿意。”

大家也在一旁助阵起哄，终于迫得我开口叫了一声“干爹，干妈”。

这时负责宣传方面工作的朱司打夫也向大家宣布，某画刊要再出一次演后的专页，因此他指定要几个人写一点稿子，他知道我喜爱文艺，并且也曾读到我在一个大学刊物上投稿的新诗《大街上》，所以他要我也写一首诗，代替那“演后感想”之类的文字。

《献给茶花女》便是在那情形下完成的了。

……

在那以后，我并没有再参加黎风的所谓“下一个戏”，事实上，也并没有那个“下一个戏”，因为我听说他和李珊之间，有不太好的演变。

而且，在我的记忆中，自那以后，我没有再见过俞教授和俞太太几次。其他人的消息，也是一个都不知道了。一场戏，就像一桌筵席，过去就过去了。但是它值得给我记忆的，是因为那是第一次，以我个人去体验一个从没有过的生活，在这以前，我只是家庭与学校间的女孩子。它使我无形中学到了怎样与人接触，并且观察了一些人物的类型。这是我第一次接触社交生活，并且第一次，我的名字在报纸上显露出来。而且最主要的，使我感觉到话剧界的人，是多么容易发生恋爱的事件啊！

烛 /

奶奶又在喊头晕了：

“我晕——，我晕哪！”

总是那样地拉着长长的第一声，甩下了无力的第二声，等待着有个人走到她的床面前去。

不习惯的人听见，会对这奇异的声音吃一惊。

“呀，快去看你奶奶怎么的了？”

鑫鑫的同学来了，就常常这样惊奇地喊。但是鑫鑫总是不在意地说：

“别那么大惊小怪行不行，她喊了几十年了。”

如果奶奶看没人理她，再不断喊的话，鑫鑫就会无可奈何地跑到床前去，对着面向里的秃了头的奶奶说：“奶奶，是不是要蜡烛？”

然后，鑫鑫真的给拿了一只小铜蜡烛台来，上面插着一根烧得剩下一小截的蜡烛头，奶奶颤颤悠悠地把它点起来，照亮她的床头的一角。于是可以看出白夏布的蚊帐是有很长的时间没洗换了，变成了黑炭的颜色。床头里面的部分溅满了油渍，那是混和了饮食、身体和蜡烛所遗留或排泄出来的污痕。一条四季不换的被头，也是同样的情形，盖在它下面的，是躺在这里二十多年，不，三十多年的奶奶喽！奶奶的皮肤很白，应该不只是因为长年不见日光的关系，年轻时候的奶奶，一定是有着几分姿色的。从全身的比例看来，奶奶的腿特别退步，细而硬的两条小棍子，顶端是像两只剥了皮的冬笋似的小脚，缠过的。

昏暗的角落里，躺着这样的奶奶，小朋友会被那奇怪的喊声和形状弄得惊怕起来，但是会很同情她。成年人走进来看见的话，就不然了，他们一下就会明白，这是一个常年的病人，在不生不死的情况下，这家人已经习惯了她的病痛。或者可以说，久而久之，她的病痛似乎不是病痛，而是一种生活方式了。

奶奶头晕，是有时候的，鑫鑫的妈妈美珍常对她的朋友们说：

“我们老太太头晕是有时候的，儿子不回家，头再也不晕，儿子一进门，立刻就发晕，灵着哪！”

说这些话的时候，少奶奶美珍既不是生气，也不是埋怨，而是当做笑话讲给朋友们听的。有时候她也不忌讳，在奶奶的面前就敢这么说。奶奶快七十岁了，耳朵却不聋，她听得见她的媳妇讲这些话，但是她的脸朝着里面，对着墙壁前面那层黑灰的蚊帐，并没有反应，就仿佛没听见什么一样。尽管人们说笑她，她还是照样的，听见院子里响起了皮鞋声，是儿子季康回来，她就晕起来了。

季康和其他的家人一样，并不重视母亲头晕这回事，他听见了“我晕哪”这样的喊声，就像听见后院公鸡叫，鑫鑫吹哨子，美珍骂鑫鑫，同样的，只当是他的家庭的一种声音罢了。所以，他回来后，并不朝母亲的房里去，径直回自己的房间，做他该做的事情，宽衣服、喝茶、吸烟、看报什么的。

但这样就表示季康不孝顺母亲吗？不是的，季康是母亲最小的儿子，受到母亲亲手抚育的时间最短，像鑫鑫这样大，八九岁吧，母亲已经躺在床上了。但是毋宁说，还是季康最能了解母亲的痛苦，他比他的哥哥伯康、仲康、叔康他们更能忍受母亲的折磨——大家都认为母亲的这种行为是折磨。连美珍都不了解这些，她总对人说：“凭良心，我们季康是不愧为大家出身，无论如何，他是够孝顺的，虽然他也被母亲喊得烦，不理她，可是，他总还是有时安慰安慰她，喂她喝两口汤，床边坐一会儿什么的。”

“可是，”美珍又半埋怨地说：“现在接代了，又轮到我们鑫鑫活受罪了。要是季康不在家，老太太知道鑫鑫下课回来，在院子里玩一会儿，她就呼天抢地地喊头晕，喊鑫鑫。”

“喊你不喊？”听了美珍的话，会有人向美珍提出这样的问题。

“才不！”美珍会不怀好意地笑着回答：“她知道喊我也没有用，不是我说，儿媳妇怎么说也不是自己生的，她也不糊涂。最主要的，老大太并不是真正的头晕哪。”

“难道这也是喊着玩儿的？”

“虽然不是喊着玩的，但是也向儿子、孙子撒赖，赖上啦！”

美珍讲得并不过分，如果季康父子不在家，只剩婆媳俩的时候，奶奶再也不头晕，甚至于有这样的笑话，美珍时常讲给人家听：

“有时候有人叫门了，其实来的人不是季康，可是老太太又喊头晕啦，我一赌气就说，老太太您别喊啦，是送酱油的，又不是季康！老太太果然就不吭声了。”

听的人都趣味浓厚地笑开了，老太太倒成了大家谈笑的消遣品了。可是季康在家的时候，美珍怎样也不敢讲老太太这些笑话的，她知道季康最不喜欢人家把他的母亲当笑话谈，这一点她很尊重她的丈夫，但是没有季康在面前，她就忍不住要说说。

季康父子不在家的时候，奶奶就点起小蜡烛头儿来，照亮了属于她的床头的这个角落，捏着烧软的蜡烛，在摇曳的烛光中，沉思着在她生命中的那些年月，那些人物。首先出现在烛光摇曳中的就是秋姑娘，尖尖的下巴，黑亮的头发，耳垂上两个小小的金耳环。她不大说话，紧抿着嘴唇。老实说，秋姑娘很乖巧的。但是她恨她，她恨秋姑娘，恨她那么乖巧又不讲话，竟偷偷地走进了她的丈夫的生活里，并且占据了她的位子。

可不是，那时她已经生了四个孩子，就是在她生季康坐月子、她的丈夫搬到书房去睡的时候，秋姑娘这丫头，撞进来了。

本来从她生仲康起，每逢生产时，就从乡间把秋姑娘接来帮忙照顾大的孩子。她是看坟地的女儿，世世代代吃的是老韩家的饭，想不到她倒先做了韩家的鬼，死在她的前面，睡进韩家的祖坟里。也许她看准了韩家的坟地了，所以决心要进韩家的门。

她一直都是恨秋姑娘的么？可是没有人知道。人家都知道韩家的大奶奶待秋姑娘多么好，她吃什么，秋姑娘吃什么，没见过做大太太有这么疼姨奶奶的，人家都这么说。但是秋姑娘也太乖巧了，她总是做出居于大太太之下的卑下的样子来，伺候她，为她带孩子，白天随着其他的下人喊着“老爷”，晚上却在他的房里吟吟地笑。啊！那笑声！

她紧捏着烧软的蜡烛，蜡油被挤得溢出来了，滴到她的手背上，烫了一下，她这样被烧惯了，也不觉得疼。她把凝在手背上的小油饼，又放回烛芯里，再去熔化，再捏紧，再回到那很早的年月去。她的丈夫启福，又来到她的烛影里。季康活像他老子，还比他老子高了半个头。

她从什么时候才这么躺下的呢？当她生下季康以后，曾多留秋姑娘住些日子，当然，每次她都会留住秋姑娘的，孩子们也被她带熟了，舍不得她走。而且，生了季康，又赶上仲康和叔康出疹子，秋姑娘事实上走不了，就这样，她留下来了，直到死。

知道秋姑娘和启福的事以后，她恨死了，但是秋姑娘跪在她的面前哭泣着、哀求着，那么卑下地求她惩罚她，她愿意永生地服待老爷、太太和少爷们，因为她舍不得每个几乎都是她一手带大的白胖孩子。如果太太要赶她回乡下，她这辈子就没有再来的希望，因为她做了见不得人的事，但是她怎么能永生不见到太太和孩子们呢！她宁可卑贱地留在这里，她要做一切劳苦而卑下的工作，以报答补偿对她恩重如山的太太。

秋姑娘就这样留下了。宽大是她那个出身的大家小姐应有的态度，何况娶姨奶奶对于启福只是迟早的事情。这件事情应当由她来主动地做，而且她也预备做的，预备选择一个不但适合启福，更适合于她的姨奶奶。老爷的姨太太是大太太给挑的，这对大太太的身份，有说不出的高贵威严。但是没想到秋姑娘赶早地来了，如果她要挑选的话，绝不是秋姑娘，没有什么理由，理由就是秋姑娘不是她选择的。

她不断的把秋姑娘留在自己的房里，最初是秋姑娘吟吟的笑声使得她这样做的。一明两暗的房子，那间宽大的堂屋是放了硬木桌、太师椅、自鸣钟、帽筒、花瓶的起坐的屋子。堂屋左右便由她和秋姑娘分别居住着。

她房屋里面的套间是孩子们睡的。每天晚上，秋姑娘都要把三个大的孩子打发上床，哼着她乡下的哄孩子的曲子。把孩子们哄睡着了，然后就继续为她整理房间里的一切。冬天，灌上暖壶，把季康的尿布叠好压在棉被底下，免得半夜给孩子换尿布时是冰凉的。夏天她放下蚊帐，驱蚊子，在美孚灯底下给孩子们纳着鞋底。其实这一切，原来都由老张妈做的，但是她都接过来了，让老张妈专管打扫地、擦玻璃那些粗重的活儿。秋姑娘做着这些事的时候，紧抿着嘴，一声不响，是很低声下气甘心情愿的样子。她伺候太太上了床，还不肯走，仍然坐在窗下的方桌前缝补什么，连哈欠都不打一个，眼也不合一下，直到太太睡一觉醒来，催促着她："怎么还不睡去？"她这才把针线篮子收拾好，把美孚灯端到床前的茶几上，捻小了，才离去。看着秋姑娘的背影消失在昏暗的门外，她的睡意反而没有了。静聆着对面房里的动静。忽然，秋姑娘吟吟地笑了，仿佛是启福出其不意地揽住了她的后腰，才这样笑的。他就那么耐心地等待着秋姑娘回房去么？她恨死了！恨死了秋姑娘在她面前的温顺！恨死了启福和秋姑娘从来不在她房里同时出现！恨死了他们俩从没留下任何能被人作为口实的举动！

秋姑娘的笑声变成了一块铅压在她心里，她一夜都不能睡，天亮了，才闭上眼睛。而一早，秋姑娘就过来了，她给孩子们穿洗打扮，打发他们吃点心。然后才回屋来问她："太太您不舒服吗？就别起来了吧！"她真的是头发重，心灰意懒的。她长长地呻吟了一声，秋姑娘已经把洗脸水端到床前来了。

她竟躺在床上一天没起来，秋姑娘更忙了，晚上留在她房里的时间更加长，她的腿大概是做月子受了寒，酸酸的，秋姑娘就替她轻轻地捶了一阵子，以为她睡着了，才蹑手蹑脚地推门出去。她又睁开眼静聆着，希望发现秋姑娘的笑声，但是没有，那么是启福已经钻进被窝里在等着么？她掀开被，下床来，坐到床边的矮凳上，腿上只有一条单裤子，她呆呆地坐到觉得寒意袭人了，才醒过来，要站起来回到床上去，腿更麻木了。

自从启福收了秋姑娘以后，她就再也不到他们的房间去，虽然近在眼前。她有身份，也不屑于去。启福每天都要过来探视她的，秋姑娘更不用说。像她这样的年纪，丈夫已经有了姨奶奶，未免早了些，但是她自此不肯到他的房间去，她有一份大家妇女的矜持、骄傲和宽量，但是她恨他们。

她的腿的情形一直不太好，但是起来走走坐坐，也不是绝对不可以，然而她不，白天她推说头晕、腿痛，倚赖在这张大铜床上。或许她真是躺得太久，想得太多，吃得太少的缘故，有一天她竟眼前发黑，说了声“我晕”，就昏过去了。等她睁开眼来，床前围了一圈人，启福是从衙门里被接回来的，他坐在床头搂着她，支撑起她的半个身子，原来她是靠在他的怀里的。很久以来，他都没有在她的床边坐一坐了，更不要说这样地靠在自己丈夫的怀抱里。她长长地呻吟叹了一口气，泪就下来了。但是启福以及家里一切围在她面前的人，都异口同声地劝慰她说：“大奶奶，别着急，您尽管养着病，家里都有秋姑娘，您别着急。”

她听了更痛苦地闭上眼睛，她没有病呀，没有像人们所说的那样严重的病呀！但是她连这样靠在自己丈夫怀抱里的机会都没有了吗？她更用力地把头顶在启福的胸怀里，让她这么和他多偎依一会儿吧，但是床前什么人在说话了：

“老爷，您还是让大奶奶躺下来舒服点儿，这么样，她胸口更窝得难受。”

这是谁说的？是秋姑娘的主意么？启福果然轻轻地把她放到枕头上了，枕头凉兮兮的。

这样，她更不肯起来了，秋姑娘成天成夜地伺候着她，管理着孩子们。家人亲友都夸说，亏得有秋姑娘，亏得有秋姑娘。

秋姑娘消瘦下来了，整个的家扛在她的原来就小巧的肩头上，但是秋姑娘绝无怨言，仍是那么样，无论多么晚，她守候在那里，哈欠也不打一个，眼也不合一下的。她难道不能饶恕秋姑娘么？她可以慢慢练习着起床，走一走的，就像每天晚上，当秋姑娘回到他们房里去以后，她不是也悄悄地起来，到套间里为孩子们盖被头，或者在方桌前的椅子上坐一坐，甚至于贴到门边去听对面房里的动静吗？但是她不，她恨死了，于是她闭上眼睛又呻吟了，秋姑娘急忙地走过来。

“太太，不好过么？”

她紧闭着眼睛，再呻吟一声。

“太太。”秋姑娘轻轻地喊。

她原可以睁开眼的，但是她不睁也不答应。

“太太！”秋姑娘的声音提高了，终于颤抖着，“太……太！”她发慌地跑到门边去喊对面房里的老爷。

启福过来了，坐在床边，拉起她的手，拍着她的嘴巴，轻摇着她的头，喊着：“太太！太太！”她才微微地睁开眼来，“我晕。”她软弱地说。

床头有许多药，也曾经有许多大夫来看过，她变成一个真正的病人了。是真是假，连她自己也分不清了。有时她确实是心灰意懒的，赖在床上连探起半个身子的动作都懒得做。阴天在被筒里，她脸朝里，叫秋姑娘点一根蜡烛给她，她便就着摇曳的烛光，看《笔生花》，看《九命奇冤》，乃至于看《西游记》。但是有时忽然难以忍受的酸楚和愤恨交织的情绪发作了，她会扔下书本，闭上眼呻吟地喊着：“我晕哪——”把启福和秋姑娘都招得慌忙地跑过来。

于是她常常地头晕了。如果她听见启福从衙门回来，不到她的房间来，而径往对面房去的时候，她会喊头晕的。有一天，她注意到对面房里早早地就熄灯歇了。于是她坐起来，下了地，挨挨蹭蹭地走到屋门那边去。这些时候，她更难得走路，两腿也的确不对劲得很。她要到门边去做什么呢？她不能放松了心回到床上安安静静地睡下么？就在那慌乱而又痛苦的刹那间，她有意无意地碰倒了床前的小茶几，上面的盖碗茶、点心罐全摔到砖地上了。她要去摸索着捡起来，已经惊醒了对面房里的人，他们跑过来，她就顺势坐倒在地上。启福扶着她，说：

“这是怎么回事？”赶快把她抱回床上去。她两臂紧搂着启福，忽然看见方桌上的美孚灯，于是她说：

“拿灯，我是要拿灯。”

启福放下了她，立刻转过头骂秋姑娘：

“你是管什么的，怎么也没把灯端过来哪！”

秋姑娘一声也不响，忍受着启福的责骂，默默地收拾摔倒在地上的东西。

但是过一会儿，他们俩就双双地回房去了，再一会儿灯又熄了。他并不是真心为她责骂秋姑娘的，不是么？他们俩已经又入睡了。她觉得胸口里胀气，像仲康他们吹鼓了的气球，快炸破了，她捻灭了灯，在无边黑暗中，捶打着自己的胸口，抓撕着衣襟，“我晕，我晕”她轻轻地叫着，嘤嘤地哭了。她不敢放大声音，唯有这一回，她不是喊给别人听见的。

到她的腿一步都不能动了，最小的季康已经有四五岁了吧？那一年启福病了，倒在床上已经不能起来，她想挣扎着过去看他，但是退化了的小腿，竟真的瘫在那里，像两根被弃置的细白棍子。

当启福咽下了最后的一口气，对面房里扬起了哭声时，她一个人被丢在这屋里，她又悔又恨，但一切都无能为力了。

就这么多年下来，她躺在这里，继续失去了秋姑娘，又失去了每一个成了家分出去住的儿子们，现在她只有季康一个可依赖的儿子，但她有孙子。她很高兴，希望孙子鑫鑫也常常到她床前来玩玩，如果鑫鑫不来，她为什么不可以喊头晕呢！

但是她今天真的感到很有些不自在了，从早晨起，她的头就晕乎乎的，也恶心，可是她反而不要叫“头晕”了，也懒得去点亮那小节蜡烛头儿，就在黑暗中，她沉思着。想一阵，晕一阵，一直到天黑，她没有喊一声。季康敏感地发现了不寻常的情形，这一次他没有等母亲叫，便自动跑到她的床前来。

季康探头到黑暗的蚊帐里，伏下身来喊：“娘。”并且点燃了床前的蜡烛，这才看见母亲已经恍惚了，她不能完全答复儿子的问话。

季康慌忙叫美珍到附近医院去，请位医生来给母亲先打强心针再说。季康坐在床边，摸抚着母亲的肩头和手臂，他难得这样的，一下子使他忏悔起来。这么多年来，他都疏忽了，听见母亲的喊声，从没有一次痛痛快快地到她的床前来，所以，今天她一整天都不肯叫了。他对于母亲所以瘫痪在床上的原因，虽然一直是怀疑的，但毕竟母亲是因为生他的缘故，才开始这样的。很早的记忆，是比鑫鑫现在还要小的一天夜里吧，他猛睁开眼，看见母亲摇摇颤颤地走向他的床前来。娘不是不会走路了么？他奇怪地想，却莫名其妙地闭上眼睛，娘过来把被头替他拉上来盖住肩头。第二天早晨起来，他看母亲还是瘫卧在床上，秋姑娘替她打来洗脸水，她仍然在床头洗脸、吃饭和喊头晕。他闹不清是怎么回事，不由得向母亲说：

“娘，我昨天晚上好像做了一个梦。”他盯住母亲的脸。

“说说看。”母亲微笑着。

“我梦见你会走路了，来到我的床边给我盖被头。”

“是吗？”母亲不在意地说：“梦是反的，梦见我会走路，就是不会走路。”

这个梦，季康永生也忘不了，而且在他渐渐懂事的时候，就怀疑那不是梦了。他以为他最了解母亲，虽然他也时常忍受不了母亲的频频的叫喊。可是今天她不再叫了，真正的昏迷在这里。床头的小蜡烛台已经烧完了，是谁买来了一根新烛放在小茶几上，但她已不需要光亮。

美珍领着医生进门的时候，奶奶已经进入弥留的状态，医生摇了摇头，但仍是打开了他的医药箱。屋里显得有些乱，鑫鑫躲在爸爸和医生的身后，他对爸爸说：“爸，我知道奶奶得的是什么病，是不是小儿麻痹症？”

贫非罪 /

他们问我，对于那个富家子弟被贫苦小儿毒打的事件，是如何处理的？我愿意讲给他们听，但是我一定要先为这件事正一下名，它应当这么说：那个富家子弟羞辱了贫苦小儿而被打的事件。

在周末的下午还给我添麻烦，真使我不耐烦；当冯老师惊慌地跑进我的房间来时，我正预备锁了屋门出去，看五点半那场的电影，他在等我。

“快去看你班上的两个孩子打架，那个小瘦羊，是要把邱乃新打死吗？他拳拳到肉，拿邱乃新的头脸当一块烧热的铁在捶打。”

我听了紧皱起眉头。

正在说着，这两个学生已被同学们簇拥而来。看见小牛一样健壮的邱乃新被打成这样子，我也不免惊疑，这个咬菜根长大的张一雄，他哪儿来的这么大力气打人？

在我未问明这件事的起因以前，先把围在窗门外看热闹的学生赶走了，我说：“回家吧，不要围在这里，这儿又不是七分局！”

然后我把窗门关上了，屋里只剩下我们三个人。我想先治伤要紧，便一面用冷水擦着邱乃新的伤处，并且涂上消肿药膏，一面对张一雄说：

“一雄，看你把他揍的真够瞧的，已经青肿了，到底是为了什么？”

“我不许他这样学我的父亲，说我的父亲！”

说话的这张小脸蛋儿，青筋暴着，声音悲愤而颤抖，眼里含着就要夺眶而出的泪水。

不用说我也知道，是邱乃新又学了张一雄的爸爸——那腋下架了单拐的瘸子。说来也实在可笑，连我初见那单脚汉子一跳一跳地走路时，也不免紧闭着嘴唇，怕不小心会笑出来。邱乃新聪明过人，所以，如果那单拐被他学了的话，准保会引起同学们的哄堂大笑。再加上他对张一雄的爸爸曾被诬陷窝藏贼赃的讪笑，那滋味儿，对于被讪笑的这方面，确是要一个相当程度的忍受。我相信这是一次过度忍受后的爆炸。

当我把消肿药膏涂上邱乃新的嘴巴时，便漫不经心地问：

“那么你又是学了他爸爸走路的样儿啦！一跳一跳的！你还告诉同学们说，他的爸爸吃了官司，因为窝藏赃货？”

邱乃新没有回答，表示默认。

我要邱乃新把童子军服上身脱下来，因为纽扣也被扯落了两枚，脱下衣服时，我又看见，小棒槌一样结实的胳膊上，也青肿了两块。我微示意叫张一雄看，他眼皮抬了一下，又低下了头。

“邱乃新，你爸爸是要出国了吗？”我一边缝纽子，一边问。

“是的，林老师，爸爸这次要到欧洲去考察。”

说起爸爸，那是邱乃新顶得意的事，本来也是，那真是一个值得使儿子骄傲的爸爸！这位爸爸是富农，邱乃新曾说过，他爸爸所有的田地比台北市还要大，这并不是夸大之词，当你乘南下火车时，便可以看见那一望无际的嘉南平原。去年我领着一班孩子到南部旅行，在火车上，邱乃新便指着平原的二期稻向我说，嘉南平原的好田地，是有他家一部分的。而且这样小的孩子，对于农业便有很丰富的知识，实在应当归功于这位富农的教子有方；他年年带了爱子们下乡，为的使他们认识农作。不但如此，他还是水利专家，对于平原的灌溉，有不少的贡献，他不光是为自己的田地，也造福所有的农家，所以一提起坎脚的“邱枝仔”，人们都肃然起敬，他们都愿亲昵地称呼着他的小名枝仔，而忘记了他的大名是“邱添枝”了。邱添枝先生的后代，也没得说的，乃新的大哥学的是农业化学，前年才送出了国，二哥虽然没有按照父亲所期望的去学水利工程，可是也没出土地的圈子，他研究土壤。水利工程的希望，便整个寄予最小儿子邱乃新的身上了。乃新不会使爸爸失望的，他既聪明过人，当然学什么都可以，学瘸子架拐不也很像吗？

“你爸爸这次又是去考察水利吗？”

“是的，他要到许多国家去考察，要耽搁半年之久。”他回答我，眼睛却以不屑的神气溜着张一雄。那苦孩子，他头更低垂了，他从一进这屋子起，就在等待着我的惩罚，我知道他不想申诉更多的理由，因为他是无理可申的。

“乃新，你的爸爸真是一位可敬佩的爸爸！”我缝好了纽子，把衣服递给他时这么说，但是我略一迟疑便又接着说：“但是张一雄，他也有一个可敬可佩的爸爸呢。”

我这话一说出口，正在穿衣服的，和那等待受罚的，都猛地抬起了头，因为这句话出人意外，是他们俩所未想到的，所以不约而同地瞪视着我，等待我说明这句话的意义是什么。

“人人的爸爸都是他们心目中的英雄，所以，”我把眼睛朝着墙上的日历，因为我这话不是专向某一个人说的，“人人都愿意自己的爸爸受到尊敬，却不容被羞辱。”

“说起张一雄的家，是真够穷的，”我再说这话，却是面向着邱乃新了，“当然，一雄爸爸的脚也影响了他们一家人的生活。”

说起张一雄的穷苦，我的脑子立刻浮上几个深刻的印象：纯白的午餐，多彩的外套，街廊下的木板屋，爸爸的单脚。

不只一次了，当这穷孩子打开了他的午餐盒，里面确是满满的白米饭，但旁边却是一撮白糖。白糖拌白饭，使我想起了淘气的幼年，吃汽水泡饭和烧饼夹冰淇淋的趣味来了。但他的白糖拌白饭可不是为了兴趣呀！只是因为一撮白糖总比用油炒菜更省钱些罢了。还有他那件用几种不同材料拼凑成的外套，曾一度使我以为他爸爸是裁缝。

同样是学生的家长，但当你知道一个是拥有整个城市那样广大的田地时，你简直不相信世间尚另有一个如此贫困的人！有一天，当我走向那条两边都是骑楼的巷子，并且找到了临时搭盖在骑楼下的简陋的木板屋时，我不由得默诵着印度诗人泰戈尔的短句："小草呀！你的足步虽小，但是你有你足下的土地。"看见这样风雨飘摇的小屋，我不免替屋中的人羡慕小草。

那天是我做家庭访问，但是我并没有走进那和街路打成一片的家庭，张一雄的爸爸把我让到他们的"宝号"去坐——在巷口外他摆的那个摊子旁。这个摊子除了卖些甘蔗糖果外，还兼卖糯米面做的小人儿，那是用蒸熟了的糯米粉，加入各色颜料，捏制成的人物动物。我想这是他断腿后无以为生才想起来借以糊口的手艺。

讲到贫困的生活，这位单脚的家长，在谈话中便不免涉及他的腿的故事：是战争的末期了，他不幸被征调到中国大陆去做日本军队的翻译。有一次，他在一种不忍的心情下，放走了一个中国青年，是抗日地下工作者。这样一来，他的腿便在池田少佐的盛怒下被打断了，他拖着剩下的一条腿，回到被盟军轰炸得千疮百孔的台湾来后不久，日本便投降了。

"那条腿留在大陆上了，这条腿使我一无所用！"我记得他说到这里苦笑着，指着摊子上的小面人儿，"我做着骗孩子的生意，养我六口之家。"

看那小巧的面人儿，我曾发怪想：如果我是校长，我要请他到我们学校来教劳作。

"你学张一雄的爸爸走路，不要紧，但你也无妨知道一下他的腿是为了什么，才变成这样的。"于是我便把断腿的故事讲一遍给邱乃新听。

我想为人子者都是一样的，讲到单腿的爸爸的故事时，那瘦瘦的小羊，眼里也充满了光辉。

"还有关于张一雄的爸爸被诬陷窝藏贼赃的事，我也知道得很清楚。"我再说给邱乃新听，因为我势必得纠正他对这件事的错误的印象。我说，"乃新，贫穷本来就够痛苦的了，但是还有许多不幸的事随着贫穷产生。张一雄的爸爸，又穷又瘸又倒霉。有一天不良的邻居硬把一个小箱寄存在他家，他怀疑这不是一件普通事，第二天便决定把小箱子送到警察局去。可是他晚了一步，所谓邻居的贼人已被捕了，警察正迎面而来，是预备到他家起赃的，因此他也被捕了，并且以窝藏贼赃嫌疑的罪名被起诉。这件事在报上一登出来，我就知道准是冤枉的，我也准知道，在公平的法律之下他的罪会被洗刷干净。果然不久他便被证明无辜了。乃新你看，他爸爸在巷口外摆他的摊子，没有人敢瞧他不起。"

关于这两个孩子的纠纷，我的话本是说到这里为止的，这便是我处理的经过，但是他们并不满意，一定要问我，到底是命令哪一个先向对方道歉？关于这，我非常抱歉，因为这两个孩子究竟谁先向谁道歉，我确实一无所知。我以为究竟谁先向谁道歉，他们各人的心里，自然会有最公平的裁判而自行决定，不是——也不用我来命令，我也没有知道的必要。当时，我只是从抽屉里拿出钥匙，放在桌子上，因为我早就预备出去的，我最后对他们俩这么说：

"健全的社会是由于两种力量组成的：一种是'造福人群的智慧'，像邱乃新，你的爸爸一样。一种是'贫苦不移的精神'，像张一雄，你的爸爸一样。好，你们俩，不管谁先向谁赔不是，但不要忘记，临走时要把门替我锁好。"

当然，在处理这件事的全部过程中，人们不难看出，我所秉持的，只有一个重要的意义：贫非罪。

周记本

——啊！当我能叫出母亲这甜蜜的名字，而她能听见的时候，谁又比我更幸福？

——贝多芬

我的声音因为兴奋而紧张，因为紧张便结巴起来了。我的兴奋并不是因为今天母姐会的出席人数比往次多，可以免得被校长挖苦，说我不会联络家长，每次只出席小猫三只四只。我的感情的激动，实在是因为今天出席的家长中，有一位特殊的人物——丁薇薇的母亲。

随便座谈会性质的母姐会，照例是要由老师先开话头的，所以我便说话了：

“谢谢各位家长，牺牲了星期日的休假，来出席本班的母姐会。但是为了孩子，我想大家是乐于参加的。能够和诸位家长多联系，对于我的教学有许多好处，我们也可以彼此多了解孩子们。小孩子有时候是有浓厚的双重人格的，他们在家庭时一副面孔，在学校时又一副面孔。就比如说吧，小孩子因为利用学校和家庭间没有联系，便常常会做出一些不诚实的事情来，家长和老师都巧妙地被蒙蔽着。所以今天我们大家不妨来谈谈关于小孩子诚实的问题……”

说到这里，我又面向着丁薇薇的母亲说：“丁太太，关于这点，您有什么意见吗？”

看起来，今天丁太太比我还要兴奋，她今天是第一次来参加母姐会，和其他的各位家长也是第一次见面。她听了我的话后，立刻很高兴地站起来，环视众人，并微笑地点点头，那样子就像她将有一大篇讲演似的。果然她说：

“林老师问我对于小孩子诚实有什么意见，我先不要谈什么意见，如果各位家长愿意听的话，我倒要把一段关于小女薇薇的故事讲给各位知道。”

她说到这里略一停顿，回过头来望了我一下，我和她互作会心的微笑，然后她接下去说：“当一年以前……”

当一年以前，是的，我也记得那是一年以前……

“我不是对大家说过了吗？写周记是要把这一星期中你认为值得记住的一件事，诚实地写下来。有些同学，我一看见就知道是在乱写，完全是胡说八道的事。也有的同学写的并不是什么值得记载的事情，总是写什么早上起来漱口、洗脸、吃点心背书包上学等等，这都是每天例行的事，还算是值得特别写下来的吗？”说到这儿，我便从桌上的一大叠周记本里，抽出了丁薇薇的，打开来接着向同学们说：“现在我选出一位同学周记写得最好的，念给同学们听：

‘星期二是我的九岁生日，使我最高兴的事是妈妈买了许多礼物给我。一个圆圆厚厚的小蛋糕，上面点了九支小红蜡烛，还有一套毛衣和一双皮鞋。当我放学回家一进门，妈妈就拿给我，我真是高兴死了！我吹蜡烛的时候，爸爸在我左边，妈妈在我右边，他们都帮着我吹，我过了一个快乐的生日。’

“我再念另一天的，大家仔细听：

‘老师告诉我们，旅行是对身体有益的，我们星期日便到圆山动物园去旅行了。爸爸、妈妈，和我。妈妈做了三份野餐，她真好，知道我爱吃蚵仔，便特别做了蚵仔炒蛋给我吃，爸爸爱吃馒头夹火腿，她也做了。我们看见了许多动物，妈妈一样样讲给我听。我最爱看那两头大象，用长鼻子摇来摇去找食物，我用花生喂象吃。我们一直玩到下午四时才回家。’”

“看，”我念完后，又很庄重地对同学们说：“一定要像这位同学一样，把有趣味的，有价值的事情，诚实地写下来。”

我一边说着，不由得眼睛朝丁薇薇望去，她受了夸奖脸红了，害羞地低下头。她原是个乖巧的小女学生。

从周记本里，可以很清楚地看出学生家庭的情形，他们都毫不隐瞒地写着。比如曾秀惠是养女，林一雄的爸爸是三轮车夫，胡慧的母亲替人烧饭做女工，都是我从周记本里知道的。班上的确有几个苦孩子，也很有几个幸福的孩子，丁薇薇便是幸福中的一个。尤其可以使别的孩子羡慕的，丁薇薇是独生女儿，她的母亲特别喜爱她，好像这位母亲是专为女儿而生存的。有一次薇薇在周记上便写着她因为生病请两天假，她的妈妈整天陪着她。“我的妈妈真好，我病了不肯吃药，妈妈便说，我只有你这一个女儿，你如果病死了我要多伤心，乖乖吃药吧！我便说：那么我吃药可以，妈妈不许离开我一步。妈妈说：我不，我不，我一定不。她便在床边陪了我两天两夜。给我唱歌讲故事。”她这么有趣地写着——要娇惯坏了！我每次看了薇薇的周记便不由得这么想，我认为有机会见到薇薇的母亲时，我一定要劝她不要太娇惯了孩子，尤其是独生孩子。……唉！这样真诚的母爱如果让曾秀惠分享一些，够多么好！我想起那失去母亲的小养女。

为了家长和学校间的联系，本校各班成立了母姐会，每个月一次座谈会，大家谈谈，交换交换意见。第一次的母姐会，我的班上出席的人便不够踊跃，没有见到薇薇的母亲，也很使我失望。但是在第二天薇薇交上来的周记本中，我便看见那理由了：

“妈妈突然病了，爸爸送她住到医院去，所以星期日的母姐会，妈妈不能参加。我不能去医院陪她，因为医院不许小孩进去。我很难过，我生病妈妈陪我，妈妈生病我却不能陪她。爸爸说妈妈很快就可以出院了，我也希望她赶快好。妈妈临去时吩咐我，要用功读书，没有妈妈管，也应当好好读书，我会听她的话的。”

为了表示我对这位好母亲的敬意，我在周记后面批了几个字：“要永远记住母亲对你的爱。”

但是第二个月的母姐会，也还是没有见到薇薇的母亲，薇薇在她的周记上告诉了我：

“爸爸和妈妈结婚整整十年了，她们早就商量好，结婚纪念日要到日月潭去旅行，因为我要上学，所以不能跟他们去。星期日的母姐会，妈妈又没有参加。”

我虽然一直没有机会认识薇薇的母亲，但是在她女儿的笔下，我早已如见其人，如闻其声。我一翻开薇薇的周记本，就像看见一幅“甜蜜的家庭”的绘画。这样快乐的家庭，我总要去拜访一次的，因为关于母姐会的事，校长对我不太满意，全校几十班母姐会的成绩，我这班是属于“糟透了”的一个。我不得不活动四肢了。

费了一个整整的星期天，我跑了几个向来不出席母姐会的学生家。我很高兴终于能访问到丁薇薇的家，更希望女主人此时正在家。开门的是女工，我问：

“丁太太在家吗？”

“丁太太？”女工瞪大了眼。

“这里不是姓丁的吗？”我希望没有找错。

“只有丁先生在家。”

“那么……”我有些犹豫，但这时从屋里出来一个男人，他客气地问：“我姓丁，你是找……？”

“啊……我姓林，是丁薇薇的老师。”

“是林老师，啊……啊……”似乎不善言辞，但用手示意让着我。

屋里并没有我理想的那么整洁，是因为星期日女主人不在家的缘故吗？我随口又问：“薇薇没有在家吗？”

“她到姑母家去玩了。”

我知道这位姑母，薇薇除了好妈妈以外，还有个好姑母，她的周记上也偶尔提起过。丁先生打破主客间的沉默。他说：

“孩子没有母亲，我又没有时间管她，薇薇一定给老师添了不少麻烦吧？”

没有母亲？“啊……？”我差点儿叫出来，“啊，不，不，薇薇是班上最乖的学生了。”

没有母亲？我再想一遍丁先生刚说过的话和薇薇的周记本，……难道里面有什么差错？我不是跑到另个姓丁的家里来了？我满心疑惑，便又问丁先生：

“丁薇薇是独生女儿吗？”

“是的，是的，如果孩子多一点，做母亲的也许不至于……咳，没有母亲，就只好拜托老师多管教了。”

又是没有母亲！“也许不至于”下面是什么呢？是死了？走了？病了？但是薇薇周记本上的，却是个活生生的母亲呀，上个星期还跟丁先生到日月潭度锡婚去了呢！

但无论这里面有什么蹊跷，我总应当说个来拜访的理由的，只是我却不便说明我是来请女主人去参加下次的母姐会了，因为我不愿显得我胡涂得这样不清楚学生的家庭。我随便讲了一些关于薇薇在学校时的不关紧要的小毛病，希望家长也要随时注意等话。

当我起身告辞时，忽然想起薇薇的周记本，为了不忍心揭发它，于是我说：“丁先生，请不必对薇薇说我今天来过府上的事。”

从丁家出来的路上，我一直为这事困扰，我想不出薇薇的母亲到底是怎么回事，周记本又是怎么回事。我忽然想起去年毕业的我的一个学生刘海峰，他好像和薇薇是亲戚，海峰的母亲我也曾见过几次。

好奇心使我忘记一整天奔跑的疲劳，我没有回校，便又到刘家去，因为我可以借着看看海峰进入中学后的情形，探听一下薇薇的家庭。所以当我见着刘氏夫妇后，说过海峰的情形，我便把话锋转了，我说：

“我刚从丁薇薇的家里来。”

“啊，可怜的薇薇！”刘太太叹息着。

我怎么诱发刘太太说出薇薇家的情形才合适呢？我略一思索便说：

“是呀，薇薇没有在家，她爸爸一个人在家，那样子怪无聊的。”

刘太太不住地摇着头说：“胡慧英实在太倔强了，结婚十年了，说走就走，还是一去不回头。”她又问她的丈夫，“慧英走了快一年了吧？”

这叫胡慧英的女人，当然是薇薇的母亲了，那么她没有死——像我所想象的；

也没有在家——像薇薇所写的。她只是走了，一个结婚已经十年的倔强的女人，扔下亲生的女儿，一去就不回头，只是如此而已。惭愧！我一直到今天才知道薇薇的家庭情况，那不怪我，只怪那活跃在周记本上的母亲，是如此真切！

“现在薇薇的母亲呢？她在哪儿？”我试探着问。

“她一个人住在女青年会，自食其力固然可贵，但是这样的日子过到何时为止呢？”

“那么！那位丁先生呢？”

“和慧英正是倔强的一对儿，谁都不肯向谁低头。”刘太太耸着肩说。

回到宿舍里，我激动得难以入眠，不由得又把薇薇的周记本翻开来读，我一边读，一边想，想到那间空洞的房间里，一灯昏黄下，坐着一个伏案执笔的小女孩，她正以全力写一部美丽的谎言，真是一个小小的了不起的女作家！她创造了一个快乐的王国——家庭，她是那国中幸福的小公主。我仿佛听见小公主的心声了：她低声轻唤着母亲，母亲便像女神一样地，姗姗而来……这是一本最美丽的创作，丁薇薇是作者，我是读者。无论是当她写着，或是我读着，我们的眼前都会呈现了一幅美丽的图画——就是我管它叫做“甜蜜的家庭”的那幅图画。

我也想起了贝多芬在他的母亲死去后所说的两句话：

“啊！当我能叫出母亲这甜蜜的名字，而她能听见的时候，谁又比我更幸福？”

住在女青年会的那个倔强的女人，她在冥冥中，难道听不到那小公主的心声吗？如果她真听不见的话，我怎么使她听到？

终于有一天，我坐在女青年会的会客室里，面对着这个倔强的女人了。我的来临，当然使她略感惊异，我说：

“我是丁薇薇的老师。丁……不，胡女士。”

“啊，我希望不是薇薇给你添了麻烦。”

我想起那天会见薇薇的爸爸，跟我说的第一句话，两个人倒是一样的口气。我连忙说：“不，不是，薇薇是个好学生。只是——”

“如果有什么事，你尽可以去找她的爸爸，我们的事你当然知道。”她的爽急的说话态度，倒是合乎她离开家庭的作风。

“是的，我知道一些，不过我以为也许有些事情，更需要母亲的……”

“啊，那倒不一定，薇薇的父亲是很疼爱薇薇的，他都可以办得到，你只管去找他。”她不听我说完，也不知道我要说什么，她说话只管抢上风，我想当他们夫妻吵嘴的时候，针锋相对，她不会输给他的。“你要薇薇的地址吗？”

“不，不要，我并不要找薇薇的爸爸，他们的地址我也知道，你听我说，”我也不得不带着强迫的口气，否则她又要截住我的话了。我一边说着，便从手提包里拿出薇薇一年来的周记本，把它放到她的面前。“我只是请你看看这个，并且希望知道你的观感。”

“周——记——本？”她怀疑地慢慢念着。

“你一定要仔细地，忍耐地，逐页看下去。错字有不少，故事却有趣！”

我不知道当这位倔强的女人读着她的女儿的创作，脸上起了什么样的变化，因为随着她翻开第一页，我就站起身走到窗前去。我看窗外蓝天如洗，心中也平静得无所思念。这样一直不知待了多久，我才回过身来。

周记本该是早被看完了，她一手支颐正沉思着，直到我走近她跟前，她才惊醒般抬头走来。我不会形容那脸，说它变成什么颜色或什么样子了，在她握住了我的手时，我只感觉她手掌汗热，她激动地说：

“我竟不知道我的小女儿是这样的……”

“是这样的不诚实！”这回我抢接着说。

“啊不！是这样地需要她的母亲。”

我的手被紧握着。……

……

……我的手被紧握着，并被拉到讲台前来。

“……我竟不知道一个小孩子是这样地需要她的母亲，需要一个完整的家庭！这便是小女薇薇的一段不诚实的故事。同时，”丁太太说到这里，又侧过头去，我随着也转过头去看，啊，站在教室窗外的，是薇薇和她的爸爸，正向我点头微笑。

“同时，我们还要感谢林老师这次的……”

“啊不，不，不，我只是……”

我只是更结巴了。

萝卜干的滋味

林老师：

请你原谅一个终日忙于家事的主妇，她以这封信代替了本应亲往拜访的礼貌。

写信的动机是由于小儿振亚饭盒里的一块萝卜干，我简单地讲给你听。

这件事发生已有多久，我不知道，我发现则才有三天。三天前，我初次发现振亚带回的饭盒中有一块萝卜干时，并未惊奇，我以为那是午饭时同学们互尝菜味所交换来的。但当第二天饭盒的残羹中又是干巴巴的萝卜干时，不免使我怀疑，因而仔细看了两眼，这才发现垫在萝卜干底下的，是一小堆粗糙的在来米剩饭，我们家向来是吃经过加工碾拣的蓬莱米的，因此我知道这里面一定有了缘故。同时我又发现这个虽然相同的铝制饭盒，究竟还有不同之处，我们的饭盒，盒盖边沿曾被我在洗刷时不慎压凹了一小处。这个饭盒，连同里面的饭菜，显然不是振亚早晨所带去的。但是我没有对振亚说什么。第三天，就是昨天早上，我装进饭盒里的有一块炸排骨肉，我有意在等待这事的发展。果然振亚带回的饭盒中，没有啃剩的骨头，却换来了——仍是干瘪的萝卜干。而且奇怪的是，我们自己的饭盒又换回来了。

我相信这不是偶然的错误，而是有计划的策谋，有人在干着偷天换日的勾当，这是出于某一个人的行动，他所作所为，无非是想攫取我儿的营养，怎不教做母亲的我痛心！

林老师！你或许知道，我们并非富有之家，我的丈夫靠菲薄的薪给养活一家，因此在每天给他们父子俩的饭盒里，无论装入的是一块排骨肉，一个鸡蛋，或者一只鸡腿，我都会想到来处不易。它是为了丈夫的辛勤，儿子的发育，我的节俭，才勉强做到的。所以我不客气地跟您说，我们是禁不起这样被人偷取的。我们不是富有人家，我再对您说一遍。

我也知道，在你的教育之下，是不可能使人相信有这类的事发生的，但事实摆在这里，又有什么办法。为了我儿的营养，我只好求你费费心，查明是哪个偷天换日的聪明孩子干的。萝卜干偶然吃一次是香的，但是天天吃，顿顿吃，您想想是什么滋味？怪不得那个孩子想出这样巧妙的办法，那臭烘烘的萝卜干味道，他早就吃够了！

为了给您一个调查的方便，我更告诉你，今天早上当着振亚的面，我在饭盒里装进了一个大肉丸子，您可以看看，到底是哪个今天要倒霉的孩子在吃这个大肉丸子。

敬祝

教安

朱夏荔媛上

朱太太：

工友送进您的来信时，我刚在饭厅里坐定，四十多个孩子正窸窸窣窣地吃着各人的午饭，我却停箸展读来函。我以怀疑的心情打开您的信，却以快乐的心情读完它，现在我以无比轻松的心情写信给您，同时告诉您，我捉到那“贼”了，您所说的，那个“偷天换日”的聪明孩子被我捉到了。我纳闷了三天不能猜透的事情，因为您的来信而获解决了，怎不教我轻松愉快呢！就是在我执笔给您写信的这当时，激动的情绪仍持续着，因为有一张真挚可爱的小面庞深印于我的心版上，为了这些纯真的孩子，我也愿意终生献身于儿童教育！

我先告诉您三天来的情形，再讲我怎样捉到那小贼。这里吃饭的情形您或许早已知道，孩子们每天早晨到学校后，便先把各人的饭盒送到厨房去，交给大师傅老赵，他便放进大蒸笼里。午间各人到厨房去取了蒸热的饭盒，厨房旁边是一间大饭厅，大家都在那里吃午饭。我不例外，一向是陪着孩子们一同吃的。

三天前的午饭时，当我正举箸，刘毅军站起来了，他说："老师，有人拿错了我的饭盒，这……这不是我的。"我抬头望去，可不是，饭盒打开来，横躺在热腾腾的蓬莱白米饭上的，是一只香喷喷的红烧鸡腿，我知道那确不会是刘毅军的。我便对同学们说："是谁拿错了饭盒？是谁带了有鸡腿的饭盒？"

等了几分钟，也没有人来认换，也难怪，饭盒的大小样式几乎都是相同的，而且家里给装了什么菜，孩子们也知道的不多。既然没有人来认领，只好叫刘毅军吃了再说。毅军吃着鸡腿津津有味，十分高兴，不是我看不起刘毅军，无父的孤儿，靠寡母穿针引线替人缝补度日，如果不是有人拿错了，他哪摸着鸡腿吃呀！

可是第二天，同样的情形又发生了，我也不免奇怪，这是怎么一回事？当刘毅军打开饭盒，又惊奇地喊着有人拿错了的时候，同学们都停下筷子围向毅军的面前看，今天换了，是一块炸排骨肉。我问毅军自己带的是什么菜，他很难为情地说："只有一些萝卜干，老师！"

我向同学们说："看看谁拿错了饭盒，炸排骨换萝卜干可不上算！"同学们听了哗然大笑，却仍无人来认领。我虽也觉有趣好笑，却不免纳闷起来。刘毅军也以想不通的样子吃下了这顿排骨饭。

今天，当我们正为那个像小皮球大的肉丸惊疑时，您的信来了。我在未打开信时曾对毅军玩笑说："这是上帝的意旨，你吃吧！"因为他和他的母亲都是基督徒，是宗教的信仰，才使他们安于吃萝卜干的命运吗？

说到萝卜干，我实在还应当把一些情形说给您听：刘毅军的母亲，在我去做家庭访问的时候，她并不避穷，很坦白地对我说，一日三餐的筹措，是如何地艰难，所以，她要我善为教育她的独子毅军。在这一点，毅军倒从未使人失望。当毅军的母亲和我畅谈家常的时间，她家的院子里，正晾着一篮篮的萝卜干。指着那些被尘土吹满的萝卜片，她对我说："老师您看，我晾了这许多萝卜，可也不是花钱买来的，附近有一家菜园，种了许多萝卜，当人家收成拔萝卜的时候，我就赶了去，把人家扔掉不要的萝卜头，萝卜根，坏了心的，脱了皮的，统统拾了来。我再挑拣一遍，晒晒腌腌，可以够我们娘儿俩吃些日子的。”

朱太太，您问我萝卜干吃多了是什么滋味，我想毅军的母亲吃着它的时候，当觉其味无限辛酸。就是毅军，在他长大以后，回忆起他嚼萝卜干的童年时代，也该有不少的感触。如果有一天，他能读到明朝三峰主人为他的朋友洪自诚所著《菜根谭》写的序中的“……谭以菜根名，固自清苦历练中来，亦自栽培灌溉里得，其颠顿风波，备尝险阻可想……”这几句话时，他会觉出，当年所嚼的萝卜干，实有一种“真味”。

我跟您扯得太远了，让我们再回到饭厅里去。我读完您的信，停箸良久不能自已。我草草吃完饭，顺着饭厅巡视一番。走到那个圆圆红红小脸蛋儿的孩子面前，我停下了，这孩子抬头看见了我，有点做“贼”心虚，急忙用筷子把饭盒里的萝卜干塞到在来米饭底下。我却在他旁边的空位子上坐下来，侧着头在他耳旁悄声问说：“萝卜干的滋味怎么样？”他先是一惊，随后竟装着若无其事地回答我：“很甜。老师！”

很甜！我站起身来，回味着他这句话，想着您的来信，不由得抿嘴笑着走出饭厅，可是立刻后面响起了小碎跑步声，有人跟出来了，“林老师！”我回头站定，是小红圆脸，他气喘喘地跑到我面前，“老师不要讲出去吧，刘毅军的家里实在很穷，他天天吃白饭配萝卜干，所以……”

我的个子已经很矮，站在我面前的这个小男孩还比我低半头！他的胸襟却是如此辽阔无边！

写到这儿，您已经全部明了了吧？您要我调查的那个“偷天换日”的孩子，我捉到了，正是令郎朱振亚自己！

我当时点头示意答应了振亚的请求，见他结实的小身影走回饭厅，我才无限激动地回到自己的房里来。我一边用毛巾擦脸一边想，这萝卜干到底是什么滋味？它实在是包含着人生的各种滋味，要看什么人在什么境遇下吃它。

我又想，善良的本性，虽在如此纷乱丑恶的人间，却并未从我们的第二代失去，这是多么令人喜悦的事情。

我不断地用毛巾擦着，想着，擦了这么久才发现，我没有在擦油嘴，却擦的是眼睛。哟！真奇怪！我原是满心的高兴，为何却流泪？

当您看完了这封信，打算怎样处理这件事呢？您会原谅“偷天换日”的孩子吗？我倒要为我的学生向您求情了！

此复　并祝

快乐

林 ×× 上

鸟仔卦

一阵四月的和风把挂在拘留所廊下的小鸟笼吹得直晃荡，迎着午后阳光的那只小鸟，在笼子里跳来跳去，小红嘴儿喳喳地叫着。

坐在屋里的年轻的看守，正无聊地注视着这个鸟笼。看那鸟儿的活泼、鸟笼的动荡，感觉到阳光的温暖，不由得引诱他走出阴暗的屋子。在屋檐下，他伸手把鸟笼摘下来，冲着里面的小鸟，吹了一声口哨："嘘——！"然后问小鸟说："闷得慌吗？"

小鸟拍拍翅膀，这样回答："吱吱——喳喳——！"

年轻的看守笑了，他叫在屋里打盹的那位："老张，你来看！"

老张惺忪着睡眼出来了，漫不经心地问："这是什么鸟？麻雀儿？"

"麻雀儿？麻雀儿会算命？家家屋檐底下都是。兔子要是架得了辕，谁还买大骡子呀！你别土豹子啦！"

"就算我土豹子好了。可是说真的，那算命的，他怎么就能把这小鸟训练得会跑出笼子叼纸牌，叼完就回笼子而不会飞走呢？"老张两手插在裤袋里，绕着鸟笼子在研究。

"笼子里总该是个舒服地方吧！人家常说：'鸟为食亡'，它吃喝现成，倒用不着为食奔波呢！也不用担心外面的狂风暴雨。——所以你看，咱们这儿的生意也不错呀，连算命先生都要进来白吃白住了，哈哈……”年轻的看守指着对面的拘留室笑起来。

“我不信，”老张拿过鸟笼来，“我就不信它不爱外面更自由的天地，放开试试！”

“你就试吧！”

鸟笼子被老张打开了，小鸟跳到笼门口望了望，又缩回到笼子里。

“你看怎么样！”年轻的看守很得意。

“真也怪！”老张很纳闷儿地摇摇头，又好奇地再一次把鸟笼子打开，伸出掌心接在鸟笼子门口，那小鸟儿跳了两跳，叫几声，果然又探出身子来。这回跳到老张的手心上了，并且啄了啄，老张手心被啄得发痒，嘿嘿地笑了。

他向年轻的看守点点头说：“看！……”他高兴得还要说什么，但是话还没说出口，那鸟儿拍拍翅膀，飞了！飞到栏杆上停了一下，似乎在选一个方向，又继续向高处飞，向远处飞，飞过了树梢，飞过了楼边。只是一瞬间，它就不见了。

“呀呀！”两个人顾不得说话，四只手向空中乱抓，但有什么用呢！

两个人互相埋怨起来，老张指着楼那边中间的房间，歉然地说：“真不好意思，那算命的曾再三拜托过我呢！”

蹲在拘留室一角的算命先生，他正以十分无奈的心情向着铁栅窗子呆望。从这扇高高窗子望出去，只是一小块单调的蓝色天空，但在蓝色天空下的世界是多么广大，到处是山林、村舍、街道、田地、人群……可是谁是和他有关系的呢？他胡乱地想着，想到了他的番种小文鸟。他想到那个圆锥似的小红嘴儿，跳出鸟笼来叼纸牌，从它嘴里叼出来的命运之牌，维持着他俩可怜的日子。想到在灰暗的小旅舍中，他怎样一粒一粒地喂它吃谷子。他总要把它喂饱了，才肯用一碗米粉汤来填自己的肚子。近来算命的生意实在太坏了，人们怎么会变得不喜欢算命了呢？他带着小文鸟，一村一镇，一镇一市地串过去，常常整天都没有生意。没有生意，使他饿得发慌，其实他只要一碗米粉，小文鸟只要几粒谷子，就够他们凑合一天了。

几粒谷！就是几粒谷，他才被送到这里来。世间有些事他不太懂，也算不出来，也许他只顾算旁人的命运和钱袋，对于自己的未来就顾不过来了。正如他被送进这间屋里来时，躺在对面的那个老龟奴嘲笑他的话：“算命先生，你的鸟仔卦就没给你算出要受牢狱之灾？喝喝！”

这次的事情，第一他不懂的就是那个女人为什么哭？她蹲在树底下，抽抽噎噎，哭得那么伤心？好像谁在要她的命。跟着就是为那几粒谷，鸟店的主人怎么也对他那么不依不饶的？

这天的天气很好，他一早便饿着肚子从城西的小旅店里出来。这个相当繁华的小城镇，他是前年来过的，道路还模模糊糊地认识，他的腋下夹着抱裹在黑布包袱里的鸟笼，小文鸟暗无天日地在里面跳着、叫着。他的肚子是滚着昨天一天喝下去的风吧？像打雷似地鸣叫着。——今天非得算个好命不可了！在肚子里一阵咕噜噜的响声之后，他不由得这么想。身上一个钱也没有了，就连那小火柴盒里也只剩下了几粒谷，他和小文鸟都要吃饭，要活下去呀！

——算一个好命，一定要算一个好命。他想着，手里的两片竹卦头便敲得更响，喊声也提高了。

“卜鸟仔卦！卜鸟仔卦！”哒！哒！哒！

“老人卜尾景！”哒！哒！“少年的卜运气！”哒！哒！

卦头随着他的叫喊声有节奏地敲着，那声音就像要把每个沉睡的人都敲醒来。可是一上午白白敲喊过去了，并没有人理睬他。

他走得热了，又口渴得很，但连喝一碗茶的钱都没有，他就站一棵大树底下乘凉，看日头的影子，知道这时已经过午了。

就在树荫下，他遇见了这个女人，她蹲在那儿，拿树枝画着土地。他要看看她画的是什么——测字他也会呀！走过去，她抬起头来，他们打了一个照面。他有礼貌地向她点点头。但是她没理他，仍低下头画她的。

他低下头看自己的黑布胶鞋上，满是尘土，他用力地跺了跺脚，便也顺势蹲下了，把黑包袱放在身边的地上，手中的竹卦头“呱哒”一声搁在包袱上。

那个女人，仿佛吃惊地抬头看了看，冷冷地问说："你是算命先生？"

"是啦！我是卜鸟仔卦的，老人卦尾景，少年卜运气，鸟仔卜卦真有灵，卜人贵贱生死无差。——看你的相，是好命相。"他捉住好机会，向眼前的女人展开了一套江湖话。

"好命？什么样的人才有好命呀？"女人似乎感到兴趣了，但仍是冷漠地问。

"好命——"他斜着头思索了一下，"好命——我给你讲一个好命的人，鹿港的辜显荣，你总该知道，他就是千万人中难得的顺命。"

"怎么顺？"

"怎么顺！他这么顺——辜显荣的生辰八字算起来刚好是虎兔龙蛇顺排的，虎年兔月龙日蛇时生，一顺百顺，是命中注定的。"

他讲得很卖力气，为了要博取这个女人的信任。虽然辜显荣的八字究竟是不是像他所说的这么确实，他也不知道，这原是师傅传授的一套。但是提到辜显荣，人人都知道就是了。如果这个女人要算命的话，他为什么不可以替她算个好命呢？卦中乾坤，全在他摆弄的几张纸牌上呀！于是他问她："这位大姊，你是属什么的？"

"嗯——"她迟疑了一下才回答，"属鸡的。"

他仔细观察一下这个女人，满额头的纹路，紧锁的眉头，黝黑的皮肤，她该是劳心又劳力的女人，看上去像三十多岁的，但是他知道她不会那么大，"啊！属鸡的，你是1933年癸酉生人，今年二十五岁。"

女人点点头，眉头展开些，好像有点信服了。

"那么，"他又接着说，"今年丁酉，刚好是你的本命年，家里有属兔的吗？有的话要注意，鸡兔是太岁冲呀！"

见女人在倾听了，他便进一步从怀中掏出一个小脏布包，打开来是一个小竹筒，里面有十六根卦签，他把签筒摇两摇伸到女人的面前，她犹豫了一下，还是伸手抽了三根签。

"坎为水，乾为天，坤为地，……"他念着签上的字，边问边讲，他先从女人的嘴里知道一些她的事，然后再向她解释着，警告着，比喻着，安慰着。他又问她："要问什么？"

人总是希望预知未来的，她也不例外。那么他要给她一个好的未来，一个令人安心，令人兴奋，有希望而又富足的未来。为什么不呢？眼前这个女人，无疑是有着痛苦的，为了要解除这个女人的忧心，为了自己的一顿饱餐和凑出旅店钱，他将毫不吝惜地多说几句好话。

他问了她的生辰八字，掐指算一算，惊异地瞪着眼对她说："好命，是个好命，此命生来福禄丰，荣华富贵喜冲冲，事事随心皆如意，堆金积玉粟满仓……"

他说得高兴，忘了热，忘了饿。她也听得开心，眼睛里开始闪出希望的光辉。随后他打开黑包袱，露出那只竹条油透并且沾了一层泥的小鸟笼来——他每次打开它，就是歉疚地想，有机会该给小文鸟换个新住处了。他又打开了一包纸牌，一边嘴里扯着闲话，分散女人的注意力，同时一张张地选着，拣出预备给小鸟叼的牌，排在固定的地方。训练小文鸟叼那有记号的纸牌，是一件费时费力的事情。纸牌的一边点了像谷子样的小圆点，饿着小文鸟的肚子，让它在纸牌中叼出有谷子记号的牌。

在挑选最后一张卦钱牌的时候，他曾想了想，拿出哪张来呢？"天神送元宝"？还是"天送黄金"？别那么狠心吧！"天送黄金"也就差不多了。

于是他打开鸟笼放出鸟儿来，一张，一张，它一共叼出了四张牌，他都接过来排在手里。然后把火柴盒仅余的几粒谷子酬谢了那只仍食人间烟火的神鸟。

他顺序地打开那有着画儿的纸牌给女人看，并且为她逐一讲解。第一张是美丽的鸡，表示她的属相，第二张是句谚语"双脚踏双船"，他告诉她，做事不要犹豫，不要脚踏双船，认定了一方，努力地去做。譬如婚姻吧，认准了哪个人就嫁给他，将来荣华富贵是保有的。——看！他又摊开了第三张，告诉她，这是鸟仔所卜的"郭子仪七子八婿大拜寿"图，象征她的未来，晚景是如何地美好！

接过那张纸牌，女人展开了笑容，仔细地端详着。她是在想那美丽的未来的晚景，足可以抵过眼前不幸的遭遇吧？七子八婿！她的脸红红地发烧了。他相信这女人是这样想法的，因为她精神显得振作起来了，他的几句话就像清晨的露水，滴到她如花的生命里，不再枯萎了。那么就在她转忧为喜的当儿，他摊出了最后的王牌，“天送黄金四十元”，这个好卦，他只收她四十元。

“四十元？！”她像受惊的小鸟，立刻收敛了笑容，“四十元！不，我没有，没有那么好的命，算命先生！”她焦急地喊着。

“你看，”他平心静气地又拿出一张牌，“你并不是最好的命，天神送元宝八十元才是最好的呢！”

“不，”女人还是坚决地否定，并且哭了，“不，我要是有好命，怎么身上连一块钱也没有？我是那箱里的垃圾，被人削了皮，扫出来，扔掉的，我一个钱也不值！我一个钱也没有，哪儿熬得到七子八婿那个时候……”

她就这么数叨着哭起来了，他没见过像她这么不知好歹的人，算出了好命来倒不承认。去年他给一个胖女人算了“天神送元宝”的命，人家还另加十块喜金呢！看她哭，他愣愣地也没有办法，但是这时却围上了一圈看热闹的人。真有爱管闲事的，挺身而出的是个外省人吧，指着他鼻子说：“四十块！你不是穷开心吗？你看她这身打扮，哪里有好命，不会到对面高墙门里算去！路边上餐风饮露的，还有什么好命！”

哟！这一卦倒算出了这位客人的一肚子牢骚，他何必那么激昂，竟把对世间的不平，借着无影无踪的四十块钱发泄起来了！但是另外一些人的默默不言，也是表示同意吗？在这个情势下，他除了走开，还有什么更好的办法？于是他一言不发地卷起了黑包袱，唉地叹了一口气，从嘤嘤的哭泣声中，从多少只对他陌生又怀疑的眼光下，走开了。

他没有目的向前走。——找错了主顾他该挨饿，没有什么可埋怨的，他一边走一边想。只是怎样解决眼前的生活呢？店钱！饭钱！好吧，他饿一顿也是饿，饿两顿也是饿，可是凭什么小文鸟也跟着他受罪呢。他想着不由得夹紧了腋下的黑包袱，拍了拍，像母亲拍她怀中的孩子。在黑包袱里是个远来的小鸟，它的祖宗是在马来群岛的，所以人们叫它番种文鸟。淡红的小圆锥嘴，苍灰的背，淡葡萄的肚子，小小的黑翅膀，可有两只红脚，在他的手掌心上那么乖巧地啄着谷粒，他们相依为命的，有两三年喽！……

忽然他的耳旁传来一阵吱喳的声音，原来不知什么时候又走到这条有鸟店的街上来了。昨天他曾走过这里，并且徘徊了许久，为那只小巧的鸟笼子不是还发了半天呆吗？怎么今天又不知不觉走到这儿来了？

走进鸟店，看看那成百的各色鸟儿在漂亮的笼子里吱喳叫着，他不禁为腋下的小文鸟叫屈，他梦想给小文鸟换个鸟笼不止一天了，可是到了今天，连火柴盒子都是空的还谈什么鸟笼。他满心羡慕地挨个摸着那些鸟笼，有钢丝的，有漆竹的，料这么好，工这么细，在一转身的时候，他又看见了一箩谷子，——啊，也有鸟食卖呢！这倒是目前最需要的，不过——他随即想起了自己的空钱袋。但是过了一会儿，不知一个什么念头竟驱使他在看看店里没有人的时候伸出手去，抓了一把谷子，那么快，那么不假思索的。

就在这同时，他却被店后面出来的人捉到了，是当做贼一样地被捉到了。

“我在后面看你半天了，摸摸这个摸摸那个，昨天的一对琥珀鹦哥偷出滋味来了吗？”

“不，昨天不是我。真失礼，刚才我只是拿了些谷子要喂我的鸟，我是卜鸟仔卦的。”他后悔太大意，赶忙解释说，脸也羞得涨红了。

“算命的！哈哈！你倒算出那两只琥珀鹦哥是我店里最值钱的鸟来了。昨天就是你，是不是？在店门口来回走了半天？晚上我的鸟就丢了！你会算，算准了。”

那是一个怎样尴尬的场面，他无论怎么解说，都不能得到人家相信，鸟店主人不依不饶地认准了是他偷的。在这个镇上，有什么人能为他证明的呢？他是个陌生的旅客，昨天才来到这儿的，旅店的主人能证明他吗？他们会说：“这小子，我刚看见他的，在五福街的树荫下，骗一个女人！”

他终于算一个嫌疑犯被拘留起来了。在拘留所的进门处，他又被拦截住：“家畜不能带进去！”

“它只是一只小鸟。”他小心翼翼地解释说。

“小鸟！蚂蚁也不行呀！”

就这么，他把鸟笼双手捧给看守，好言地拜托了一番。小文鸟却像一个无知的孩子，尽管在里面乱跳。

现在，他呆望着窗外的蓝天，渴望那辽阔的天地。这世间虽有许多事他不懂，而且也算不出，但是他总要生活呀！

在窗前，他忽然瞥见一个小黑影掠空而过，他不知道那就是被放出笼的迷途小鸟，还满心地盘算着，他和小文鸟下一站的旅程会在什么地方落脚？

穷汉养娇儿

我正在整理一些零乱的笔记，是看书的时候随手写在活页本子上的。随便抽出一页看，碰到了下面自己所记下的句子：

> 我读了《罪与罚》作者陀斯妥耶夫斯基的书信。那时他十六岁，在圣彼得堡工科学校读书，经济非常困难。他写信给他的父亲说："我亲爱的父亲，当你的儿子向你要钱的时候，你总该想到他如果没有必要时，决不会烦扰你的，因为我知道你很困难，所以我平常连茶都不饮。"他又写信给弟弟说："我因为饥寒交迫，在路上生了病，一天大雨落下来，我们都在露天下立着，我身上连喝一口茶的钱都没有。"

我读了这段小小的笔记，很快地便把它和我在今天下午所批改的吕长波的作文本联想到一起了。其实这两者有什么关系呢？难道是因为吕长波也有个哥哥在读工科吗？或者是触及到"父亲"和"贫穷"这类的字眼儿了呢？

我因此又联想到一个问题！为什么人类往往在困苦中才能产生更多感人的事情？还是因为我的感情脆弱，随便 个微不足道的小人物的小举动，都能使我情感激动？但无论如何，我不会忘记关于那老书记和他的儿子们的故事。

是在上学期末快要期考的时候。我发现许多天来，孩子们都在迷恋于一种奇怪的游戏，下课后的操场上充满了一片不搭调的歌声和一些莫名其妙的姿态，而吕长波似乎是个中能手，他闹得比谁都欢跃。

我从教员休息室望过去，那为首的吕长波，是怎样的一副怪相呀！一个兜在网子里的篮球挂在后腰带上，刚好垂在屁股上，有规律地一步一扭腰肢，两只手时而伸向后面拍打几下篮球，时而高举摇晃，嘴里“哗啦啦哗啦啦”地叫喊，还有一些怪辞句跟在后面。别的孩子也都这样做，有的把书包背在身后打，有的什么都没有，光在拍着自己的屁股。我不明白为什么他们热衷于这个游戏，歌调既不悦耳，姿势也不美妙，或许只是因为一种有节奏的单调的运动，使他们感觉兴趣吗？

这样的情形继续了许多天以后，有一天我终于走到他们的一群中：

“这到底是怎么一回事？”我指着吕长波身后挂着的篮球问。

“卖药的一人乐队，老师。后面假装是一个大鼓。”

“哪儿学来的？”

“是他，黎明亮教我的。”

“那念念叨叨的歌词儿，都是些什么话？”我知道这一定是从街头上卖野药那里学来的，我生怕粗鄙的歌词无益于儿童。

“不太清楚，老师，黎明亮学不来，他就会哗啦啦啦一句。”

这时黎明亮也过来了，他还以为我对这卖野药的也发生了兴趣呢，他对吕长波说：

“我叫你下了课到我家，你偏不嘛，那一人乐队差不多每天六七点钟便到我们家那一带，他唱的那些话，你一定全学得来的。”

“可是那不行呀！”这老书记的淘气的儿子似觉不胜遗憾，“你知道我如果过了六点钟还不回去，爸爸就要到车站来望我。他会连饭都不肯吃地等着我。”

这确实不错，我知道吕长波家住板桥的乡下，有一次他说过因为散学后贪玩了一会儿，害得他爸爸在车站等到天黑，从此他再也不敢迟归了。在这一点上，淘气的孩子倒还差强人意。

上课铃响了，我不得不绷起面孔来说：“要期考了，长波，你真是只想对付着及格就满意了么？”吕长波这孩子，天真快乐无忧无虑虽是他性格上的优点，但对于功课只对付能及格就够了的观念，可真要不得。

暑假来了，看不见孩子们淘气，操场上倒真显得一片空荡，只留下几班投考中学的六年级生还在埋头苦苦地补习。校长认为我独身清闲，也派了我担任其中某一班的算术，真感责任重大。

在昏昏欲睡的夏日午后演习算题，实在不是好办法，我看他们被逆水行舟，鸡兔同笼，父子年龄搅得紧锁眉头，龇牙咧嘴，咬铅笔，搔脑袋，满脸怪相！

“好了，”我看离下课只有十几分钟了，“大家把功课收拾起来吧，闭上眼睛让脑子休息休息，什么也不要想。”

孩子们一听好高兴，立刻把书本塞进书包里，背向椅后一靠，闭上了眼睛。

我也一样闭上了眼睛，让脑子澄清，一无所有。但一切过往都澄了，似乎又从那远远的地方来了一队新的什么东西，向我已经空洞了的脑子里走，是一些声音，仿佛在哪儿听过，我不禁睁开了眼睛，只见讲台下的几十对眼睛也早就瞪得好大了。他们的眼神是由惊疑，恍悟，终于兴奋地拉长嘴角笑了。

“是哗啦啦啦！”其中一个轻轻地说。

“一人乐队！”又一个说。

夏日午后的困神被驱除得无影无踪，各个伸长了脖子在倾听，我知道他们准备在下课铃一响就往外跑。如果我不是身为师长，又何尝没有这种企图！因为许久以来我就要研究它为何如此使孩子们着迷。然而为了压制孩子们的浮躁的性情，我装着没发生什么，一直耗到下课的铃响，才放他们出去。

那复杂的乐声越来越近，无疑地是停在校门口了。我也慢慢地，做出漫不经心的样子向校门外走去，我听出那些乐器似乎包括有大鼓、小锣、响鼓、钹，还有一种沙哑而在挣扎嘶喊的嗓子，那嗓音听来就知道，决不是属于年轻人的。

学生和行人，层层地把这乐队围住了，等我挤进了人圈一看，眼前的景色不免使我一惊，所谓复杂的乐声，原来只出于一人的操纵，怪不得孩子们管那叫一人乐队。要形容这一人乐队，可也不是三言两语说得完的，因为他全身的牵挂是这么沉重呀！

我首先注意的是乐队的组织，一面大鼓直背在背后，两面都可以敲打，但是他右手拿了响鼓，左手举着一把广告伞，锣鼓齐鸣，又从何下手呢？原来第三第四只手是从后裤袋里伸出来的，那只是两根棒，机关很巧妙，我现在想起孩子们学的那一走一扭的姿态来了。因为打鼓的木棒虽从裤袋伸出来，却有一根绳子绑着从裤袋直通脚跟，他每走一步，便牵扯到木棒打下鼓，如果他扭动腰肢，因了臀部的推动，木棒的击点却又移到两面鼓上另装着的锣和钹上了。所以扭一步，这边是锣和鼓，当咚！再扭一步，那边是钹和鼓，呛咚！再加上他手上一面不断摇晃的响鼓，和不停口的哑嗓门儿，呛咚！呛咚！哗啦啦啦，可不是一人乐队么！

我再顺着他脚底下往上看：一双旧胶鞋，不算稀奇，一身五颜六色碎花布缝成的百家衣才有趣，那涂得像花狗屁股的一张脸，却套着一个橡皮的大鼻子，唉！还向来宾脱帽鞠躬哪！落日的红光照在那光秃秃的头顶上，十分滑稽。我听身后看热闹的京油子说："老灯泡儿有六十了吧！真要一气！"

是被他听见了么？只见他扭着步，摇晃着响鼓，向我们这边走来，冲着京油子就数叨上了：

哗啦啦啦！刷刷刷！
这位先生你眼光真不差！
老汉不算大，
六十不到五十八，
儿要读书老子耍，
走遍了天涯——
卖糖卖药也卖茶！哗啦啦啦！
哗啦啦啦！

于是，他又支开了那把特制的黄布伞，伞上印了一圈大字："胖娃娃牌泡泡糖"。接着他又扯开了嘶哑的嗓子：

哗啦啦啦！
全来吧就全来吧！
全来买一块钱的胖娃娃。
这位先生说得真叫妙，
我灯泡儿虽老，牌子可好，
诸君一尝就知道。
哗啦啦啦！全来吧！

他唱到灯泡儿的时候，又摘下那顶古怪的帽子，低下头显示给人看，围着看热闹的观众都满意地笑了，他的泡泡糖也卖掉了不少。我虽然在学生的面前极力使自己不笑出来，却也满心轻松。我欣赏他那临时编纂出来的词句，竟能把观众带进去。自来丑角都有过人的智慧，慈善的心肠，他把自己快乐给世人分享，……我心里不由这么想着。

哗啦啦啦！哗啦啦啦！
…………………………

我又发现孩子们每逢到哗啦啦啦的时候，都也跟着唱，身体摇晃着，随着那有节奏的扭步。但我也觉得我以老师的身份站在这里，实在不宜过久，不过我可也没意思把孩子们也赶走，让他们轻松一下吧。老头子卖泡泡糖的对象本来就是孩子，好在他的歌词虽俗浅尚无粗鄙之处，而且还真有几分亲切的人情味呢！

第二天，他仍顺利地演出，第三天却引起了校长的注意，她要我陪着出去看看，看她满脸嫌恶和烦躁，我知道，老头子有一顿排头好吃了。

哗啦啦啦！哈哈哈！

要来买糖的就是她！

……………………………

就在我们刚刚挤进人圈的时候，一堆胖娃娃牌的泡泡糖放在响鼓上，正好配着歌词送到校长的面前，出其不意地，校长竟绷着脸朝前一推，老头子停止了那数来宝的调子，也不免稍稍一惊。

“喂！老头子！这是学校，可不是杂耍场！没看见那边的牌子吗？每天都在我们的学生上课时跑来，又吵又闹，卖些欺骗小孩子的东西。走吧走吧！”

老头子故意以滑稽的样子做出立正倾听训词状，等校长训完了，他不慌不忙地又哗啦啦啦起来了：

哗啦啦啦！哗啦啦啦！

校长校长你别恼，

老头子我马上就走了，

我卖糖，我卖药，

我卖的价钱都公道——是货又好！

校长请原谅我多吵闹，

只为的是家中妻弱儿又小！

……………………………………

严肃的校长，并没被幽默的歌词所软化，她拍拍我的肩头说：“林老师，交给你办了，把他赶走，妨碍学校秩序。”干脆的声音随着她的快步而去。

兴高采烈的情绪，被校长打破了，观众索然，我负了赶走他的责任，也觉十分无趣。我想了想，便指着校墙的尽头对老头子说：“看见没有，只要走过那道墙，就不属于学校的范围了。”

他脱帽鞠躬，收拾全套的装备，举起广告伞，摇着响鼓，向还在恋恋不舍追随他的观众，边走，边扭，边敲打，边数唱：

哗啦啦啦！全跟着我走呀走，
卖糖卖药我何曾欺过童与叟，
校长出言好叫人难受，
别让我老头子还在这儿丢丑！
这位老师指点了我一手，
走呀走，
往前瞅，
过了这道墙，校长就不能跟我吼！
……………………………………

看那吃力的扭动，博得行人的喝彩，我心中忽然兴起了无限的怜悯之情，我发现每次的歌词虽然是以欢乐的声调唱出，但在冥冥中似也含着人世的悲凉。这老者，他有心事么？歌唱声和人影渐行渐远，转过学校的墙角，随着黄昏一道消失了，我还痴立在被晚风吹拂而大摇其头的椰树下，呆呆地想。

应该是感觉漫长的暑假，却在忙碌中溜过去了。

开学了，毕业了一群，考入了一群，气象虽一新，但一迎一送，却也令人有些惆怅的感觉。现在我这一班升为毕业班了，这一年我们将时时在紧张中。可是孩子们似乎还没有收敛下心来读书，是暑假玩野了。而且不知是谁又起了头，那一人乐队的玩意儿，又在操场上盛行了。

我虽然同情那老头子，却也很烦恼孩了们为这玩意儿分散了他们用功的心，因为吕长波、黎明亮这几个贪玩的孩子，竟醉心于编写那种数来宝的歌词了，怎么了得！我暗暗地叫苦，是毕业班哪！

校长也注意到了，不用说，她开头就讨厌那老头子，当然更讨厌孩子们拿这当游戏。她主张我应当到那几个淘气的学生家里走一趟，请家长和老师合作，督促孩子们的功课。

一次家庭访问，是必要的。

小桥，流水，人家，我在离板桥镇不远的乡下，找到了那小树旁的人家。——吕长波正在门前张望，看见了我，他意外地吃惊和高兴，他说他原是在望爸爸的，没想到爸爸没回来，老师倒来了。

“爸爸不在家吗？”我很失望。

“他会回来的，爸爸这几个月很忙，常常加班。”

“那么现在是你等爸爸，而不是爸爸等你喽！”我一面跟着走进他的家，一面玩笑说。

在吕长波母亲的热心招待下，我们谈了一些家常。生活是艰苦的，但这种年月靠薪水吃饭的公务员谁也不例外，难得是这一家人和睦快乐，孩子们念书不用大人操心，是吕太太最引以为慰的事。我信这话，但是我今天此来的目的却是预备在婉和的谈话中给吕长波告一状呢！告他在学校如何贪玩，编那些无聊的歌词，学这学那，全是淘气的事，要请家长注意。

这时外面有人推门进来了，吕太太说：“回来了。”是加班的老书记回来了。

可不是，一身黄卡叽布的中山装，左胸前别着市政府的徽章，年纪真不小了，满面是经历风霜的痕迹，还有已经光光的秃头，“呀！”我不觉轻轻地惊叫了一声，这秃头——我对他似曾相识！他就是，就是……

这样的一次晤面，是真够尴尬的，我不得不装作初认识，他也让茶让烟，是企图掩饰这尴尬的场面，我把来时所准备要谈的话，吞回肚子里一大半，我想尽速地告辞，也许能使主客更舒服些。

二十分钟的回程公路车上，我没想别的，光是那哗啦啦啦的声音在我脑子里作怪，一下子操场上，一下子校门边。老书记是个适于在小说里出现的神秘人物吗？

还是个应当让心理学家研究的变态人物？什么理由使他组织一个一人乐队？家人都不知道吗？“这几个月爸爸常加班。”我把吕长波的这句话和黄昏后大道旁的一人乐队演奏连到一起，不禁暗笑了。

第二天绝早，一人乐队在学校的会客室里了。他见了我首先就难为情地说：

“让您见笑了，林老师。”

我明白他所指的是我已经知道关于他的事了，我也只好说：

“我真佩服吕先生的技术——不，艺术。”

“是我不自量，凭我个老书记—— 一个市政府的雇员待遇，还配叫各个儿子受高等教育吗？所以，我也就不得不——您看，就想了这么个赚钱的法儿，在老师面前多丢丑了！”他讷讷地说，完全不是那油腔滑舌的丑角了。

“哪儿的话！”我不知道应当怎样措词才合适，现在我才明白，他既不是行动神秘的人物，也不是心理变态的老头子，他是一个正常而正当的好父亲。不过，我想到一点，听说吕长波的两个哥哥同时考取了工专，这固然是可喜的事，但他们应当认识今天的青年是处在什么时代了，所以我不禁说：“其实让他们找个送报的差使什么的，半工半读，不也可以吗？何必您这么——”

“穷汉养娇儿，北方的一句俗话您总该知道。托生给没本事的爸爸当儿子，念书也够苦了，天天带着盒冷饭，风里去雨里来的，我还要他们苦上加苦么？我舍不得！您不知道他们的书念得好呢！”他一边说着，一边咧嘴笑了，虽然面部这么一牵动，多皱的地方更皱了，眼里却放着喜悦的光。说到儿子就这么高兴么？

“那只是苦了您自己了。”我想起大太阳底下全身披挂的一人乐队。

“我算得了什么！只要他们能高高兴兴地念书，我又算得了什么！”接着他又放低了声音对我说，“可是，人心都是肉长的，他们要是知道做老子的为他们干这个，心里也不好受，所以我瞒着。可是，这回可瞒不了您……。”

我明白这是他一大早跑来的最大原因，我赶快接着说：“这事就只您知道我知道，别人也用不着知道，您说是不是？”

他满意地笑了，这才起身告辞，我看着他的背影走出会客室，上升的朝阳刚好照在他的秃顶上，“啊！”我连忙叫住他，“吕先生，您的帽子。”他遗忘在会客的长椅上了。

穷汉养娇儿，这一天我把这句话想了好几遍，我想，人间的亲子之爱有多少种？穷汉养娇儿是很出色的一种。

操场上那一阵热潮已成过去，再也听不到看不到那怪声怪样了，可是我有时也不免想，那老书记的“加班”究竟到何时为止？想不到今天却在吕长波的作文本中，得到了答案。就在我出的《记一件快乐的事》的作文题目下，他写了这么一篇东西：

爸爸得到了一笔奖金，这是我家自从大哥二哥考取工专以后的又一件顶顶快乐的事情。爸爸得了这笔奖金，是他勤劳的结果，爸爸从来不请假或迟到，而且还努力地加班工作，所以他的长官给了他一笔奖金。

我们更快乐的事情是有了这笔奖金，我们大家所希望的东西都达到目的了。大哥和二哥念机械，需要画图的仪器和计算尺，他们都得到了，以后不必再向人借，那东西的价钱好贵呀，去掉爸爸奖金的一大半。我也得了一件雨衣和一个篮球。我们都很快乐，很骄傲。爸爸暂时不用再加班了，他说他该休息休息了。

我看完不由得在文后批了几个字：“为使努力加班的爸爸更快乐，惟有用功读书。”但是，他能懂得这句话里所包含的真正意义吗？

标会 /

“只许成功，不许失败！”

他把写好的两张标纸交给我，为我披上大衣，再嘱咐一遍：

“看机行事，记住，必要的时候，拿出那张有‘大’字的，……还犹豫什么？看见宝宝烧得通红的脸蛋儿没有？没个千儿八百的，想想，能住进医院的病房吗？……”

我抱着“势在必得”的信念，朝赵太太家里走。

我想起三个月前赵太太来邀我“上一支会”时，曾对我多方讲解，而我仍不得要领，最后她给我下了这么一个定义，才算使我恍然大悟，她说：

“银行里的‘零存整取’你总该明白罢？这不但是一种利息优厚的‘储蓄’，急用时还可以有‘透支’的好处。透支以后，也不过是‘整借零还’。”

在这许多有利的条件下，终于我上了一支会。我是抱着“储蓄”的目的上的，现在为了急用不得不做“透支”的措施。

我盘算着手里的两张标纸，一张是写了二十四元的小标子，算一算，这个会共十五支，每支一百元，已经标过两次了，如果今天马到成功，被我标到的话，除了付出十一个人的利钱，还可以净得一千一百来块钱，足够宝宝住一次医院的了。就算不幸，要拿出那张写了三十四元的“大”字标纸来，也不过少得个百十块钱而已。为宝宝生病筹措金钱，虽是苦事，但对于以标会方式“透支”一下“储蓄”，我却以为是一种互通钱财的公平办法，我拥护这种办法！我不以为“上会”是不值得提倡的事！

说明三时开标，过时不候，我来到赵府还差一刻，正是时候。既不早，也不晚。赵太太对我讲过标会的门道，她说：“你看吧，想标得的人总是七早八早就来了，而且还挺紧张的，无意要标的人才迟到哪！”

那么在我之前，已经有赵、钱、孙、李、周、吴几位太太在座了，她们难道都是想标到的吗？不，她们正悠闲地抽着烟，喝着茶，开着节育座谈会，都不像等钱用的样子。于是我也做出满不在乎的样子，拿出小号标纸，折好顺序排在桌上，然后加入她们的座谈会。

我的伪装悠闲，使我又想起赵太太说过的话：“写大标子的人才不露相哪！得沉得住气。”那么——这几位表面悠闲的太太们里面，就敢保没有跟我一样“势在必得”的？想到这儿，我蓦地站起来，从手提包里掏出我那三十四元的老“大”来，走到桌前，把那小号的标纸换回来，这才放了心。看看表，还差十分钟，还有几位太太没到，八成是不想标的喽！

我正希望人越少越好，这时又来了郑、王两位太太，她们进门就喊：“可别开标呀！这儿还有没写的哪！”

我的心一跳动：来了真正要标的人！

只见郑太太掏出笔和标纸来，一边下笔，一边笑着说：“我今天是非标到手不可呀！”

“你？我也是势在必得呢！”王太太口气更坚决。

势在必得？这屋子里除了我以外，到底还有几个势在必得的？这倒值得我再考虑一下了。于是我伸手出去，又从桌上把我的标纸拿回来。“名字忘记写了。”我向大家笑笑，掩饰着。看看表，还有五分钟了，我得赶快决定标子打算再加高多少钱。

这时玻璃门响，急急风上场，又来了两位太太，这位冯太太高声喊：

"标了会，好过个松快年儿！"

另一位陈太太说：

"谁不是等钱取大衣哪！"

是起哄还是真的？有几位太太也学着我，把她们已写好的标纸拿回来装模作样地在修改。那位张牙舞爪的钱太太说：

"我看今天呀，没四十块钱是写不下来的呀！"她说完，眼睛瞟了我一下，又冲着孙太太挤挤眼："你说对不对？"

孙太太说："我看四十块钱都未必写得下来！"她也拿回来，做着涂改的样子。

这些人的口气真能压死人，如果四十块钱都写不下来，我那三十四元又算老几呢？我想，无论她们怎么等钱用，都没有我的家里躺着高烧的宝宝更重要罢。于是我略加思索，立刻把标纸上的"三"字加上一大直一小直，变成五十四元啦！

开标了，我的心剧烈地跳动着，天佑吾儿，可别有人超过五十四元呀！

会头赵太太在逐个念着标纸上的钱数了：十元的，八元的，十五元的，十三块八角的，五元的，一元五角的，二十元五角的，……"五十四元！夏太太的！"赵太太加重语气地喊。

哈喝喝！嘻哈哈！……一阵爆裂性的笑声跟随在"五十四元"的喊声之后。我也高兴得大声笑了，我笑的是——五十四元，我标到了！我到底标到了！我要赶快回家告诉他：孩子住医院没问题，因为我标来了！但——别人笑的是什么？我环视众人，她们都看看我，指着我，在笑。

这时赵太太走过来，拍拍我的肩膀说：

"今儿个怎么啦？太太！写冒出去啦！"

"冒出去了？"我还不太明白这句术语。

"冒出去三十多块！人家顶多才写二十块五毛呀！"

忽的我的脸烧涨起来，这回我明白那爆裂的笑声是为了什么——为了她们在看一个傻瓜写"冒出去"的笑话！

王太太说势在必得，她只写了五元。要取大衣的那位，写了八元。姓钱的说非四十元写不下来，她可写的是一元五角！她们倒是存的什么心？

在她们每位的身上，我投下了五十四元的高利，却换来的是一场嘲弄，谎言，骗诈，虚伪。我想起有一本世界名著的书名，最切合我当时的身份：《被侮辱与被损害的》！我回忆刚才这短短十五分钟的经过，它竟使我白白地费了三百多块钱，我不免惊异，并且想起了那潦倒一生的吉辛在《四季随笔》里的一句话：

“使我颤抖的浪费！”

但无论如何，八百零六块的会款是握在我手里了，我们可以理直气壮地到医院去。当我回家把标到的消息告诉他时，他也很高兴：“多少钱标来的？是二十四还是三十四？”

“全不是，是五十四。”我平心静气地告诉他。

“五十四？你是说你写了五十四块钱的标子？”我知道他会被这数字吓倒，便把准备好的谎话搬出来：

“年底下啦！知道不知道？亏得你告诉我见机行事，有人写五十三块五毛哪！差五毛钱，多险！”为了分散他对这件事的注意力，我不再多说，我叫他赶快去喊车，我给宝宝穿衣服。

“三轮车！台大医院！”

到底有了钱，那飘荡在寒流大空下的声音，是显得如此深沉而雄壮！

母亲的秘密 ⁄

忽然使我摊开稿纸的动机，是由于隔壁新搬来的一对新婚夫妇而触发的。

一个月前，他们结婚了。脱下结婚礼服，紧跟着便是双双南下，做一次甜蜜的新婚旅行。从日月潭回来后，行装甫卸，女的单独出去了，黄昏归来，她的身旁多了两名小女孩。至此，我才知道，他是初婚，她是再嫁。

我们的国度虽然允许女人再嫁，但对于这样的家庭组织，仍不免要投以新奇的眼光。邻居都在注意这一家四口的生活方式，他们的每一动态都足以使邻居们交头接耳，细加分析。难道说大家不愿意这家人生活得更幸福，而非要幸灾乐祸地看些热闹吗？但事实确是如此。不愉快的事情渐渐发生了，木屋短墙，总是逃不过人们的耳目。

大概说来，是因为女的过分爱护前夫的儿女，而男的却不习惯于新婚的家庭中多了两个小人物。

旁观者的观点不同：有人说男的气量小，有人说女的自寻苦恼，也有人心疼孩儿无辜。我静听各人的理论，不知应当投向哪方，但在无言的静默中，我却想起了母亲。……

父亲因急病死于逆旅，母亲在二十八岁上便做了寡妇。当母亲赶去青岛办了丧事回来后，外祖母也从天津赶了来，她见了母亲第一句话便说：

“收拾收拾，带了孩子回天津家里去住吧！”

母亲虽然痛哭着扑向外祖母的怀里，却一边摇着头说：

“不，我们就这么过着，只当他还没有回来一样的吧！”

原来父亲是一年前离家到青岛谋事的。他在青岛住了一年，认为那里的环境还不错，便有久居之意，决定接母亲、弟弟和我前去，而母亲也决定辞去图书馆的职务。便在这时，传来父亲突死的坏消息。

母亲既然决定带我和弟弟留在北平，外祖母也只好失望地回了天津，但她也欣慰有这么一个能将理智克服感情的女儿——我的母亲，她仿佛是从一阵狂风中回来，风住了，拍拍身上的尘土。我们的生活，很快地，在她的节哀之下，恢复了正常。我能捉住一些回忆，因为当时我已经九岁了。

我们很习惯于那种生活，并没有感觉到家庭中失去了一个重要的人。

白天，我们的家交给老王妈；下午我和弟弟先从学校回来，洗手，吃点心，坐在门口等妈妈。在黄昏的朦胧中，母亲转进了胡同，看见我们，一扬手，一斜头，我们立刻从小凳子上跳起来，迎着母亲跑去。在她的手中，总少不了有一包糖，或者一本画册。

晚上的灯下，我们并没有因为失去父亲而感到寂寞或空虚，因为这样的日子，在父亲到青岛以后，我们已经过了一年多。

母亲没有变，碰到弟弟顽皮时，她还是那么斜起头，鼓着嘴，装着生气的样子对弟弟说：“要是你爸爸在，一定会打手心的！”就像以前她常说的“要是你爸爸回来，一定会打手心”时一模一样。

因此，在那平静的生活里我的小心灵中，一直存着一个模模糊糊的感觉：爸爸是到远方去了，他不久会回来。这种感觉是可敬爱的母亲所造成的，她从没有表现出一副可怜的寡妇相，她灌注于我们心头的，是一个完整而安全的生活，没有因失去其中的一环而显得无法衔接。

当然，长夜漫漫，我又怎能知道母亲不会在寂寞中感于身世的悲凉而饮泣呢！

就这样，三年过去了，像是没有梦的安睡，极平静，极愉快。

三年后的一个春天，我们家里来了一个客人，普普通通，像其他的客人一样。母亲客气地、亲切地招待着他，这是母亲一向的性格，这种性格也是因为往日父亲好客所影响的。更何况这位被我们称为“韩叔”的客人，本是父亲大学时代的同学，又是母亲中学时代的学长。有了这两重关系，韩叔跟我们也确比别的客人更熟悉些。

他是从远方回来的，得悉父亲故去的消息，特赶来探望我们。不久，他调职北平，我们有更多的交往。这种坦白的交往，也像其他被我们称做叔叔、姑姑们一样。

韩叔还是个独身的男子，但是却从来没使我们联想到他和我们在友谊以外的事。也许我太小，头脑简单到还不配联想到其他？不过，这时我正准备投考中学，《红楼梦》也已经读得通了，我并不算“太小”。是由于一次偶然的发现，给了我一些极深的影响。

夏夜燥热，我被钻进蚊帐的蚊虫所袭扰，醒来了。这时我听见了什么声音，揉开睡眼，隔着纱帐向外看去，我被那暗黄灯下的两个人影吓愣住了，我屏息着。

我看见是母亲在抽泣，弯过手臂来搂着母亲的是——韩叔！母亲在抑制不住的哭声中，断续地说着：

“不，我有孩子，我不愿再……”

“是怕我待孩子不好么？”是韩叔的声音。

过了一会儿，母亲停止了哭声，她从韩叔的臂弯里躲出来：

“不，我想过许久了，你还是另外……”这次，母亲的话中没有哭声。

被这一幕偶然的发现所惊吓，我说不出当时的心情是怎样，是恐惧？是厌恶？是忧伤？都有的。这是从来没有过的情绪，它使我久久不眠，我在孩提时代，第一次尝到失眠的痛苦。

我轻轻地转身向着墙，在恐惧、厌恶、忧伤的情绪交织下，静听母亲把韩叔送走，回来，脱衣、熄灯、上床、饮泣。最后我也在枕上留下一片潮湿，才不安地进入梦乡。

第二天早上我醒来时，看见对面床上的母亲，竟意外地迟迟未起，她脸向里对我说：

“小荷，妈妈头疼，你从抽屉里拿钱带弟弟去买烧饼吃吧！”

我没有回答，在昨夜的那些复杂的心情上，仿佛又加了一层莫名的愤怒。

我记得那一整天上课我都没有注意听讲，昨夜的一幕一直在我脑中盘旋，我似乎懂得些什么了，又似乎不懂。我仔细研究母亲昨夜的话，先是觉得很安心，过后又被一阵恐惧所骚扰，我怕的是母亲有被韩叔夺去的危险。我虽知道韩叔是好人，可是仍有一种除了父亲以外，不应当有人闯进我们的生活的感觉。——我在为死去的父亲嫉妒！无论如何，我还是不能原谅母亲，好像她做了什么坏事，好像她是一个丢弃小孩的罪人。

放学回家，我第一眼注意的是母亲的神情，她如往日一样照管我们，这使我的愤怒稍减。我虽未怒形于色，但心里却不断地在转变，忽喜、忽怒、忽忧、忽慰，如一锅滚开的水，冒着无数的水泡。当日的心情是如此可怜可笑！

母亲和韩叔的事情，好像随时都有爆发的可能，这件心事常使我夜半在噩梦中惊醒，在黑暗中，我害怕地颤声喊着：“妈！”听她在深睡中梦呓般地答应，才使我放心了。我怕的是有一天夜半醒来，对面床上会不会失去了从没有离开过我的人！

其实，一切都是多虑的。我像鬼一样的，从母亲的行动、言语、神色中去搜寻可怕的证据，却从没有发现。就像从来没有发生过什么事情，母亲是如此宁静！

一直到两个月以后，韩叔离开北平，他是被调回上海去了。再过半年，传来一个喜讯，韩叔要结婚了！母亲把那张粉红色的喜帖拿给我看，并且问我：“小荷，咱们送什么礼给韩叔呢！”

这时，一种久被箍紧的心一下子松弛了的愉快，和许久以来不原谅母亲的歉疚，两种突发的感觉糅在一起，我要哭了！我跑回房里，先抹去流下的泪水，然后拉开抽屉，拿出母亲给我们储蓄的银行存折，送到母亲的面前，我大声地笑——笑得失态了，但是我实在禁不住情感的迸发，我的笑，并不全代表快乐，和那夜的意思一样，是顶复杂的。

母亲对于我的举动莫名其妙，她接过存折，用怀疑的眼光看我，我快乐地说："妈，把存折上的钱，全部取出来给韩叔买礼物吧！"

"傻孩子！"母亲也大笑，她的柔软的手，捏捏我的嘴巴。她不会了解她的女儿啊！

……

这是十五年前的往事了，从那时以后，我们一直依赖着母亲过活，很平淡，很宁静，也很安全地度过了这许多年。间或我们也听到一些关于韩叔的消息，我留神母亲的情态，她安详极了，那种无动于衷的平淡，就像听到不相干的朋友的消息一样。

我和弟弟能使母亲享受到承欢膝下的快乐，她的老朋友们都羡慕母亲有一对好儿女，母亲也乐于承认这一点。唯有我自己知道，我们能够在完整无缺的母爱中成长，是靠了母亲曾经牺牲过一些什么才得到的啊！如果有人说我们姐弟是孝顺的儿女，我应当说，我们的孝，实由于母亲的爱。

去年冬天，母亲以癌症不治，死于淡水之滨，当我们痛于人力挽不过天命时，母亲却很镇静，她靠在我的肩上，拉着弟弟的手说："不必多费人力了，有你们俩，我死而无憾！"她是安静地死在儿子的怀里。